CITY OF
VILLAINS

DUNKLE
GEFAHREN

Wir produzieren nachhaltig
- Klimaneutrales Produkt
- Papiere aus nachhaltigen und kontrollierten Quellen
- Hergestellt in Deutschland

FSC
www.fsc.org
MIX
Papier aus verantwortungsvollen Quellen
FSC® C014496

978-3-551-28076-3

Die deutsche Ausgabe erscheint bei:
Carlsen Verlag GmbH, Völckersstraße 14–20, 22765 Hamburg

Originaltitel: City of Hooks and Scars (© Disney 2022)
Text: Estelle Laure
Übersetzung: Ellen Kurtz
Cover-Illustration: Joshua Hixson
Cover-Design: Phil Buchanan

Lektorat: Imke Sörensen
Redaktion: Constanze Steindamm
Cover: awendrich grafix, Hamburg
Satz: Pinkuin Satz und Datentechnik, Berlin
Herstellung: Nadine Beck

www.carlsen.de

Disney

CITY OF VILLAINS

DUNKLE GEFAHREN

ESTELLE LAURE

CARLSEN

LETZTE WOCHE VOR DREIZEHN JAHREN

(EINEN TAG VOR DEM TOD DER MAGIE)

PROLOG

DESIRE AVENUE LIEGT DA WIE AUSGESTORBEN, niemand ist auf den Straßen, sämtliche Geschäfte sind geschlossen und verrammelt. Schwarz-Weiß-Fotos von James, Ursula und Mally wurden hastig über die Schaufenster geklebt und warnen alle, dass die Schurken verschwunden sind, niemand weiß, wo sie sich aufhalten, und dass jeglicher Hinweis auf sie sofort zu melden ist.

Für weitere Informationen oder um uns alles mitzuteilen, was Sie wissen, nutzen Sie den Hashtag #fearthevillains oder schreiben Sie eine SMS an 332277.

Schlamm ziert die Gehwege, Überbleibsel des letzten unerwarteten Sturms. In der Scar ist jeder Sturm unerwartet. Laut der Nachrichten hat es hier seit Beginn der Wetteraufzeichnungen nicht mehr als einen sanften Regen gegeben. Das war alles, was nach dem Großen Tod vor dreizehn Jahren noch von der Magie übrig geblieben war. Welche Ironie, dass die Magie zurückgekehrt und der Himmel seitdem grau und verhangen ist. Ich kämpfe mit meiner Tüte voller Einkäufe, und das Baguette, das ich meiner Tante Gia mitgebracht habe, verschafft mir eine gewisse Deckung, als ich auf der Straße an einem Legacy-Pärchen vorbeikomme, beladen aufmerksamkeitsheischenden Tönen. Und dann ist da Mally, zum Ende der Schlacht, als sie verzweifelt versuchte zu entkommen und sich in einen Drachen verwandelt hatte, der eine Schneise durch die Scar schnitt und Feuerstöße auf die Polizisten niederregnen ließ, die ihn vom Himmel zu schießen versuchten.

Die Menge ist näher zusammengerückt, verstummt, manche mit Tränen in den Augen, andere mit weit aufgerissenen Mündern, sprachlos.

Früher gab es Magie in der Scar. Aber inzwischen ist es dreizehn Jahre her, dass die Magie gestorben ist, und selbst als sie noch munter und lebendig war, handelte es sich eher um die Feen-erfüllen-Wünsche-Art von Magie und nicht um die Sorte Drachen-spucken-Feuer-auf-dich. Zu sehen, wie Mally sich durch die Lüfte schwingt, ihren mächtigen Schwanz hinter sich her schwingend, reicht aus, um die Menge verstummen zu lassen. Niemand hat jemals etwas Vergleichbares gesehen, und ja, ja, es ist ein Wunder.

Die Zuschauer drängen sich dichter aneinander und sehen mit an, wie Gebäude in Flammen aufgehen und Polizisten auseinanderstieben, um in Deckung zu gehen.

Die Legacies um mich herum haben Angst, und vielleicht sollten sie das auch.

Jetzt ragt Ursula über der Stadt auf, riesige, schleimige Tentakel schlängeln sich in alle Himmelsrichtungen. Ihre gelben Augen strahlen wie Scheinwerfer auf die Straßen herab, während sie nach allem ausholt, was sie erreichen kann. Sie richtet nicht sonderlich viel Schaden an, aber ich glaube nicht, dass das irgendjemandem hier auffällt. Und sie ist wirklich monströs, ein echter Kaiju.

Und dann, als die Szene zu der Tür vom Wonderland wechselt, der Bar, in der ich so viel Zeit verbracht habe, weiß ich, was als Nächstes kommt, und auf einen Schlag sind meine Lungen leer, zerquetscht. Ich beiße die Zähne zusammen, und ich warte.

Die Töne von Clubmusik wabern hinaus auf die Straße. Leute strömen in Gruppen vorbei, sie tragen Kostüme, gedenken des Tods der Magie, ehren unsere Familien und alles, was wir verloren haben, wie wir es jedes Jahr tun.

„Wir sind im Wonderland! Wir sind tatsächlich in der Scar!", kreischt ein Mädchen entzückt, dann sagt sie: „Komm ins Bild! Wir brauchen einen Beweis."

Ein anderes Mädchen schlurft ins Blickfeld, richtet ihre Frisur, gerade als hinter ihr ein Typ mit roten Haaren und schwarz-weiß karierten Schuhen aus dem Wonderland kommt. Er greift in seine Tasche und hält plötzlich inne wie aus dem Nichts, als hätte jemand bei ihm die Pausetaste gedrückt. Nur hat das niemand getan.

Das Mädchen, das eben noch seine Freundin gefilmt hat, stößt ein „What the fuck?" aus.

Und dann dämmert ihr, dass nicht nur er wie erstarrt ist, es ist nicht nur der Typ vor dem Wonderland, der in seiner Tasche nach seinem Handy oder so gekramt hat. Es sind alle *im* Wonderland. Das Mädchen mit der Kamera zoomt auf die Tanzfläche, auf die Bar. Jede einzelne Person auf der dicht gedrängten Tanzfläche steht vollkommen still, bewegt sich nicht, *atmet* nicht einmal. Der Beat der Musik dröhnt weiter, aber alle sind wie versteinert.

Meine Knie geben leicht nach, dann reiße ich mich zusammen.

„Tracy", sagt das Mädchen mit der Kamera, ihre Stimme zittert. „Tracy, guck mal!"

Ihre Freundin, ein Mädchen mit voluminösen schwarzen Haaren und zu viel Lipgloss, stößt einen Schrei aus und haucht „Oh heilige Mutter ..." genau in dem Moment, in dem James durch die Tür gebrochen kommt, im Arm ein von Kopf bis Fuß in Schwarz gekleidetes Mädchen, das sich an ihm festklammert, als wäre er das Einzige, was sie noch vor dem Tod bewahrt.

Und das ist er.

Das Mädchen bin ich.

James stiert die Straße hinauf und hinunter, mit brennenden Augen, dann, in zwei enormen Sätzen, springt er über ein Auto, seine Hände und Füße hinterlassen tiefe Dellen, sprintet zwischen zwei turmhohen Gebäuden hindurch und ist verschwunden. Kaum, dass wir entkommen sind, stürzen die Menschen im Wonderland wie auf ein Zeichen zu Boden. Der Typ, der gerade hinausgegangen war, tut es ihnen gleich. Der Türsteher kollidiert mit der Wand hinter sich. Das Mädchen mit dem Handy schreit lang und laut.

Eine Nachricht zuckt über den Bildschirm:

#fearthevillains
SMS mit Informationen an 332277

Jetzt, da der Clip vorbei ist, kann ich wieder atmen und versuche, die Flut an Emotionen in den Griff zu bekommen, die über mich hereinbricht. Ich vermisse James so sehr, selbst mit diesen glühenden Augen, selbst fiebrig und strotzend vor Macht. Ich vermute, dass die Polizei von Monarch ein Auge auf mich hat. Darum habe ich all die Orte gemieden, von denen ich denke, dass er dort sein könnte, aber ich weiß auch so, dass er nicht dort ist. Ich kann es spüren. James Bartholomew ist nicht in der Scar, aber er würde sie nie verlassen. Wie kann beides wahr sein?

Bevor der Bildschirm wieder schwarz wird, kommt ein Typ mit einem Schopf blonder Haare auf die Bühne gelaufen, tippt gegen das Mikro und verschwindet wieder auf der anderen Seite der Bühne. Ein leises Murmeln erhebt sich aus der Menge, dann bricht sie in Applaus aus, als Mayor Triton die Bühne betritt, flankiert von zwei uniformierten Polizisten. Triton sieht aus wie ein Opa. Sie kommt nie in die Scar. Ich für meinen Teil habe mich nie sonderlich für Triton interessiert. Verbrechen war schon immer mein Ding, weswegen ich mich für ein Praktikum bei der Monarch City Police beworben habe. Politiker kamen mir immer schon wie eine Mischung aus langweilig und erbärmlich vor, wohingegen die Strafverfolgung beziehungsweise Chief Ito über wahre Macht verfügte, einen Wandel herbeizuführen, Leben zu retten und Verbrecher hinter Gitter zu bringen. Dort habe ich mich immer gesehen. Ich hatte nicht begriffen, dass auch Chief Ito eine Politikerin und mindestens genauso erbärmlich, genauso eine Lügnerin wie der gesamte Rest ist. Schlimmer sogar, denn Chief Ito ist Legacy. Sie trägt das Zeichen, entstammt der Magie. Sie sollte sich daran erinnern, wo sie herkommt. Sie ist eine von uns.

Jetzt beobachte ich Mayor Triton mit neu erwachtem Interesse, und anscheinend bin ich nicht die Einzige. Überall um mich herum drehen die Legacies durch, als wäre sie ein Rockstar.

Der Mayor legt die Hände auf das Rednerpult und starrt ernst auf die versammelte Menge, wartet auf den perfekten Augenblick, um zu beginnen. „Bürger der Scar, geschätzte Mitglieder der Legacy-Community, ich stehe hier vor euch, weil die Stadt Monarch sich noch nie da gewesenen Zeiten gegenübersieht. Wir haben immer gewusst, dass wir einen ganz besonderen Platz auf diesem Planeten einnehmen, einen der sieben heiligen magischen Wirbel, allesamt Orte, die es verdienen, geschützt und verehrt zu werden. Wir haben uns dieser Aufgabe stets voller Ernst und Hingabe gewidmet. Selbst nach dem Großen Tod haben wir darum gekämpft, unsere Geschichte zu bewahren, und viele von uns haben darauf gehofft, dass die Magie zurückkehren würde."

Zustimmendes Gemurmel erhebt sich aus der Menge. Die Frau neben mir johlt und hält ein Schild hoch, auf dem in kantiger, scharlachroter Schrift geschrieben steht: MAGICALISTEN GEGEN DIE VILLAINS.

„Während viele von uns gehofft hatten, die Scar würde zu alter Größe zurückfinden, würde wieder zu dem Wunderland werden, das wir alle gekannt und geliebt haben, so hätten wir uns doch nie vorstellen können, dass die Rückkehr der Magie unter einem so schlechten Stern stehen könnte. Richtet doch nur den Blick gen Himmel." Mayor Triton hebt theatralisch die Hände. „Der Himmel selbst hat sich gegen uns gewandt." Sie legt eine Pause ein. „Die Magie ist in der Tat zurückgekehrt. Doch nicht als die strahlende und liebevolle Kraft für das Gute, die sie einst war. Sie ist bösartig zurückgekehrt."

Hinter ihr erscheinen erneut die haushohen Bilder: James mit einem neuen, glänzenden Haken, die Haut bedeckt von Tattoos, Mally mit ihren spitzen, gefährlichen Hörnern und Ursula mit ihren wabernden, ölig glänzenden Tentakeln. Sie grinsen höhnisch auf die Menge herab, bedrohlich, mit Schaum vor dem Mund. Sie haben nichts mit den Menschen gemein, die ich kenne und liebe. Es ist leicht, sich vorzustellen, dass sie bösartige Schurken sind anstatt Kinder, die sich am falschen Ende des Plans eines anderen wiedergefunden haben. Aber sie *sind* Kinder.

Die Legacies tuscheln miteinander, die Augen weit aufgerissen. Sie geben einander Halt, schütteln die Köpfe.

„Seit der Schlacht am Miracle Lake hat sich das Leben in der Scar, wie wir es kennen, verändert, und es muss sich weiter verändern", dröhnt Triton und tippt mit dem Finger energisch auf das Rednerpult, um diesen Punkt zu unterstreichen. „Wenn es sich hierbei um einen isolierten Vorfall handeln würde und wir darauf vertrauen könnten, dass diese Schurken ein für alle Mal verschwunden sind, würden wir sie dennoch jagen und zur Strecke bringen, wir müssten aber nicht weiterhin das Schlimmste befürchten. Aber wir wissen, dass dies nicht der Fall ist. Wir fürchten, dass diese sogenannten Villains erst der Anfang eines Amoklaufs sind, und da sie über Kräfte verfügen, denen wir nichts entgegenzusetzen haben, werden sie nicht aufhören, davon Gebrauch zu machen, um die Scar und ihre Bürger in Angst und Schrecken zu versetzen. Sie sind Feiglinge, darum halten sie sich versteckt. Aber nichtsdestotrotz sind sie unberechenbar und extrem gefährlich." Mayor Triton seufzt, hält kurz inne, um sich zu sammeln. „Mit schwerstem Herzen muss ich euch die schreckliche Nachricht überbringen, dass in den vergangenen drei Tagen zwei weitere kostbare Legacy Kids der Scar spurlos verschwunden sind."

Eine weitere Welle der Beunruhigung schwappt über die Menge. Ein paar leise Schreie ertönen. Mayor Triton nickt.

„Mithilfe der Monarch Police waren wir in der Lage, herauszufinden, dass sie von den Villains entführt wurden. Villains, von denen wir nun mit endgültiger Gewissheit sagen können, dass sie uns Schaden zufügen wollen. Es hat mehrere bestätigte Sichtungen gegeben, daher wissen wir, dass James Bartholomew inzwischen einen Haken anstelle einer Hand trägt, und wir verlassen uns auf eure Mithilfe für weitere Informationen. Kein Hinweis ist zu unbedeutend, und sei er noch so klein. Wir brauchen eure Hilfe, um sie aufzuspüren und unter Kontrolle zu bringen."

„Tötet sie!", ruft jemand.

Zustimmendes Geschrei, die Menge wird laut und unruhig. Überall klicken Kameras. Der Mayor beschwichtigt die Meute mit wiederholtem Kopfnicken.

„Ich möchte jedem Einzelnen von euch versichern, dass wir alles in unserer Macht Stehende unternehmen. Gemeinsam mit unserem hervorragenden Chief, die – offen gesagt – die Beste im ganzen Land ist, vielleicht sogar auf der ganzen Welt, werden wir alles nur Erdenkliche unternehmen, um die Villains in unsere Gewalt zu bringen. Ich habe nicht den geringsten Zweifel, dass es uns gelingen wird, sie ihrer gerechten Strafe zuzuführen."

Die Menge jubelt.

Eine Gruppe Frauen, geschmückt mit Pailletten und eingehüllt in mehrere Lagen bunte Tücher, hält gemeinsam ein Banner hoch, auf dem NATURALISTEN FÜR DEN FRIEDEN! prangt.

„Heute Abend werden eine Reihe von Notfallmaßnahmen in Kraft treten, um uns durch diese schwierigen Zeiten zu bringen, und ich erwarte eure volle Kooperation. Ich vertraue darauf, dass euch allen der Ernst der

Lage bewusst ist, in der wir uns befinden.“ Mayor Triton legt eine Pause ein, bis sie sicher sein kann, dass sämtliche Aufmerksamkeit auf sie gerichtet ist. „Bis auf Weiteres wird über die gesamte Scar eine Ausgangssperre ab neun Uhr abends verhängt. Und ich fordere sämtliche Bewohner der Scar auf, zur Arbeit zu gehen, eure Einkäufe zu erledigen und euch dann umgehend nach Hause zu begeben. Haltet eure Kinder von der Straße fern. Treibt euch nicht vor euren Häusern herum. Geht nach Einbruch der Dunkelheit nicht unnötig nach draußen.“

Hier und da bricht leises Gemurmel aus, aber die meisten bleiben still. Ich verstehe, was Mayor Triton damit erreichen will: dass alle sich in Sicherheit wiegen sollen. Aber ich weiß auch, dass es nichts nützen wird. Beatrix Lindl ist vor zwei Tagen verschwunden, direkt aus ihrem Zuhause. Ich weiß das, weil ihre Tante Cindy Mitglied in Gias Naturalisten-Gruppe ist. Beatrix, die an einer zerebralen Lähmung leidet, war gerade dabei, sich die Zähne zu putzen, als ihr Dad einen dumpfen Schlag hörte. Sie war früher schon einmal gestürzt, daher dachte er, dass es wieder geschehen wäre, und eilte ins Bad, wo er ihre Zahnbürste im Waschbecken vorfand, bei laufendem Wasser, und keine Spur von Beatrix.

Puff. Verschwunden.

So nennt man diese Kinder jetzt.

Die Verschwundenen.

Aber klar. Bitte, verkriecht euch in euren Häusern. Dann werdet ihr und eure Kinder bestimmt in Sicherheit sein.

Der Mayor fährt fort. „Des Weiteren werden wir eine Special Task Force ins Leben rufen, genannt die Wache. Bestehend sowohl aus Legacies als auch Monarch City Police, wird die Wache zusätzlichen Schutz bieten, auf den Straßen patrouillieren und relevante Informationen über die Villains sammeln. Sie dient in anderen Worten einem dreifachen Nutzen. Erstens, sie wird beschützen. Zweitens, sie wird die Villains zur Strecke bringen. Und drittens, sie wird Hinweise auf illegale Magie sammeln und mithilfe der neuen Notfallgesetze, die wir eingeführt haben, hart dagegen durchgreifen."

Gemurmelter Protest wird laut, aber er ist minimal.

„Magie war seit jeher eine Quelle des Stolzes für Monarch und natürlich ganz besonders für die Scar, aber hierbei handelt es sich nicht um die Magie, die wir kennen und lieben. Ich weiß, dass es nicht leicht wird, dass es euch viel abverlangt, wo ihr doch bereits voller Angst in der Kälte steht angesichts dieses großen Unbekannten. Aber zum Wohle der Scar müsst ihr bereit sein, euren Nachbarn bei der Wache zu melden. Wenn ihr auch nur *irgendein* Anzeichen dafür seht, dass Magie praktiziert wird, bitten wir euch, dies umgehend mit einer SMS an zwei-zwei-drei-drei-sieben-sieben der Wache zu melden. Dies ist eine heilige Pflicht und die einzige Möglichkeit, Legacies zu beschützen."

Die Menge dreht durch. Leute hüpfen johlend auf der Stelle.

Ich kann nicht fassen, was ich da sehe. Sie kaufen ihr das alles wirklich ab.

Ich verstehe vielleicht noch nicht alle Hintergründe dieser Situation, aber ich weiß, dass meine Freunde hier die Opfer sind und keine Villains – und keine noch so flammende Rede wird mich vom Gegenteil überzeugen. Ich verstehe, dass die Menschen Angst haben, und ja, die Tatsache, dass beinahe täglich Kinder verschwinden, ist beunruhigend. Aber es ergibt überhaupt keinen Sinn, dass Kyle Attenborough in dieser Geschichte nirgendwo auftaucht. Er war es, der meine Freunde entführt und an ihnen herumexperimentiert hat, und er war es, der einen Weg gefunden hat, die Magie in die Scar zurückzubringen. Er hat Legacy Kids als entbehrlich betrachtet und sie benutzt, um eine vermarktbare Form der Magie zu finden. Sie wissen das. Kyle wurde am Abend der Schlacht verhaftet.

Wo also bleibt er in dieser ganzen Geschichte? Nicht eine einzige Erwähnung von ihm oder seinem Sohn Lucas. Auch keine Erwähnung des Labors, wo meine Freunde in Käfigen gefangen gehalten wurden? Das ergibt absolut null Sinn. Außer, dass Kyle Attenborough über Geld verfügt, wahrscheinlich über genug Geld, um jeden zu kaufen, der sich ihm in den Weg stellt. Er hat sich mit einer Entschuldigung aus dieser ganzen Sache herausgewunden, hat beteuert, dass er keine Ahnung gehabt habe und alles außer Kontrolle geraten sei. Er hat behauptet, dass er es sich persönlich zur Mission machen würde, alles wieder in Ordnung zu bringen, und jetzt wird er vollständig aus der Erzählung gestrichen. Meine Freunde, die wahren Opfer, werden zu Sündenböcken gemacht, und Kyle Attenborough sitzt irgendwo in den Narrows auf seinem goldenen Thron.

Der Himmel knistert vor nervöser Energie, und ich schlinge die Arme fester um meinen Oberkörper und sehe mich um. Vielleicht hätte ich doch einfach mit ihnen gehen sollen. Und was wird geschehen, wenn man sie findet? Ich stelle mir vor, wie sie von genau dieser Bühne hängen, johlende Menschen zu allen Seiten. Diese Tage liegen noch nicht allzu weit zurück. Wir sind immer noch nichts als Barbaren, die ein anständiges Spektakel genießen. Aber sie haben vergessen, dass James und Mally und Urs Legacies sind. Sie gehören in die Scar.

An der Fassade eines nahen Gebäudes werden mit viel Getue meterhohe Banner entrollt, sie rauschen in die Tiefe, und da sind sie, „die Villains" in ihrer abscheulichsten Gestalt, die Gesichter verzerrt und bedrohlich.

„Ich habe gehört, seit James Bartholomew einen Haken anstatt einer Hand hat, schickt er Leute über die Planke und trägt eine Augenklappe", sagt ein Junge mit fransigem Pony und einem Nasenring.

„Also, ich habe gehört, dass Ursula, das Seemonster, Menschen ihre Essenz stiehlt und sie in einer Art Gefängnis unter dem Meer einsperrt. Man nennt es den Garten armer Seelen in Not oder so ähnlich. Grauenhaft. Einfach schrecklich", erwidert die Frau mit den grünen Haaren, die neben ihm steht.

„Wo genau habt ihr das gehört?", frage ich.

„Hä?", nuschelt er dümmlich.

„Ich habe gefragt, wo ihr diese Gerüchte gehört habt. Die Planke, die Seelen … das alles.“ Mein Herz rast, nicht weil ich glaube, dass er lügt, sondern weil es so klingt, als könnte da was Wahres dran sein. Und wenn das so ist, dann gibt es jemanden, irgendwo, der weiß, wo sie sind.

„Hey“, sagt die Frau und rafft ihr viel zu großes Kleid zusammen, das ihr über die Schultern zu rutschen droht. „Ich kenn dich. Du bist doch Captain Crooks Freundin.“

„Scheiße, stimmt, das ist sie. Hey!“, ruft er. „James Bartholomews Mädchen ist hier drüben und belästigt mich!“

Aus verengten Augen werfe ich ihm einen vernichtenden Blick zu und wünschte, ich könnte noch irgendeine Art der Magie ausüben. Dann lasse ich von ihm ab und schlage mich tiefer hinein in die Menge, näher an die Bühne, und halte meinen Oberkörper noch fester umklammert. Das war nicht klug. Ja, ich muss herausfinden, wo sie sich versteckt halten, aber ich muss mich bedeckt halten, wenn mir das tatsächlich gelingen soll. Chief Ito muss glauben, dass ich nichts weiter als eine nervige kleine Göre bin, die sie ein für alle Mal losgeworden ist.

Du meinst also, es war unklug, dich an diese kleine Kakerlake heranzumachen? Was unklug war, ist, dass du ihm nicht den Hals umgedreht hast. Nur ein kräftiger Ruck, und die Sache wäre erledigt gewesen. Erfrischend wie ein kühles Bad.

Oh, gut. Super. Großartig. Sie ist zurück. Die Stimme, die sich seit der Schlacht in meinem Kopf eingenistet hat. Das Einzige, was von meiner Reaktion auf die Magie, die Lucas mir aufgezwungen hat, noch geblieben ist. Sie klingt wie ich, aber … fies. So richtig fies.

Und Sie will einfach nicht den Mund halten.

Als ob Sie mich für meine Gedanken bestrafen will, pocht ein schmerzhafter Puls in meinen Schläfen, und vor meinem inneren Auge sehe ich wieder, wie die Axt auf James' Handgelenk niedersaust. Sie hat nicht unrecht damit, wie gut es sich angefühlt hat, wie *endgültig*. Und jetzt hat er womöglich kaltes Metall, um sein überhitztes Fleisch zu ersetzen? Für ihn ergibt ein Haken als Ersatz für seine Hand sogar Sinn. Was sollte er auch sonst tun? Eine Prothese tragen? Das ist nicht sein Stil.

Ich wirbele auf der Stelle herum und suche nach einem Anzeichen von James' Jungs oder Maleficents Dad Jack Saint oder vielleicht sogar von Bella, aber die Menge steht dicht gedrängt. Über ihr wabert der Gestank von Schweiß, alten Klamotten und den giftigen Schreien nach Blut.

Du solltest dich James anschließen, sagt Sie, und eine Gänsehaut kriecht über meinen Körper. *Sieh dir nur diese Loser an. Warum solltest du sie ihm vorziehen?* Die Stimme ist kratzig und sackt bei den Konsonanten ein.

Wie schon gesagt, Sie hält einfach nicht den Mund.

Ich schlängele mich durch die Menge und will mich gerade auf den Weg nach Hause zu Gia machen, als ein bärtiger Mann mit irrem Blick mir sein Schild direkt ins Gesicht hält. AB MIT IHREN KÖPFEN! steht da. Ich blinzele mehrmals, und als ich noch mal hinsehe, steht auf dem Schild: WAS GEHT IN IHREN KÖPFEN VOR?

Unbehagen fährt durch meine Glieder, und ich beschleunige meine Schritte.

Warum habe ich James und Ursula nicht gefragt, wo sie hingehen? Als ich sie zuletzt gesehen habe, standen wir auf einer dunklen Straße. James verblutete auf dem Asphalt, und Mally tigerte ungeduldig auf und ab. Sie haben mich aufgefordert, mit ihnen mitzukommen, aber in dem Moment konnte ich mir das schlicht und ergreifend nicht vorstellen. Ich habe nicht daran gedacht, wohin. Ich habe nur daran gedacht, dass es nicht hier sein würde, und das würde bedeuten, mich dafür zu entscheiden, nicht mehr im System zu sein. Ich träumte immer noch von einer Zukunft als Detective, von mir selbst als einsame Verfechterin der Gerechtigkeit, ein notwendiges Teil in dem verschlungenen Uhrwerk der Scar. Ich dachte – so viel, wie ich in den wenigen Sekunden, die mir blieben, überhaupt verarbeiten konnte –, dass ich das Gleichgewicht der Scar so ins Chaos stürzen würde, dass sie sich nie wieder davon erholen würde, wenn ich mit ihnen ginge.

Ich dachte tatsächlich, dass ich so wichtig wäre.

Und ich dachte an Gia, daran, sie zurückzulassen und auf der Flucht zu sein. Was das mit ihr machen würde. Sie so im Stich zu lassen, hieße zu akzeptieren, dass für mich keine Hoffnung mehr bestand. Aber ich hätte fragen sollen, wohin sie gehen und wann sie zurückkehren würden. Wir hätten eine Zeit und einen Treffpunkt ausmachen sollen. Ich hätte mir nie vorstellen können, wie verrückt es mich machen würde, allein gelassen zu werden, während ohne die anderen alles den Bach hinunterging.

Es tut weh.

Ich weiß, dass nur ein paar wenige Minuten mehr mir genügend Zeit verschafft hätten, um nachzudenken und an genau diesen Punkt zu gelangen. Sie sind krank. Sie sind zu dem geworden, was sie jetzt sind, weil sie gegen ihren Willen vergiftet wurden. Obwohl man mir nicht annähernd so viel von der falschen Magie verabreicht hat wie ihnen, ist sie immer noch in mir, beeinflusst auch mich.

Gern geschehen, murmelt Sie, während ich mich aus den letzten Ausläufern der Menge befreie und auf den Hintereingang von meinem Gebäude zusteuere. *Jetzt bist du doch nicht ganz so allein.*

Aber ich will *sie* nicht. Ich will James. Ich will Ursula. Und ich will sie genau so zurück, wie sie waren, bevor man sie mir genommen hat. Ich muss sie finden. Sonst ist es nur eine Frage der Zeit, bis sie alle in der Brise hängen.

Das werde ich nicht zulassen.

Während sich die Meute in meinem Rücken in die Raserei steigert, Legacies gegeneinanderstoßen und zu dem Lärm von der Bühne johlen und kreischen, weiß ich genau, wo ich anfangen muss, diesen Knoten zu entwirren.

Monarch High.

ZWEI

ALS ICH DIE MONARCH HIGH AM MONTAGMORGEN VOR MIR AUFRAGEN SEHE, wird mir klar, dass ich nicht annähernd so stark bin, wie ich dachte. Im Sinne von: Ich werde jeden Augenblick innerlich zerbrechen und mich wahrscheinlich auf diesem sehr grünen, sehr hübschen Fleckchen Rasen wie ein Fötus zusammenrollen. Das wäre überhaupt nicht gut. Sich unbemerkt in eine Kundgebung zu schleichen und danach wieder hinaus, ist das eine. Es ist etwas vollkommen anderes, hier an der Monarch High mit allen, die mich kennen und verabscheuen, in ein Gebäude gequetscht zu sein. Vor allem jetzt, da auf jeder freien Oberfläche riesige Poster von James, Mally und Urs prangen.

Hunderte Schüler schlurfen durch die Türen, die Arme verschränkt, elendig.

WILLKOMMEN ZURÜCK, MONARCH HIGH! Auf dem Vordach prangt ein optimistischer Regenbogen. BITTE HALTET EUCH AN DIE REGELN!

Ich sollte mich umdrehen, nach Hause gehen, ins Bett kriechen und es nie wieder verlassen. Ich will ihnen nicht gegenübertreten, nicht ihre Fragen beantworten, mich nicht ihrem Urteil stellen. James und Urs sind fort, und jeder hier in der Schule weiß, dass ich am Abend der Schlacht mit ihnen zusammen war. Meine Freunde und ich sind nie so richtig unter dem Radar geflogen, und jetzt werde ich wie im Scheinwerferlicht stehen. Ich werde morgen zurückkommen, neuer Tag, neues Glück.

Bye-bye, Monarch High.

Wow, Mary! Was willst du eigentlich? Willst du eine schniefende Versagerin sein oder …?

Wieder diese Stimme. Stets zur Stelle, um alles zu kommentieren, was ich tue und lasse.

Obwohl sie vielleicht nicht ganz unrecht hat.

Was will ich eigentlich?

„James", flüstere ich. Mein Bauchgefühl kennt die Wahrheit, aber es folgen die Fragen, die mich schon seit einer Woche umtreiben. Hat er überlebt, dass ich ihm die Hand abgeschlagen habe? Wenn ja, ist er in Sicherheit? Wenn ja, ist er wütend? Wenn ja, kann er mir vergeben? Wenn ja, wird er mich jemals wiedersehen wollen? Wenn ja, kann er glauben, dass ich immer noch treu zu ihm stehe? Wenn ja, wird er meine Entschuldigung akzeptieren?

Wenn ja, gibt es noch eine Chance für uns?

Du hast nur einen Weg, das herauszufinden.

Also gut.

Immer schön einen Fuß vor den anderen, Feigling

Ich hatte erwartet, dass die Dinge sich verändert hätten. Ich bin darauf vorbereitet, dass die Monarch High – die schon lange vor der Schlacht am Miracle Lake eine von Caramel Frappuccinos verhüllte Grube der Verwüstung und Verzweiflung war – sich noch unbehaglicher und zerrütteter anfühlen würde als noch vor fünf Tagen. Und trotzdem komme ich abrupt zum Halt, als ich sehe, was dort tatsächlich vor sich geht.

Dank der Scar-Sanierungs-Initiative ist die kreisrunde Auffahrt mit Tulpen und unnatürlich grünem Gras gestaltet, eingefasst in Pfingstrosenbüsche, die vor lauter Blüten in dezentem Lila und Pink geradezu strotzen.

Der Springbrunnen in ihrer Mitte spuckt immer noch Wasser aus einem blassblauen Wasserdrachen. All das ist noch genauso wie früher. Der erbärmliche Versuch, die ganzen Kämpfe und Probleme, die hier hochkochen, zu verschönern. Aber die Fahrspur, normalerweise mit Schulbussen und Limos gespickt, die Narrow Kids rauswerfen, nimmt jetzt eine Flotte weißer SUVs komplett ein, jeder einzelne rechteckig, identisch, unmarkiert und mit getönten Scheiben. Menschen in grauen Anzügen, nicht identifizierbar als Narrows oder Legacies, sind vor den Fahrzeugen postiert, säumen die Stufen hinauf zum Haupteingang und stehen dort zu beiden Seiten.

Die Wache.

Das müssen sie sein. Verdammt, die sind wirklich wachsam.

Ich suche nach vertrauten Gesichtern, finde aber keine, weder Smee noch die Verlorenen Jungs. Nicht mal eine Spur von Flora, Fauna oder Merryweather, zumindest nicht von hier. Ich nehme an, es sollte keine allzu große Überraschung sein, dass die Verlorenen Jungs nicht hier sind. Sie sind bloß zur Schule gegangen, weil James sie dazu gezwungen und ihnen eingebläut hat, dass es wichtig ist, eine gute Ausbildung zu haben. Jetzt, wo er fort ist, sind sie wahrscheinlich die ganze Nacht auf, zocken Videospiele und bereiten sich grade auf einen entspannten Tag vor.

Und die Presse. Kameracrews haben sich rund um die Schule breitgemacht, und Journalisten in Regenjacken sprechen in Mikrofone. Sie haben kaum eine Chance, auch nur in die Nähe der Schule zu kommen, nicht mit der Wache, die ihnen den Weg versperrt. Das zumindest ist doch schon mal was. Eine Sache weniger, um die ich mir Sorgen machen muss.

Mutig.

Sei mutig.

Was für ein Leben möchtest du führen?

Ich gehe die Stufen hoch, während die Schülerschar weiter auf die Türen zudrängt.

Fast jeder in der Schlange trägt irgendeine Art von Jacke. Kapuzen und Hüte bedecken die Köpfe, dicke Schals sind um Hälse geschlungen. Die Scar besticht normalerweise durch bunte Farben, gebräunte Glieder, wildes Make-up, übertriebenen Schmuck. Dieses Meer aus schlichten Überziehern ist einfach nur seltsam.

Dann sehe ich ihn. Er lehnt in einer Nische und starrt mich unverhohlen an: Lucas Attenborough, dieses hinterhältige Stück Dreck. Ich hätte ihn beinahe nicht wiedererkannt. Seine Haare sind nicht zurückgegelt, und statt seiner üblichen Kakihose-mit-reingestecktem-Hemd-und-Halbschuhen-Uniform trägt er Jeans und Sneaker zu einem lockeren Shirt. Sieht ganz so aus, als würde die Kapuze meines Pullovers nicht viel bringen, was unerkannt bleiben angeht. Nicht, wenn es um Lucas geht. Er war schon immer nervtötend aufmerksam. Unsere Blicke treffen sich, und er nickt mir zu. Wagt es sogar, die Mundwinkel zu einem Lächeln zu verziehen.

Nach allem, was geschehen ist, lächelt er mich an.

Wenn James hier wäre, würde er ihn bis ins nächste Schuljahr prügeln.

Ist er aber nicht.

Nur ich bin hier.

Ich hebe mein Kinn. Er soll meinen Hass spüren, ich will, dass er ihn von innen heraus auffrisst. Ich erinnere mich noch daran, wie ich am Abend der Schlacht nur durch die Kraft meiner Gedanken Glas zerbrochen habe, wie ich es einfach habe verschwinden lassen. Seitdem habe ich nichts Großartiges oder Mächtiges mehr zustande gebracht, aber ich frage mich, ob ich grade wütend genug bin, um Lucas entzweizureißen oder ihn verschwinden zu lassen. Das würde mir schon den Tag versüßen. Ich versuche, ihm meine geballte Vernichtung entgegenzuschleudern, aber nichts passiert. Augenblicklich sacke ich in mich zusammen.

Ich hätte wohl mehr Kaffee trinken sollen.

Vor vier Tagen hat Lucas Attenborough mich bewusstlos geschlagen, mich entführt, unter Drogen gesetzt und mir seine falsche Magie injiziert. Er sollte in dieser Sekunde im Gefängnis sitzen. Nein, er sollte unter der Erde liegen und dort verrotten für das, was er getan hat. Mein Kiefer krampft sich zusammen. Lucas soll wissen, dass ich keine Angst vor ihm oder seinem Dad habe, auch wenn das nicht ganz der Wahrheit entspricht.

Er hat mich gegen meinen Willen verschleppt, hat mich eingesperrt und angekettet. Das ist nichts, was man so leicht wieder vergisst.

Er scheint zu begreifen, und erst als ich unser Blickduell gewonnen habe, frage ich mich, was Lucas, der Prinz der Narrows, ganz allein hier draußen macht. Zugegeben, wir versuchen alle bloß, aus der Kälte raus- und ins Gebäude reinzukommen, aber in all der Zeit, die ich Lucas Attenborough nun schon kenne, habe ich ihn noch nie allein irgendwo gesehen, erst recht nicht in der Schule. Hier wird er entweder verehrt oder gehasst. Aber niemals ignoriert.

Er holt sein Handy aus der Tasche und tut so, als wäre er beschäftigt. Ich schlurfe weiter.

„Kapuze runter." Der Mann von der Wache deutet auf meinen Kopf.

„Was? Warum?"

Dieser Typ ist nicht viel älter als ich, höchstens fünf Jahre vielleicht. Er ist kräftig gebaut und trägt eine Armbanduhr, die sein Handgelenk verdeckt, sodass ich nicht sehen kann, ob er ein Legacy-Zeichen hat oder nicht. Er drückt mir ein Stück Papier in die Hand und tippt darauf. „Keine Kopfbedeckungen. Das ist Legacy-Pride-Kleidung. Bitte halten Sie sich an die Regeln."

Ich werfe einen Blick auf das feuchte Stück Papier.

DER GEBRAUCH DES BEGRIFFS *MAGIE* IST BIS AUF WEITERES UNTERSAGT.

JEGLICHE ERWÄHNUNG VON FRAKTIONEN WIE

MAGICALISTEN, AMAGICALISTEN UND NATURALISTEN
IST UNTERSAGT.
DER GEBRAUCH DES BEGRIFFS *NARROWS* IST UNTERSAGT.
DER GEBRAUCH DES BEGRIFFS *LEGACIES* IST UNTERSAGT.
LEGACY PRIDE, EINSCHLIESSLICH HÜTEN, KAPUZEN UND
PERÜCKEN, IST AUF DEM SCHULGELÄNDE NICHT GESTATTET.
DAS NEUE SCHULMOTTO LAUTET: „ALLE FÜR EINEN
UND EINER FÜR ALLE“, UND MUSS AUF NACHFRAGE
ZITIERT WERDEN.

„Was ist denn an einem Hoodie Legacy Pride?“, frage ich.

„Halten Sie sich einfach an die Regeln, Miss.“

Ich würde ein paar Fingernägel dafür geben zu sehen, wie Mally diesen Flyer mit ihrem schicken neuen Stab in Flammen aufgehen lässt.

Ich ziehe meine Kapuze zurück und suche bei dem Typen der Wache ein Zeichen von Erkennen, aber sein Gesichtsausdruck bleibt ausdruckslos.

„Darf ich jetzt reingehen, *Sir*?“

Er lässt mich durch und wendet sich der nächsten Person in der Schlange zu, bei der er seine Anweisungen mechanisch wiederholt.

Als ich drinnen bin, ist mir die Umgebung vertrauter. Ein paar Mitglieder der Wache säumen die Korridore, aber ihre Präsenz ist nicht grade überwältigend. Der Kaffeewagen läuft immer noch auf Hochtouren, mit einer Schlange davor, die fast den ganzen Weg bis zur Tür reicht. Der Boden ist leicht matschig und quietscht unter den regennassen Schuhen, und das ganze Gebäude riecht dumpf nach Mottenkugeln. Aber es ist warm und hell und gefüllt mit nervösem Getuschel. Ich reihe mich in die Kaffeeschlange ein und will mir den Zettel in meiner Hand noch einmal näher ansehen, als ich spüre, wie sich die Atmosphäre um mich herum verändert.

Die Unterhaltungen verstummen. Köpfe drehen sich in meine Richtung. Ich verfluche mich dafür, dass ich das Ganze nicht besser durchdacht und mir nicht vorher überlegt habe, wie ich mit dieser Aufmerksamkeit umgehen will. Mich einfach auf den Boden fallen zu lassen und mich tot zu stellen, ist wahrscheinlich genauso wenig eine Option, wie mörderisch um mich zu schlagen.

Ursula würde wissen, was zu tun ist. Selbst James würde diese Lage irgendwie zu seinem Vorteil drehen. Mally würde einfach alle Anwesenden in Brand stecken.

„Stimmt es, dass du James die Hand abgeschnitten hast?“, fragt ein Mädchen, das mir vage bekannt vorkommt. Ich spiele ernsthaft mit dem Gedanken, ihr das Septum-Piercing aus der Nase zu reißen. „War es eklig?“, fragt sie. „War es echt so richtig eklig?“

„Ich hab gehört, du hast auch so Kräfte. Redest du deshalb nicht mit den Reportern? Werden sie dich verhaften? Wir dürfen das M-Wort nicht mal mehr in den Mund nehmen. Wusstest du das?“, fragt ein Typ.

Das M-Wort?

„Wenn ihr alle einfach von Anfang an auf die Amagicalisten gehört hättet, wäre nichts von alldem passiert“, faucht Justin, Anführer der Gesellschaft junger Amagicalisten. „Diese Besessenheit der Legacies von Magie steckt hinter allem Schlechten, was in der Scar je passiert ist. Wir brauchen so was hier nicht. Wir müssen lernen, uns auf uns selbst zu verlassen. Seht ihr, was passiert, wenn man versucht, sie zurückzubringen?“

„Wo hast du das her?“, höhnt das erste Mädchen. „Hast du das aus deinem Amagicalisten-Handbuch auswendig gelernt, aka der langweiligsten Lektüre *ever*?“

„Ey, Leute!“, mischt sich ein weiteres Mädchen ein, offensichtlich ein Freshman. „Wir dürfen diese Wörter nicht mehr verwenden. Wir sind grade erst zurück und kriegen noch Ärger.“

Ich weiß nicht, ob das alles nur in meinem Kopf stattfindet, aber es kommt mir so vor, als würden sie alle gleichzeitig einen Schritt nach vorn machen. „Ich muss Morgana finden", sage ich und nutze es aus, dass ich für den Moment ihre Aufmerksamkeit genieße. „Sie ist in der neunten?"

„Meinst du Morgana, Ursulas Schwester? Als ob irgendjemand hier nicht wüsste, wer sie ist", erwidert das Mädchen.

Sie sollte echt besser auf ihren Tonfall aufpassen, und ich will gerade ansetzen, ihr genau das zu sagen, als eine Stimme durch das allgemeine Gebrabbel an mein Ohr dringt.

„Suchst du nach mir?"

Die Menge teilt sich in einer Welle aus Bewegung. Morgies Gestalt löst sich aus der Masse von Körpern, und ich würde mich am liebsten irgendwo festhalten. Gekleidet in ein schwarzes, trägerloses Minikleid, mit ihrem langen blonden Haar, das bis zu den rasiermesserscharfen Spitzen geglättet ist, wirkt sie wie eine vollkommen andere Person als das letzte Mal, als ich sie gesehen habe. Es ist, als wäre sie in der letzten Woche um Jahre gealtert, hätte mehr Kurven bekommen und sich von dem kleinen Mädchen beinahe in eine Frau verwandelt. Das ist das eine … und sie sieht Ursula so verdammt ähnlich. Sie ist vielleicht schlanker, ihr Gesicht eher oval als rund, aber sie trägt ihr Make-up genau wie Urs: blauer Lidschatten, Eyeliner weit über die Augenlider hinausgezogen und Lippen in einem theatralischen Scharlachrot. Auch Morgies künstliche Wimpern und der rote Nagellack sehen nach hundert Prozent Urs aus, und in diesem Augenblick habe ich plötzlich das Gefühl, dass ich keine weitere Minute ohne Ursula und ihr unbändiges, großartiges Lachen überleben kann.

Früher hallten diese Korridore von ihrem Lachen wider.

Früher erbebten die Korridore darunter.

„Morgie", bringe ich hervor.

„Ich nenne mich jetzt Morgana", erwidert sie kühl, dann tritt sie einen Schritt vor und küsst mich auf die Wange. „Hallo, Mary Elizabeth."

Erst da bemerke ich, dass sie nicht allein ist, sondern von mehreren

Mädchen in Schwarz flankiert wird, allesamt mit hochgesteckten Haaren voller schwarzer Schleifen und mit Chokern.

„Willst du mir deine Freundinnen nicht vorstellen?“, frage ich.

Sie wirft ihnen einen kurzen Blick zu. „Tabitha, Lee, Sarah. Kein Grund, dir ihre Namen zu merken.“ Sie legt den Kopf schief. „Mary, Mary“, murmelt sie. „Mädels, ihr erinnert euch doch an Mary, oder? Hackebeil-Mary?“

Oh cool! Ich habe einen Spitznamen. Ich sehe, wie die Klinge durch die Sehnen an James' Handgelenk gleitet, und blinzele heftig, um in die Gegenwart zurückzukehren.

Die Mädchen nicken und murmeln „Hi“, aber sie werfen Morgie immer wieder verstohlene Blicke zu, fast so, als würden sie auf weitere Anweisungen warten.

„Können wir reden?“ Ich ziehe Morgie fort von der Menge in Richtung der Spinde und bedeute den Mädchen mit einem Blick, dass sie besser bleiben, wo sie sind.

„Ich muss zum Unterricht“, sagt sie und reißt sich los.

„Ich weiß. Ich auch. Wir haben noch fünf Minuten, bis es klingelt.“

Sie verschränkt die Arme vor der Brust. „Also schön.“

„Ich wollte dir sagen, dass es mir leidtut.“

Sie hebt eine Augenbraue. „Ach ja? Was tut dir denn leid?“

„Es war echt ätzend von mir, dass ich mich nicht gemeldet habe. Nach der Schlacht und allem, was mit Urs passiert ist, hätte ich dich besuchen kommen sollen. Ich habe nur an mich selbst gedacht. Aber ich hätte auch an dich denken sollen. Das muss alles furchtbar beängstigend gewesen sein.“

„Und Ma.“

„Ma?“

„Du hättest auch an meine Ma denken sollen. Wir wurden beide zurückgelassen.“

„Klar. Und deine Ma. Ich bin nicht so für euch da gewesen, wie Urs es gewollt hätte. Mit ihrem Verschwinden und der Ungewissheit, ob sie noch am Leben ist, und jetzt das alles. Es ist echt 'ne Menge."

„Ja, ist es." Sie trommelt mit ihren langen Nägeln auf ihrer Lederhandtasche herum. „Du warst eine echt schlechte Freundin, Mary. Urs wäre so sauer auf dich."

Sie mag da nicht ganz unrecht haben, trotzdem versteife ich mich. Ich war vielleicht nicht so für die beiden da, wie ich es hätte sein sollen, aber es ist ja nicht grade so, als wäre es für mich einfach gewesen: den Nachrichtenteams aus dem Weg zu gehen, die ganze Nacht heimlich zu heulen, in James' Hoodie zu schlafen, der immer noch nach ihm riecht. Ich konnte kaum das Haus verlassen. Ich hab nicht mal den Verlorenen Jungs einen Besuch abgestattet. Und außerdem, Newsflash? Nach mir hat auch niemand gesehen. Niemand ist gekommen, um zu sehen, wie es mir geht. Es gab nur Tante G und mich, die den ganzen Tag den Fernseher angestarrt, Kaffee getrunken und Make-up und Skin-Care-Produkte eingepackt haben, um sie in alle Welt zu verschicken.

Bis zu dieser grässlichen Kundgebung gestern bin ich nirgendwo hingegangen. Ich will Morgie sagen, dass jetzt nicht der richtige Zeitpunkt ist, um nachtragend zu sein und unrealistische Erwartungen anzubringen. Wir sollten füreinander da sein und uns umeinander kümmern. Wir können genau jetzt anfangen, es besser zu machen. Diese toughe Person ist nicht die Morgie, die ich kenne.

All das will ich ihr ins Gesicht sagen, aber ich zögere einen Herzschlag zu lang, und bevor ich noch eine Gelegenheit dazu bekomme, schiebt Morgie in einer schlechten Imitation ihrer Schwester eine Hüfte vor und grinst.

„Glücklicherweise brauchen wir dich nicht", sagt sie. „Ich kann mich um uns beide kümmern."

„Ach ja?"

„Ja. Urs hat mir ein Geschenk dagelassen." Sie greift in ihren Rucksack und zieht ein abgenutztes schwarzes Buch hervor, das ich auf den ersten Blick erkenne. Ich habe es bestimmt schon hundert Mal gesehen … in Ursulas Händen.

Diese Geste gespielter Tapferkeit verrät so viel. Sie ist nur ein Baby, das versucht, in die Fußstapfen eines großen Mädchens zu treten. In diesem Buch hat Urs genaue Aufzeichnungen von den Leuten in der Schule gemacht, die ihr einen Gefallen schulden, die irgendeinen Deal mit ihr eingegangen waren oder die auf die eine oder andere Art in ihrer Schuld standen. Ich habe es schon immer gehasst und es als das gesehen, was es war: Ursulas Art, sicherzustellen, dass die Welt ihr zu viel schuldig war, um ihr etwas wegzunehmen oder ihr noch mehr Schmerz zuzufügen, als sie es ohnehin bereits getan hatte. Und jetzt will Morgie da weitermachen, wo Urs aufgehört hat. Morgana ist jetzt am Zug.

Die Gute Fee stehe uns bei.

Wenn Ursula hätte verhindern können, dass Morgana jemals das Bedürfnis verspürte, in ihre Fußstapfen zu treten, hätte sie es getan. Ich glaube nicht, dass Ursula ihr irgendetwas hinterlassen hätte, das sie auf diesen Pfad führt. Nicht mit Absicht.

„Und mit *hinterlassen* meinst du, dass du in ihr Zimmer und durch ihre Sachen gegangen bist und es dir genommen hast?“, wage ich mich vor. Ich will sie nicht beleidigen, aber eine Rückkehr auf den Boden der Tatsachen würde bestimmt nicht schaden.

Morgie feixt. „Welchen Unterschied macht das schon? Sie ist fort. Es gehört jetzt mir, und alle wissen das. Das ist alles, was zählt.“

Hinter meinen Schläfen brauen sich Kopfschmerzen zusammen. „Du wirst feststellen, dass deine Schwester zu sein nicht so glamourös ist, wie du vielleicht denkst.“

Ihre Überheblichkeit kommt ins Schwanken, aber nur für einen Augenblick. „Was willst du, Mary? Ich weiß, dass du nicht nach mir gesucht hast, um dich zu entschuldigen, also lass uns keine Spielchen spielen.“

Sie hat recht. Meine Motive waren absolut selbstsüchtig, aber es sind selbstsüchtige Motive, von denen ich hoffe, dass sie letztlich auch ihr zugutekommen und sie davor bewahren werden, sich in die Person zu verwandeln, die sie so verzweifelt imitiert. Wenn Ursula zurückkäme, würde sie als Allererstes Morgie den Kopf waschen.

„Tut mir leid", sage ich, „und du hast recht. Ich brauche etwas von dir."

„Hmm." Sie schlägt eine neue Seite in dem Notizbuch auf und zieht einen Stift aus der Tasche.

„Ich hatte gehofft, dass du mir sagen kannst, ob du Urs seit dem Abend der Schlacht gesehen hast. Persönlich, meine ich. Hast du irgendwelche Nachrichten bekommen? Anrufe? Weißt du, wo sie ist?"

Morgie blickt von dem Notizbuch auf und mustert mich von Kopf bis Fuß mit einem unlesbaren Blick, der neue Hoffnung in mir aufkeimen lässt. Vielleicht hat sie Urs gesehen. Hinter dieser Fassade wirkt sie geheimniskrämerisch, aber hibbelig. Vielleicht ist doch noch nicht alles verloren. Vielleicht kann ich zu Ursula und James gehen, und wir können eine vernünftige Unterhaltung führen, einen Plan ausarbeiten, wie es weitergehen soll … gemeinsam.

„Was, wenn ich sie gesehen habe?", fragt Morgie. „Was wäre dir das wert?"

Ich bin so geschockt, dass mir die Worte im Hals stecken bleiben. Sie sieht es, und sie liebt es. Kichert glücklich.

„Ich mach nur Spaß!" Morgie schlägt mir spielerisch auf den Arm und klappt das Buch zu. „Ich weiß nicht, wo sie ist. Sie war ein paar Mal da, immer wenn wir geschlafen haben, und hat den Teppich so nass gemacht, dass wir ihn hochnehmen mussten, weil der Schimmel Ma ganz krank gemacht hat. Ich glaube nicht mal, dass sie unseretwegen da war. Ich glaube, sie hat nach etwas gesucht."

Ich muss an ihr Handy denken, das Handy, in das Bella und ich eingebrochen sind und auf dem all die Informationen über Caleb Rothco, den

Verrückten Hutmacher, gespeichert waren. Ihr kleines schwarzes Buch ist nichts im Vergleich zum Inhalt dieses Handys.

„Und du bist dir absolut sicher, dass du nicht weißt, wo sie ist?“, dränge ich. „Ich muss nur mit ihr reden.“

„Mal angenommen, ich wüsste genau, wo sie ist. Was würdest du dann mit der Information anfangen? Bist du nicht ein Cop?“

„Nicht mehr. Mit denen habe ich nichts mehr zu tun.“ Ich sehe sie ernst an. „Ich will versuchen, sie zurückzubringen. Ich will, dass alles wieder so wird, wie es war.“

Morgie kommt einen Schritt auf mich zu, und es kostet mich all meine Überwindung, nicht vor ihr zurückzuweichen. Wir sind uns so nah, dass ich ihren Atem auf meinem Gesicht spüren kann.

„Lass mich ein paar Dinge klarstellen“, sagt sie. „Erstens, ich hab keine Angst vor dir.“

„Ich will dir auch keine Angst einjagen“, entgegne ich. „Ich will dir helfen, die Dinge wieder in Ordnung zu bringen.“

Sie hebt eine Hand. „Halt die Luft an, Scary Mary.“

Ich klappe den Mund zu und beobachte sie aufmerksam, nicht sicher, was sie als Nächstes tun wird, wie weit sie gehen wird und wie wütend sie wirklich ist. Eine neue Menge hat sich um uns gebildet, ein Strom Kids, die an ihren süßen Kaffees nuckeln und so tun, als würden sie sich unterhalten.

„Zweitens“, fährt sie fort, „ich will nicht, dass alles wieder so wird, wie es war. Urs interessiert sich nicht mehr für uns als du. Trampelt überall herum wie so eine überdimensionale Qualle, einfach peinlich. Sie hat nicht einen Gedanken daran verschwendet, wie sich das auf uns auswirkt. Sie war schon immer egoistisch, und jetzt ist sie schlimmer als je zuvor. Ich wünschte, sie wäre tot geblieben, so wie alle es vor der Schlacht gedacht haben. Das würde alles viel einfacher machen.“

„Das meinst du nicht …“

„Ich meine das vollkommen ernst. Ma und ich würden sie nicht zurückwollen, wenn sie es noch mal wagen sollte, ihr Gesicht hier zu zeigen. Und drittens, falls du nicht hier bist, um mir eine Ladung von dieser süßen, *süßen* Magie anzubieten, die die anderen bekommen haben, bin ich nicht interessiert.“

Sie lächelt ein breites, zähnefletschendes Lächeln, während ein neugieriges Summen durch die Menge läuft.

Ich fröstle. Urs, die herzlich und lebenslustig, wenn auch manchmal ein bisschen schadenfroh war, hat mir nie dieses Gefühl von einer Schlange vermittelt, die, zusammengerollt, nur darauf wartet zuzuschlagen.

Morgie lehnt sich vor und zieht mich in eine Umarmung, gräbt ihre Finger fest in meine Schultern. „Falls du sie je findest – die Magie, meine ich –, würde ich dir nur zu gern einen Deal anbieten. Und dieser Tage könnte ich genau die Verbündete sein, die du brauchst.“

„Was ist mit dir geschehen, Morgie?“, murmele ich in ihr Haar, obwohl ich die Antwort bereits kenne. Das ist es, was mit dir passiert, wenn du einmal zu oft allein gelassen wurdest und dich wieder und wieder an die Oberfläche kämpfen musstest.

Sie macht sich los und lässt einen moschusartigen, leicht animalischen Geruch zurück, der mich würgen lässt.

„Ich bin ich selbst geworden“, sagt sie. „Eifersüchtig?“

„Eifersüchtig? Nein, ich bin nicht eifersüchtig.“ Ich strecke in einer mütterlichen Geste die Hand nach ihr aus, will sie an mich ziehen und sie beschützen, aber sie geht einen Schritt zurück und wirft mir einen abschätzigen Blick zu. Genau in dem Moment läutet die Glocke, und im gesamten Korridor bricht hektische Betriebsamkeit aus.

„Erlöst von der Glocke. Kommt schon, Mädels.“ Morgie wendet sich ab, wirft ihr Haar über die Schulter und bedenkt mich mit einem letzten Blick. „Wenn du mich fragst, ist dein Plan ziemlich dürftig. Du kannst sie nicht so zurückbringen, wie sie jetzt sind. Du müsstest sie schon heilen, oder sie wären total am Arsch. Niemand wird zulassen, dass ein Haufen magischer Monster frei in Monarch herumläuft."

Ich stehe da wie vom Schlag getroffen. Sie hat vollkommen recht, und ich habe bis jetzt noch nicht daran gedacht. Ich meine, natürlich brauchen wir einen Plan, einen sicheren Weg, sie zurückzubringen, aber erst jetzt begreife ich. Vor allem brauchen wir ein Gegengift, ein Heilmittel für die falsche Magie. Das ist die Lösung.

Obwohl ich keine Ahnung habe, wie ich diese Wundermedizin in die Finger bekommen soll, würde ich Morgie jetzt am liebsten küssen, weil sie daran gedacht hat. Doch bevor ich das tun kann, fährt sie fort: „Außerdem … hast du dich mal gefragt, warum Ursula und James keinen Kontakt zu dir aufgenommen haben? Vielleicht liegt es ja daran, dass sie es lieber mögen, wenn du nicht dabei bist, ihnen nicht ständig damit in den Ohren liegst, wenn etwas für deinen Geschmack zu gemein ist. Vielleicht haben sie Jahre auf die Gelegenheit gewartet, dich loszuwerden." Ihre Worte treffen punktgenau ins Ziel. „Falls du meine Schwester siehst, sag ihr, dass sie nicht mehr nach Hause kommen soll. Richte ihr aus, dass sie nicht mehr erwünscht ist."

Damit schlendert sie den Korridor hinunter, flankiert von ihrem kichernden Gefolge.

Irgendwie schaffe ich es, durch meine Stunde Wirtschaftswissenschaft (alles ist furchtbar, die Welt ist dem Untergang geweiht und die Wirtschaft praktisch nur fake) und versuche dabei, mich nicht über das aufzuregen, was Morgie gesagt hat. Nach der Stunde zieht meine bloße Anwesenheit im Korridor immer noch die Aufmerksamkeit auf sich – und ja, ich musste ganz hinten in der letzten Reihe bei Stone sitzen, um nicht die ganze Zeit angestarrt zu werden, aber es wird schon besser.

Das hier wird so etwas wie Konfrontationstherapie, was laut den Ausführungen meiner Therapeutin Dr. Tink im Wesentlichen das ist, womit ich schon begonnen habe, indem ich mein Praktikum bei der Polizei überhaupt gemacht habe. Ein Cop zu sein, bedeutete, mich meiner Angst vor soziopathischen Kriminellen und Mördern zu stellen, Menschen, deren einziges Ziel es ist, anderen Schmerzen zuzufügen, wie dem Mann, der meine Familie ermordet hat. Das hier wird genau so, beschließe ich, nur mit Teenagern anstatt mit Mord.

Nach der Stunde wartet Katy an meinen Spind gelehnt. Katy aus den Narrows. Katy mit dem strengen Bob und der spitzen Nase und den schmal zulaufenden beigen Schuhen. Katy, die normalerweise an Lucas Attenborough klebt. Jetzt grade ist keine Spur von ihm zu sehen. Vielleicht sind sie keine BFFs mehr.

Seufz.

Ich hatte sie beinahe aus meinem Gedächtnis verbannt. Beinahe.

Bevor ich sie erreiche, was ich wohl oder übel tun muss, da sie tatsächlich den Weg zu meinem Spind blockiert und damit auch mein Mathebuch, taucht Dreena an meiner Seite auf. „Mary“, flüstert sie verschwörerisch, „ich bin ja so froh, dass du hier bist. Ich dachte, vielleicht willst du dein Gesicht hier lieber nicht zeigen oder so. Aber ich weiß auch, dass du mutig bist, und ich will nur, dass du weißt, dass, falls du beim Mittagessen jemanden brauchst, bei dem du sitzen kannst … weil deine Freunde, also … nicht hier sind … kannst du auf uns zählen.“

Ich will meinen Blick eigentlich nicht von Katy abwenden, aber bei der Erwähnung von *uns* sehe ich mich um und muss feststellen, dass Dreena mindestens fünf Mitglieder ihrer Vereinigung Akademischer Exzellenz im Schlepptau hat. Es sind diese Mädchen, die ständig gegen irgendetwas protestieren, sich treffen, um an ihren Aufsätzen zu arbeiten, und versuchen, in der Scar etwas zu bewirken. Sie sind eine treue Armee.

„Danke, Dreena. Ich muss mich hier grad um was kümmern, okay?“, sage ich.

Dreena mustert Katy. „Ist das nicht dein Spind?“

„Jep, ist es“, murmele ich abwesend. „Wir sehen uns später, okay?“

„Okay, klar … Wir sehen uns beim Mittag.“

„OMG“, stößt Katy hervor, als ich näher komme und sie von ihrem Handy aufsieht. „Ich musste es mit meinen eigenen Augen sehen.“

Ich kann sie zwar nicht ausstehen, aber ich will es ruhig angehen lassen.

„Ich kann nicht fassen, dass du wirklich wieder hierhergekommen bist, nachdem du dich mit deinen trashigen Freunden vor der ganzen Stadt zum Idioten gemacht hast. Ich weiß, dass du einen psychischen Zusammenbruch oder so erlitten hast. Ich will nur, dass du weißt, dass ich weiß, wie labil du bist. Jeder in der Scar wartet nur darauf, dass du einen Fehler machst, und das wirst du auch. Wie ich immer sage: Abschaum bleibt Abschaum.“ Sie schnüffelt leicht, dann sieht sie mir direkt in die Augen und lächelt. „Und du bist Abschaum, Mary Elizabeth. Jetzt, wo deine kleinen Freunde fort sind, ist niemand mehr hier, um dich zu beschützen, also pass gut auf dich auf.“

Ich sehe viel weniger, was als Nächstes geschieht, als dass ich es fühle. Dreena zieht wie ein Schatten an mir vorbei. Ich dachte, sie wäre den Korridor weiter hinuntergegangen, aber ihr schwarzes Haar fliegt ihr wild um die Schultern, als sie einen Kriegsschrei ausstößt und Katy mit ausgestreckten Armen direkt an die Gurgel springt.

„So redest du nicht mit Mary!“, kreischt sie. Ihre Freundinnen folgen ihr auf den Fersen, während an allen Ecken und Enden Narrows auftauchen und sich ins Getümmel stürzen.

„Nein, Dreena, nicht!“, rufe ich, aber sie ist inzwischen gewissermaßen der Fuß einer menschlichen Pyramide, und so beginne ich, Körper von ihr herunterzuziehen. Mein Magen verkrampft sich, als ich sehe, wie Lucas direkt auf uns zugerannt kommt. Ich erwarte, dass er seine Faust in mein Gesicht donnert, aber das tut er nicht. Stattdessen stürzt er sich auf seine Narrows-Crew und zerrt sie von den Legacy Kids runter. Er versucht wohl, an Katy heranzukommen, die auf dem Rücken gelandet ist und wie wild zappelt, während Dreena, die tausendmal härter drauf ist, als ich es mir je hätte vorstellen können, ihr keinerlei Spielraum lässt und Katys perfekter, teurer Nase einen gezielten Schlag nach dem anderen versetzt.

Ich versuche gerade, eine von Dreenas Freundinnen in Sicherheit zu bringen, als meine Arme gepackt werden. Ich sehe nur graue Ärmel, als ich auf die Beine gerissen werde.

Lucas schaut alarmiert auf, hektisch um sich und wedelt wütend mit den Armen, als mehrere Mitglieder der Wache uns umzingeln, um die Meute unter Kontrolle zu bringen.

„Bist du okay?", brüllt er über den Lärm.

„Verpiss dich und …"

„Keine Flüche. Gegen die Regeln", brummt einer von der Wache.

„Wo bringen Sie sie hin?", fragt Lucas.

Sie antworten nicht.

Ich versuche mich noch einmal daran, ihn mit Blicken zu töten. „Tu doch nicht so besorgt", schreie ich. „Das alles ist doch deine Schuld."

Bevor er mir antworten kann, werde ich herumgewirbelt. Die Wache tritt unnötig entschieden auf. Ich schiele auf die Hand, die meinen Unterarm gepackt hält.

„Sie sind Legacy?", frage ich.

„Wir sprechen nicht von Legacy. Gegen die Regeln." Die weibliche Stimme ist gespannt wie ein Flitzebogen.

„Wo bringen Sie mich hin?", keuche ich und versuche, mich aus ihrem Griff zu winden.

„Büro des Schulleiters", sagt eine andere weibliche Stimme. „Principal Iago verlangt Ihre Anwesenheit."

„Iago ist Schulleiter?", sage ich, immer noch zappelnd. „Feenstaub, wir sind geliefert."

„Miss Heart", sagt Iago.

Während ich Mr. Iago immer mehr oder weniger gern mochte, besteht kein Zweifel, dass er ein katzbuckelnder Weichling ist. Nur, dass er die Art von katzbuckelndem Weichling ist, der die Schüler für gewöhnlich in Ruhe lässt, sodass er niemandem schadet.

Jetzt mustert er mich, als wollte er mich auf versteckte Waffen abchecken. „Bitte setz dich."

„Ich würde lieber stehen bleiben."

„Sitz", sagt er, als wäre ich ein Hund.

Ich bleibe stehen. Die beiden Frauen zu meinen Seiten üben Druck auf meine Schultern aus, bis ich mich in den Stuhl fallen lasse.

„Danke, das wäre alles", sagt er an die Wache gerichtet. „Würden Sie bitte dabei helfen, die restlichen Schülerinnen und Schüler aufzutreiben, die in den Kampf verwickelt waren? Bringen Sie alle in die Cafeteria. Ich werde dort zu Ihnen stoßen."

Die Wache nickt und lässt die Tür einen Spalt breit offen. Ich kann einen Blick auf Ms. Cruz erhaschen, die Assistentin des Schulleiters. Sie hat ein Auge auf uns, und ich fühle mich ein bisschen sicherer in dem Wissen, dass wir eine Zeugin haben.

„Komm schon, Mary", sagt er. „Wir können Freunde sein."

Ich reagiere nicht. Innerlich koche ich vor Wut, aber ich sehe mich nicht ohne eine gewisse Neugier in seinem Büro um. Iago ist Legacy, und davon sieht man hier nicht das geringste Anzeichen. Tatsächlich finde ich überhaupt kein Anzeichen irgendeiner Persönlichkeit, nur ein großes Schild, auf dem in kitschigen Pastelltönen TEAMWORK MAKES THE DREAM WORK steht.

„Was ist mit Principal Brown passiert?", frage ich.

„Es ist so, dass es einige Veränderungen im Bildungsministerium gegeben hat und Ms. Brown im Zuge dessen beschlossen hat, ihre Führungsrolle in der Monarch High nicht länger auszuüben. Man hat mir die Stelle angeboten." Er setzt sich ein wenig aufrechter hin und beobachtet mich aus braunen Knopfaugen, das Haar fettig und Schweißperlen auf der Nase. Er mag sich noch so viel Mühe geben, alles in den Griff zu bekommen, aber das hier wächst ihm über den Kopf. „Ich bin der Ansprechpartner für alle Angelegenheiten der Monarch High."

Principal Brown muss hinausgedrängt worden sein. Ich weiß, dass das Bildungsministerium die Monarch High beschuldigt, einen voreingenommenen Lehrplan zu verfolgen, der Legacy bevorzugt. Seit mehr und mehr Narrows hierhergezogen sind, konnte Brown dem Druck vielleicht nicht mehr standhalten. Sie war eine nette Lady, die das Geld der Narrows nur genommen hat, weil sie die Wahl hatte, es entweder anzunehmen oder die ganze Schule dichtzumachen.

„Wie geht es dir, Miss Heart?", fragt Mr. Iago, bemüht, besorgt zu klingen.

„Fabelhaft", sage ich und lege meine Füße auf den Tisch.

Er beäugt sie, beschwert sich aber nicht.

„Es freut mich, das zu hören. Wir haben uns alle solche Sorgen um dich gemacht, die ganzen Lehrer, wirklich alle. Aber ich glaube, es hat da eine kleine Fehlkommunikation gegeben. Ich habe in den letzten Tagen mehrfach versucht, dich zu erreichen."

Sie und der Rest der Welt, denke ich. Ich habe Interviewanfragen von jeder Nachrichtenagentur bekommen, Print und Fernsehen, dazu Todesdrohungen und anscheinend gibt es neuerdings eine Art Online-Fanclub für die Villains, der mich *sehr* häufig angerufen hat.

„Du bist die einzige Beteiligte der Schlacht am Miracle Lake, die nicht auf der Fahndungsliste steht, darum weiß ich, dass dir das jetzt ungerecht vorkommen wird, aber …"

„Was?"

„Also … wie soll ich das ausdrücken? Du bist ein Symbol für die Macht der Legacy, ob es dir gefällt oder nicht."

Ich hole tief Luft, um zu protestieren.

„Nein, nein“, beschwichtigt er mich. „Dann ist da natürlich noch diese Geschichte, dass du James die Hand abgehackt hast ... Du bist hier nicht weniger als eine Berühmtheit, weißt du das? Geliebt oder gehasst, ein Mittelmaß gibt es nicht. Wir können diese Art von Polarität im Augenblick nicht gebrauchen, nicht, wenn wir Einigkeit erzielen wollen.“ Er legt in einer Geste der Zusammengehörigkeit die Hände ineinander.

„Das hier ist Highschool“, sage ich. „In ein paar Tagen werden sie sich wieder langweilen.“

„Dazu kommt die Tatsache, dass heute Morgen ein weiterer Schüler verschwunden ist. Das macht, zusammen mit den vier, die übers Wochenende als vermisst gemeldet wurden, jetzt fünf von Monarchs Kindern. Und darum bin ich nicht der Ansicht, dass es sich hierbei um die Art von Angelegenheit handelt, die sich nach ein paar Tagen wieder verlaufen wird. Wir sprechen hier über die Rückkehr des M-Wortes, vermisste Kinder und Wahnsinnige auf freiem Fuß.“

Den letzten Teil spricht er nur im Flüsterton aus, und ich verdrehe die Augen.

„Sieh dir doch nur an, was da gerade auf dem Korridor passiert ist. Ein perfektes Beispiel. Deine Anwesenheit hier sorgt für ...“ – er sieht auf, sucht nach dem richtigen Wort – „Aufruhr.“

„Aufruhr“, wiederhole ich.

„Was ich damit sagen will, ist, dass von dir erwartet werden würde, dass du dich an alle Regeln hältst, keine Aufmerksamkeit auf dich ziehst und ein Höchstmaß an Diskretion und Respekt für das neue System an den Tag legst, solltest du hierbleiben.“

„Okay, damit kann ich leben.“

„Das sagst du jetzt, aber nach meiner Erfahrung hast du nicht gerade die beste Bilanz, wenn es darum geht, Regeln zu befolgen.“

„Jetzt schon.“

„Miss Heart, du hast sicherlich die besten Absichten, aber ich glaube nicht, dass das klappt."

Wir lassen diese Worte im Raum stehen.

„Offen gesagt", fährt er schließlich fort, „wird diese Einrichtung nur noch von einem Faden und einem Gebet zusammengehalten. Ich denke, es wäre das Beste, wenn du die dir gestellten Aufgaben von zu Hause aus erledigst, bis die Villains gefasst und unsere Kinder wohlbehalten zurückgebracht wurden. Die Dinge können hier an der Monarch High nur dann glatt laufen, wenn alle sich an die Regeln halten. Alle für einen und …"

„Einer für alle", beende ich seinen Satz.

„Ganz genau. Ich sehe keine Möglichkeit, diese Ideale in die Realität umzusetzen, da du der Drehpunkt dieses jüngsten Desasters bist. Ein Desaster, das sich allem Anschein nach noch entfalten wird, vielleicht sogar während wir uns hier unterhalten." Mr. Iago räuspert sich und lehnt sich in seinem Stuhl zurück. „Der Punkt ist folgender, Miss Heart. Wenn du das Gelände jetzt verlässt und dich mit meinen Bedingungen einverstanden erklärst, dann sehe ich keinen Grund, deine Tante in diese ganze Sache mit reinzuziehen. Du kannst einfach nach Hause gehen, und ich werde dir einige Unterlagen mitgeben, die sie unterzeichnen muss. Kein Grund, ihr irgendetwas von dem heutigen Vorfall zu berichten."

Ich nehme meine Füße von seinem Schreibtisch und richte mich auf.

Gia schläft gerade. Sie ist in letzter Zeit ohnehin schon so gestresst, dass ich mir gar nicht ausmalen mag, was es für sie bedeuten würde, wegen einer riesigen Schlägerei in die Schule zitiert zu werden.

„Wir haben akzeptiert, dass die Dinge sich verändern", sagt er freundlich. „Wir wissen, dass die Schurken dort draußen sind."

„Sie sind keine Schurken."

„Wirklich? Und wie erklärst du einen riesigen Drachen?", fragt er. „Und ein Seemonster? Einen Jungen, der die Zeit anhalten und eine gesamte Bevölkerung wehrlos zurücklassen kann? Das ist nicht *unsere* Form der

Magie, oder?“ Er schüttelt den Kopf. „Du musst begreifen, dass sie nicht mehr deine Freunde sind, nicht mehr bloß ein paar harmlose Teenager mit einem Hang zu ein wenig Trubel. Sie sind gefährlich. Sie sind eine Bedrohung.“ Er hält kurz inne. „Wir werden womöglich nie ganz verstehen, was geschehen ist, aber wir müssen weitermachen, und das kann ich nur tun, wenn alle Schüler an einem Strang ziehen. *Alle* Schüler. Sie müssen an das *glauben*, was wir hier erreichen wollen.“

„Und was ist das?“

„Ordnung“, erwidert er. „Sie müssen daran glauben, dass ihre Anführer in der Lage sind, sie zu beschützen. Die Überwachungsvideos zeigen, dass du nicht direkt in den Kampf heute Morgen verwickelt warst, darum kann ich dich gehen lassen. Dreena Quintanilla hingegen …“ Er fokussiert sich wieder auf mich. „Ich weiß nicht, was in sie gefahren ist, aber du standest offensichtlich im Mittelpunkt dieser ganzen Geschichte, und jetzt habe ich einen riesigen Schlamassel am Hals, um den ich mich kümmern muss. Bitte geh nach Hause. Deine Lehrer werden sich bei dir melden, um zu klären, wie du deine Aufgaben erledigen kannst. Wir werden dafür sorgen, dass du alle nötigen Leistungen rechtzeitig erbringen und deinen Abschluss machen kannst.“

„Moment, heißt das, ich kann *überhaupt* nicht mehr zurückkommen?“

„Na, na, lass uns keine voreiligen Schlüsse ziehen. Du machst deinen Abschluss im Mai, und jetzt ist gerade erst November. Dazwischen liegen Monate, in denen viel passieren kann. Wir werden alles versuchen, um dich auf die Bühne zu bringen, wo du dein Diplom in Empfang nehmen kannst. Falls die Villains gefasst werden und alles wieder in gewohnten Bahnen läuft, können wir uns noch einmal mit der Frage beschäftigen, ob du in den Unterricht zurückkehren kannst. Aber bis dahin halte ich es für alle Beteiligten für das Beste, wenn wir uns ein wenig Zeit nehmen, um uns an diese neue Realität zu gewöhnen.“

Es ist nicht grade so, dass ich es liebe, hier zu sein, aber ich hatte erwartet, mit den anderen meinen Abschluss zu machen. Jetzt habe ich kein Praktikum mehr. Keine Freunde. Keinen Freund. Keine Schule.

Großartig.

Siehst du, sagt die Stimme in meinem Kopf. *Beginnst du jetzt zu begreifen? Du bist hier nicht länger erwünscht.*

Mr. Iago steht auf und kommt um den Schreibtisch herum.

„Ich weiß, dass das für dich nicht leicht sein kann. Seit dem Tag, an dem du Hand in Hand mit James Bartholomew durch diese Türen gekommen bist, Ursula immer an deiner Seite, habe ich gesehen, wie viel sie dir bedeuten. Ich weiß, was du verloren hast. Aber kannst du verstehen, dass ich versuche, diese Schule zu vereinen? Es ist eine fast unmögliche Aufgabe, und ich glaube nicht, dass ich sie mit dir hier erledigen kann. Es tut mir leid."

„Klar." Ich nicke, sehne mich nach dem Gefühl von James' Arm um meine Schultern und nach Ursulas Schutz, sosehr ich ihr auch beweisen wollte, dass ich ihn nicht brauche. Ich will einfach nur das Gefühl zurück, wieder ein Teil von etwas zu sein. Ich will meine Leute zurück.

„Alle für einen", sage ich und denke dabei nicht im Mindesten an das Schulmotto.

Iago tätschelt meine Hand. „Einer für alle."

DREI

„GUTEN MORGEN", TRÄLLERT GIA. Sie hat sich Jogginghose und ein pinkes Sweatshirt angezogen und trägt ihre roten Haare in zwei Zöpfen. Schwungvoll stellt sie den Wasserkessel auf den Herd. Ihr Morgen ist jedermanns Abend. Sie beginnt ihren Tag damit, Beauty-Produkte zu verkaufen, während alle anderen ihren Tag allmählich beenden.

Draußen wird es bereits dunkel, und eine weitere #FearTheVillains-Kundgebung ist in vollem Gang. Ich versuche, nicht darauf zu achten.

„Gut geschlafen?", frage ich.

„Ja. Wie war Schule, Süße?" Sie hat geschlafen, darum weiß sie nicht, dass Schule für mich heute kaum eine Stunde gedauert hat. Ich bin seit zehn Uhr heute Morgen wieder zu Hause.

„Wie immer."

Sie hebt eine Augenbraue. „Wirklich? An deinem ersten Tag zurück?"

„Also, die Wache war da, das war merkwürdig, aber zumindest haben sie die Reporter draußen gehalten. Abgesehen davon … jep … ziemlich normal."

„War Lucas Attenborough da?"

„Ja, er hat sich da rumgetrieben." Ich muss an sein seltsames Verhalten denken, dass er nicht mit seinen Freunden unterwegs war und wie anders er angezogen war. Beinahe bilde ich mir ein, dass er besorgt um mich war. „Wir haben nicht miteinander geredet."

„Hätte ich auch nicht erwartet. Du wirst dich von ihm fernhalten, oder?"

„Ja. Er wird mir schon nichts tun, wenn alle zugucken."

Sie nickt und schnappt sich ein paar Scheiben Brot. „Sonst noch jemand?"

„Ich hab Morgie gesehen. Scheint ihr ganz gut zu gehen. Sie vermisst Ursula, aber sie hat wohl Freundinnen, daher denke ich, dass sie okay ist."

„Hmm", murmelt sie. „Gut. Ich werd ihre Mutter diese Woche mal anrufen, aber ich kann das Haus noch nicht verlassen. Die Reporter rufen immer noch an, und ich will nicht, dass mir einer von denen auflauert. Sie haben dich doch nicht belästigt, oder?"

„Nur auf dem Handy, und das kann ich ignorieren. Ich glaube, sie sind weitergezogen, G. Bestimmt hocken sie noch vor Ursulas Apartment, aber sie werden nicht völlig umsonst hier im Regen rumstehen. Ich glaub, sie haben kapiert, dass wir ihnen nicht von Nutzen sein werden."

„Wahrscheinlich hast du recht." Gia steckt ihr Brot in den Toaster. Sie mag ihr Toast praktisch verbrannt. „Aber ich weiß einfach noch nicht, ob ich mein Temperament in Schach halten kann. Es erinnert mich an die Zeit, als … na ja, du weißt schon … wir konnten ihnen monatelang nicht entkommen."

Ja, ich weiß. Ich war noch klein, als meine Familie ermordet wurde, aber ich erinnere mich an die Blitzlichter, wenn wir in unser Apartment rein- oder rauswollten, und daran, wie Gia sie alle angeschrien hat. Sie landete sogar in den Abendnachrichten, als die „labile Schwester" des Opfers, und das Jugendamt stattete uns einen Besuch ab.

„Lass dir Zeit, G", sage ich. „Kein Grund zur Eile."

„Das wars also? Die Schule war okay und alles ist glatt gelaufen?"

„Hmmm", brumme ich unverbindlich und bete, dass es ausreicht, damit sie das Thema wechselt.

Ich werde Gia noch früh genug erzählen müssen, dass man mich vom Schulgelände verbannt hat, aber nicht, fünf Sekunden nachdem sie aufgewacht ist, und nicht, bevor ich überhaupt Gelegenheit hatte, mir darüber klar zu werden, wie ich mich damit fühle. Es ist genauso wahrscheinlich, dass sie die ganze Angelegenheit mit einem Schulterzucken abtut, wie dass sie vollkommen durchdreht, verlangt, den Vorgesetzten zu sprechen, und allen Beteiligten die Hölle auf Erden heiß macht. Ich bin entzückt, als sie sich dem Herd zuwendet und ungeduldig auf den Kessel starrt.

„Ich habe ein paar Heizgeräte bestellt. Sollten heute geliefert werden. Wenn dieses Wetter sich hält, werden wir uns eine dauerhafte Lösung überlegen müssen“, sagt sie. „Ich musste schon die Klamotten rauskramen, die ich mir vor Jahren mal für diesen Job in der Midcity gekauft habe. Gut, dass ich die Kiste behalten hab, sonst würde ich mich zu Tode frieren. Wahrscheinlich müssen wir uns über kurz oder lang mit dem Gedanken auseinandersetzen, eine Heizung einbauen zu lassen.“

Ich bin so an unseren Apartmentkomplex gewöhnt, dass ich manchmal gar nicht mehr sehe, an wie vielen Stellen es bröckelt. Aber es bröckelt wirklich. Die Geräte sind alt, die Möbel klapprig, und die Wände könnten dringend einen frischen Anstrich gebrauchen. Ich wollte die Highschool beenden und einen Job bei der Truppe bekommen, wollte mich durch die Ränge und die Leiter in Monarch hocharbeiten. Ich weiß, dass ich es hätte schaffen können, dann hätte ich ihr mit dem Geld helfen können. Jetzt muss ich einen anderen Weg finden.

„Mach mal den Fernseher an“, fordert sie. „Die Nachrichten müssten gleich kommen.“

Geistesabwesend spiele ich mit der Halskette, die James mir letztes Jahr geschenkt hat. Herzen auf schwarzem Leder. Ich weiß noch, wie aufgeregt er war, als er sie mir überreicht hat. Mit welchem Blick er beobachtet hat, wie ich die Kette aus ihrem Säckchen gezogen und zwischen uns hochgehalten habe, funkelnd im Licht, als wäre sie aus Diamanten und nicht aus Silber.

„Es können nie genug Herzen sein", hatte er gesagt, als er mir die Kette um den Hals legte.

„Du bist so was von kitschig", hatte ich erwidert. „Sie sollten dich ins Kitschgefängnis sperren."

„Ey …", hatte er protestiert, „können wir die Gefängniswitze sein lassen? Zu nah an der Wahrheit."

Für den Bruchteil einer Sekunde hatte ich gedacht, er wäre tatsächlich sauer, weil ich so unsensibel gewesen war, das Wort „Gefängnis" in den Mund zu nehmen, wo doch sein Vater genau dort einsaß, als wir uns kennengelernt hatten. Aber dann lachte er. „Du hast recht, ich werde zu einem wandelnden Klischee, wenn es um dich geht. Ein Mann muss doch eine weiche Seite haben."

Ich hatte ihn sanft in den Bauch geboxt. „Jep, und das ist sie nicht."

Dann hatte er mich für einen so langen und unglaublichen Kuss an sich gezogen, dass ich sogar vergaß, dass ich eigentlich schon längst auf dem Revier in Monarch hätte sein sollen. So hätte ich es beinahe geschafft, in meiner zweiten Woche bei der Truppe gefeuert zu werden. Vielleicht wären wir jetzt nicht hier, wenn ich es damals tatsächlich vermasselt hätte. Ich hätte besser darauf achtgegeben, was mit ihm los war, und wäre nicht so selbstbezogen gewesen.

Damals konnte ich die Halskette nicht jeden Tag tragen. Das baumelnde Silber wirkte irgendwie falsch für jemanden, der von den Cops ernst genommen werden wollte. Aber am Abend der Schlacht habe ich sie umgehabt und seitdem nicht mehr abgelegt. Ihr Gewicht erinnert mich daran, wie sehr ich einst geliebt wurde.

Ich öffne die Notiz-App auf meinem Handy, während Gia in der Küche weiter vor sich hin plappert.

Ich tippe *Gegengift.* Ich bin keine Wissenschaftlerin, also wird das eine ziemlich harte Nuss. Der erste Punkt auf der Tagesordnung ist, meine Freunde zu finden. Ich muss mit jeder einzelnen Person sprechen, die mir dabei helfen könnte, sie aufzuspüren, bevor die Wache es tut. Ich tippe:

Jack Saint
Dally Star
Bella Loyola

Jack Saint ist Mallys Dad. Er und Mally stehen sich so nah, sie könnte ihm anvertraut haben, wo sie ist – oder zumindest, dass es ihr gut geht. Er könnte etwas wissen. Einen Versuch ist es zumindest wert. Dally gehört das Wonderland, die Bar, in der wir alle rumgehangen haben. Dort gab es einen Tunnel, der von dem Labor, in dem Kyle Attenborough James, Mally und Ursula gefangen gehalten hat, direkt in den hinteren Teil der Bar führte. Eigentlich müsste Dally etwas darüber wissen, obwohl ich mir nur schwer vorstellen kann, dass Dally etwas Böses im Schilde führt. Er ist einer meiner Lieblingsmenschen, und ich habe ein gutes Gespür für Abschaum.

Hast du das?, fragt die Stimme. *Diesen Chief hast du doch auch nicht ausgeschnüffelt, oder? Vielleicht ist dein Gespür doch nicht so fein, wie du denkst.*

Zu guter Letzt bleibt noch Bella, meine Partnerin von der Truppe, die direkt im Anschluss an die Schlacht gefeuert wurde. Ich vermute, dass sie mich hasst. Ich habe nicht auf ihre Warnungen gehört, und tatsächlich sind wir in einen riesigen Schlamassel geraten, alles ist zum Teufel gegangen, und sie hat ihren Job verloren, der den Mittelpunkt ihres Universums dargestellt hat. Zumindest war er das Wichtigste in ihrem Leben. Sie hatte ihre gesamte Identität darauf aufgebaut. Bei dem Gedanken schnürt sich mir die Kehle zu. Ich fühle mich grässlich.

Tante Gia werkelt in der Küche herum. Sie holt einen Becher aus dem Schrank. Der Kessel beginnt zu pfeifen, ein hoher, kreischender Ton, der durch die Küche hallt und uns zusammenzucken lässt. Sie gießt Wasser in ihre Teekanne und schnuppert mit geschlossenen Augen an dem aufsteigenden Dampf. Der Toaster pingt.

Draußen ertönt ein Schrei, das Gebrüll einer Meute von Protestierenden. „NIEDER MIT CAPTAIN HOOK! NIEDER MIT CAPTAIN HOOK! NIEDER MIT CAPTAIN HOOK!"

„Haltet verdammt noch mal die Klappe!", schreie ich aus dem Fenster, aber meine Worte gehen in dem Lärm unter.

Früher habe ich uns glücklich geschätzt, weil wir direkt neben Miracle Lake leben, obwohl er tödlich ist. Er ist wunderschön, glasklar, die Art von Ort, der die Menschen wie magisch anzieht, besonders mit all den schwebenden Laternen. Aber jetzt, wo die Schlacht in der Nähe von Miracle stattgefunden hat, ist er der naheliegende Ort für die Proteste.

„Ach Mary, um Fantasias willen, warum bestehst du darauf hinzusehen? Lass diesen Kram draußen, wo er hingehört", sagt Gia und prüft vorsichtig die Temperatur ihres Tees.

„Ich kann nicht anders", murmele ich.

Die Meute hat sich um eine Puppe von James versammelt. Ein Dolch steckt in seiner Brust, auf seinen Lippen liegt ein anzügliches Grinsen, und der linke Arm endet in einem blutigen, fleischigen Stumpf. Selbst in dieser groben Gestalt kann ich die Konturen seines Gesichts ausmachen, das kantige Kinn. Es ist ein lebloser Abklatsch, aber er ähnelt ihm genug, um Erinnerungen daran hochkommen zu lassen, wie er mich im Arm hält, sein Atem, wenn er sich hinunterbeugt, um mir etwas ins Ohr zu flüstern, dieser abgeschottete Raum in unserer Beziehung, der nur uns beiden gehörte. Die Menge geht auf ihn los, reißt ihn in Fetzen, schichtet seine Überreste auf und steckt sie in Flammen. Sie grölt, während er brennt.

„Caleb Rothco!", ruft Gia und deutet auf den Fernseher. „Es geht los!"

Ich werfe das Fenster zu, schnappe mir die Fernbedienung und drehe die Lautstärke hoch. Die Monarch Police hat Caleb am Tag der Schlacht verhaftet. Zuerst hatten sie ihm die Morde an Ursula und Mally zur Last gelegt, aber als offensichtlich wurde, dass die beiden noch am Leben waren, kamen die Cops mit einer neuen Reihe an Vorwürfen um die Ecke. Caleb Rothco, aka der Verrückte Hutmacher, berüchtigter Verbrecher, starrt uns aus dem Bildschirm heraus an, seine Miene unergründlich. Ich kann immer noch nicht fassen, dass ich ihm vor einer Woche gegenübergesessen habe.

Erst letzte Woche, als Bella und ich noch an diesem Fall arbeiteten, fanden wir auf Ursulas Wegwerfhandy Hinweise auf irgendeinen Streit, den sie mit ihm gehabt hatte. Wir gingen zu seinem Tattooladen in der Scar und fanden heraus, dass Caleb Ursula kurz vor ihrem Verschwinden noch einen riesigen Tintenfisch auf den Oberschenkel tätowiert hatte. Aufgrund dieser Tatsache und seines Verhaltens dachten wir, dass er etwas mit ihrem Verschwinden zu tun haben könnte. Er schwor, dass er sie für das Tattoo zum ersten und einzigen Mal getroffen hatte, aber ich habe ihm nie recht geglaubt.

Ich hatte ja keine Ahnung, dass er der selbst ernannte Verrückte Hutmacher war und eine Spur aus zerhackten Körperteilen über ganz Monarch verteilt hinterlassen hat. Als Bella und ich die Schlinge um Kyle und Lucas Attenborough zuzogen, behauptete Chief Ito, dass Caleb Ursula und Maleficent auf dem Gewissen habe, was ihr Verschwinden fein säuberlich aufgeklärt hätte, sodass niemand jemals wieder nach ihnen suchen würde. Das flog alles auf, als die beiden lebendig wiederauftauchten und sich genau auf diesen Straßen eine epische Schlacht mit der Polizei lieferten.

Caleb hat gestanden, ein paar Legacy-Verräter umgebracht zu haben. Jetzt, nachdem herausgekommen ist, dass er versucht hat, die örtliche Regierung zu stürzen, bereitet der Staatsanwalt eine zusätzliche Anklage wegen Staatsgefährdung gegen ihn vor. Das ist Landesverrat. Falls er verurteilt wird, heißt es ab mit seinem Kopf.

Auf dem Bildschirm steht jetzt eine Reporterin vor dem Gerichtsgebäude, den Rücken zum Eingang, um sich herum ein Meer aus Reportern, die sich an die Kameras ihrer eigenen Nachrichtensender wenden, allesamt in dicken Mänteln und mit Schals, während pastellfarbene Lederhandschuhe ihre Hände wärmen.

„Kristy, was kannst du uns über die wilde Welt des mysteriösen Verrückten Hutmachers berichten?“ Der Nachrichtensprecher kommt eindeutig aus den Reihen der Narrows. Er steckt in dem üblichen Jackett, seine Haare sind mit viel Gel nach hinten gekämmt, und er hat unnatürlich orangefarbene Haut.

„Es war ein wahrhaftig denkwürdiger Tag hier im Gerichtsgebäude von Monarch, Bob. Caleb Rothco, aka der Verrückte Hutmacher, ein Monster, das Berühmtheit dafür erlangt hat, Körperteile in Geschenkboxen in ganz Monarch zu verteilen und seine Bewohner zu terrorisieren, macht sich jetzt einen Namen durch seinen Hang zum Dramatischen. Damit enttäuschte er auch nicht am ersten Tag seines Prozesses, indem er in einer verblüffenden Wende der Ereignisse verlangte, augenblicklich auszusagen, und damit drohte, andernfalls seine Anwälte zu feuern. Er stand auf dem Tisch, führte dem Staatsanwalt Taschenspielertricks vor und beeindruckte mit seinem ausgefallenen Outfit. Bewunderer strömten zu Gericht, versuchten, ihm Nachrichten zuzustecken und so nahe wie möglich an ihn heranzukommen. Es heißt, er sei … können wir es wagen, das auszusprechen? … äußerst attraktiv! Mit seiner Aussage hat der sogenannte Verrückte Hutmacher heute hohe Wellen verursacht und Beobachter mit der Frage zurückgelassen, ob es sich bei ihm um einen Volkshelden oder einen Wahnsinnigen handelt. Falls Sie den Tag über nicht an Ihrem Fernseher, Handy oder Computer geklebt haben, wie so viele Bürger von Monarch, folgt hier eine Zusammenfassung der Highlights.“

Ich habe ja schon von Eilverfahren gehört, sagt Sie, *aber das hier stinkt zum Himmel, findest du nicht?*

Die Kamera wird geschwenkt. Caleb steht in einem burgunderfarbenen

Samtanzug mit schwarzer, paillettenbesetzter Krawatte und passendem Zylinder im Zeugenstand. Seine Finger stecken in Handschuhen. Wo immer ein Stückchen Haut zu sehen ist, blitzen Tattoos hervor. Seine Haare sind ein Stück gewachsen, seit wir uns getroffen haben, und er ist sein Ziegenbärtchen losgeworden. Seine Wangenknochen zeichnen sich noch schärfer ab, und um seine Augen liegen tiefe Schatten.

Oh, er ist zum Anbeißen, nicht wahr?, fragt Sie.

„Psst", zische ich.

„Hab kein Wort gesagt", murmelt Gia.

Der Anwalt stellt ihm eine Frage, und Caleb richtet sich auf, er ragt geradezu über dem Ankläger auf, der neben Calebs drahtiger Selbstsicherheit schwach und aufgeplustert wirkt. Ich schätze, aus einem gewissen Blickwinkel betrachtet *ist* er ziemlich attraktiv, aber er hat etwas Unbeständiges an sich, etwas Instabiles – als ob seine Atome und Teilchen nicht ganz so gut zusammenpassen wie bei allen anderen um ihn herum und sich ständig neu anordnen.

Caleb faltet die Hände vor der Brust und lehnt sich vor. „Was gibt Ihnen das Recht, mich zu befragen? Das ist es doch, was wir abwägen müssen, philosophisch betrachtet."

Für eine Sekunde sieht es ganz danach aus, als wolle der Staatsanwalt Einspruch erheben, aber dann lässt er den Blick über die Jury schweifen, wie um abzuschätzen, ob Calebs Darbietung sich positiv auf die Anklage auswirken würde. Anscheinend fällt sein Urteil positiv aus, denn er wirft den Zuschauern im Gerichtssaal einen Blick zu, der eindeutig besagt: *Oh, es geht los*, und lächelt, als würde er das Spiel mitspielen.

„Dies ist ein Gerichtssaal, und Sie stehen, in der Tat, vor Gericht, Mr. Rothco", sagt der Staatsanwalt. „Das ist die Natur dieser Verhandlung. Sie stehen im Zeugenstand, nicht ich. Ich stelle Ihnen Fragen, und Sie beantworten diese, das ist der klassische Ablauf."

Caleb starrt den Staatsanwalt an, sein Gesicht eine ausdruckslose Maske, dann verziehen sich seine Lippen zu einem Grinsen. Das Glitzern eines Goldzahns funkelt im Licht, und die Kameras klicken und blitzen. Eine drückende Stille legt sich über den Saal, während Caleb die uneingeschränkte Kontrolle über den Raum einnimmt.

„Ihr denkt, ihr hättet mich geschnappt", sagt er langsam und mustert die Mitglieder der Jury, eins nach dem anderen, anschließend blickt er direkt in die Kamera, bevor er sich wieder an den Staatsanwalt wendet. „Aber ihr habt mich nicht geschnappt. Ich stehe über euch und euren Käfigen. Ich stehe über euren korrupten Gesetzen, euren Anführern und Gut und Böse. Ich bin jenseits von allem, was ihr jemals begreifen könntet. Ihr glaubt, ihr könntet mich einsperren, mich in Handschellen legen und abführen, und ich würde einfach dort bleiben? Ich bin nur so lange geblieben, weil ich will, dass ihr ganz genau begreift, wie vollkommen hilflos ihr tatsächlich seid." Er stößt ein schrilles Lachen aus. „Ihr habt keine Ahnung, womit ihr euch anlegt. Ihr seid wie Mäuse, die an einem Stück Käse knabbern, ohne auch nur zu ahnen, dass euch jede Sekunde das Rückgrat gebrochen wird."

Der Staatsanwalt zupft sein Jackett zurecht, erbleicht und versucht erfolglos, das zu verbergen. „Wollen Sie damit sagen, dass Sie verschwinden werden?"

Caleb lehnt sich zurück, macht sich immer noch den Raum und jede Seele darin zu eigen. „Was ich damit sagen will, ist, dass alles, was geschieht, nach meinem Willen geschieht, sogar die Tatsache, dass ich mich in diesem Augenblick hier befinde."

Der Staatsanwalt versucht sich an einem Lachen. Versucht, sich zu erholen. Er ist aus dem Konzept und stottert: „Also … also … das klingt unglaublich, Mr. Rothco, denn hier stehen Sie, mit Ketten an den Füßen, und müssen sich für Ihre schrecklichen Taten verantworten. Ich denke nicht, dass Sie über irgendetwas stehen. Ich denke, dass Sie einfach nur ein kleiner, unbedeutender Verbrecher sind. Sobald wir Sie ein für alle Mal weggesperrt haben, wird diese ganze Stadt ihr Leben weiterleben, und Sie werden in Vergessenheit geraten."

„Einspruch", wirft Calebs Anwalt von der anderen Seite des Saals ein.

„Stattgegeben. Der Zeuge ist unschuldig bis zum Beweis der Schuld", stimmt die Richterin zu. „Und wir werden unsere persönlichen Ansichten und Urteile aus diesem Verfahren heraushalten, Herr Staatsanwalt."

Eine Welle von Gekicher schwappt durch den Gerichtssaal, aber Caleb starrt weiter direkt den Staatsanwalt an. Ich grabe die Finger in meine eigenen Schultern. Von hier aus wirken Calebs Augen pechschwarz, als hätten sie keine Iris, als wäre er nicht menschlich.

„Ich bitte um Entschuldigung, Euer Ehren", erwidert der Staatsanwalt.

„Ich weiß, wo Sie wohnen." Caleb tippt sich an die Schläfe. „Und ich vergesse niemals ein Gesicht."

Der Staatsanwalt erstarrt. „Wollen Sie mir drohen, Mr. Rothco?"

„Ich teile Ihnen lediglich etwas mit, damit Sie nicht überrascht sind, wenn wir uns erneut über den Weg laufen."

Gemurmel brandet auf. Der Staatsanwalt blickt Hilfe suchend zur Richterin, aber sie reagiert nicht. Sie ist genauso gebannt wie alle anderen.

„Ihr habt beschlossen, dass ich ein Verbrecher bin, weil ich meine Leute verteidigen will, die Menschen der Scar", fährt Caleb fort. „Alles an eurer Regierung ist korrupt." Seine Worte klingen abgehackt und zugleich aalglatt. „Alles, was ihr durchzusetzen versucht, ist für mich ohne Bedeutung. Ich habe die Hälfte der Taten, derer ihr mich beschuldigt, nicht begangen, aber die andere Hälfte sehr wohl. Und wenn mich das auf den Stuhl bringt, dann sei es so. Ich wollte nicht in den Zeugenstand treten, um eure bedeutungslosen Fragen darüber zu beantworten, wo ich an diesem oder jenem Tag war und was ich dort getan habe."

Caleb blickt direkt in die Kamera, und ich könnte schwören, dass er mich ansieht. „Ich habe für meine Leute gekämpft. Ich kämpfe immer für meine Leute." Er hebt seine Handgelenke, zeigt dem versammelten

Gerichtssaal sein Legacy-Zeichen. „Legacy Loyalty. Loyalty is royalty. Legacy for life. Wir werden uns erheben, denkt an meine Worte. Aber ihr …“ Er schnaubt abfällig, dann blickt er wieder direkt in die Kamera. „Ihr seid nur eine arme Seele in Not.“

Moment, sind das nicht genau die Worte, die diese Frau bei der Kundgebung verwendet hat, als sie von Ursulas Garten der Seelen sprach? *Arme Seelen in Not.* Mir wird übel von einer plötzlichen Gewissheit: Ich weiß zwar nicht, wo meine Freunde sind, aber die Gerüchte kommen von irgendwoher, und sie haben eine Grundlage. Ich sehe auf das Handy in meiner Hand und füge Caleb Rothco zu meiner Liste hinzu. Ich muss mit ihm reden. Ich habe bloß keine Ahnung, wie.

Er befindet sich in Einzelhaft im Monarch PD, Mary. Nur eine Zugfahrt entfernt.

Sie hat recht. Und ich weiß, wie alles dort funktioniert. Ich weiß ganz genau, wie ich in diese Käfige hineinkomme.

Ich denke zurück an den Abend der Schlacht, an das Gewicht der Axt in meiner Hand, und ich sehne mich nach diesem Gefühl: Bestimmung, Abenteuer.

Tu doch nicht so, Mary. Du mochtest das Gefühl der Klinge in deiner Hand. Du mochtest das Gefühl von Stahl, der in Fleisch schneidet.

Und dann bin ich dort. In dieser Nacht. James liegt auf der Straße im Dreck, die Nacht ist heiß und drückend. Über uns das Geräusch der kreisenden Helikopter, während Monarch alles in seiner Macht Stehende tut, um sich der Bedrohung eines fliegenden Drachen und eines Seemonsters von der Größe eines Wolkenkratzers zu stellen. Aber die Monster, die sie suchen, sind ganz andere als die, die sie jagen. Sie sind menschlich und stehen mit mir auf der Straße. Wir alle beobachten, wie James stirbt, von einem vergifteten Pfeil direkt in die Hand getroffen, die er zum Schutz erhoben hatte. Er fängt an zu verschrumpeln, beginnend mit den Fingern seiner linken Hand, deren Spitzen sich verfärben, bis sie pechschwarz sind.

Die Geräusche der Helikopter und der Sirenen in der Ferne verlangsamen sich und verschwimmen miteinander, dann lösen sie sich wieder voneinander. Jedes Heulen, jedes Flappen der Rotorblätter schneidet durch die dicke Luft. Klick, klick, klick. Alles ist verlangsamt, jede Sekunde dehnt sich aus, während meine Gedanken rasen, während ich versuche nachzudenken, was ich als Nächstes tun soll.

Maleficent steht neben James und sagt etwas darüber, dass sie nicht in der Lage ist, einfach so mit Magie einen Körperteil abzutrennen. Ich weiß, dass es an mir ist, James zu retten. Ich bin Tausende Male an dem Haushaltswarengeschäft vorbeigekommen und weiß, dass die Schaufensterpuppe eine gelbe Weste, ein kariertes Hemd und grüne Stiefel trägt – und dass sie eine Axt mit rotem Griff in ihrer Plastikhand hält.

Ich verstehe kein Wort, das Mally und Ursula sagen. Alles, was ich sehe, ist James, ausgestreckt auf dem Asphalt, die Augen geschlossen. Wenn ihm niemand diese Hand abnimmt, wird er sterben, mit Gift im Herzen, das weiß ich.

Ich sage ihnen, dass ich tun werde, was getan werden muss, renne los, trete mit einem raschen, harten Tritt das Glas ein und entreiße der Schaufensterpuppe die Axt. Ich stürme zurück zu James, stehe über ihm, und da höre ich das Mädchen aus dem Spiegel. Ihre Stimme gehört mir, klingt aber aufgekratzt und fiebrig.

Ja, drängt sie. *Schlag sie ab.*

Und dann tue ich genau das. Ich hebe die Axt über meinen Kopf und lasse sie hart hinuntersausen. Sie schneidet durch James' Fleisch, durch Knochen, Muskeln und Sehnen, und dann fällt die verschrumpelte Hand auf den Gehweg. Ich zerre meinen Gürtel aus den Schlaufen und ziehe ihn, so fest ich kann, um seinen Unterarm, bevor Mally die Wunde ausbrennt und ein Verband erscheint.

Ich falle neben James auf die Knie, lege ihm eine Hand an die Wange und versuche, meinen Atem unter Kontrolle zu bekommen.

Ja, Mary, murmelt die Stimme. *Großartig. Ab mit seiner Hand.*

Es klopft laut an der Tür, und ich zucke zusammen. Die Zusammenfassung der Highlights ist beendet, und Gia schaltet den Fernseher aus.

„Wer ist da?“, frage ich.

„Was soll das heißen? Es ist Montagabend!“, ruft eine laute Stimme.

„Oh Feenstaub, die Naturalisten“, stöhne ich.

„Also wirklich. Du könntest ein bisschen netter sein. Sie lieben dich“, sagt Gia vorwurfsvoll und tänzelt zur Tür.

Die Naturalisten-Ladys kommen im Gänsemarsch herein, alle reden durcheinander, Ginny und Cindy vorneweg.

„Ist das zu fassen?“, fragt Ginny. „Die Wache steht draußen. Sie haben versucht, als Legacy durchzugehen, aber es ist so offensichtlich.“

„Eine absolut rücksichtslose Missachtung unserer Privatsphäre“, grummelt Cindy.

„Na, na, na“, wirft Evelyn ein. „Wir dürfen keine negative Energie hier hereinlassen, Ladys. Lasst uns einen Moment nehmen, um unsere innere Mitte zu finden.“

Das Geraschel von Jacken und Mänteln verstummt, und sie schließen die Augen. Mattie fasst an den Opal, den sie an einer Kette um den Hals trägt. Eine neue Art der Wärme legt sich über das Zimmer, während die Naturalisten den Raum einnehmen. Evelyn ist rundlich und süß, Mattie sonderlich und bestimmt, Ginny mütterlich und großzügig, und Cindy ist eine geborene, glühende Anführerin. Gemeinsam vermitteln sie Frieden und Weisheit, aber sie können auch ganz schön anstrengend sein.

Cindy seufzt und hebt die Arme, bevor sie sie wieder an die Seiten fallen lässt. Das Gebrabbel setzt erneut ein. Küsschen werden auf Wangen verteilt, Jacken an der Garderobe neben der Tür aufgehängt und Umarmungen wie Heilmittel eingesetzt.

„Ich weiß, dass du etwas gebacken hast, Gia. Also, wo ist es?“, fragt Cindy.

Und schon schnappen sie alle sich einen Teller, während Gia frisches Wasser aufsetzt und die Cupcakes aus dem Kühlschrank holt, die Mattie anschließend verteilt.

„Die Wache war draußen?", fragt Gia mit einem verstohlenen Seitenblick auf mich.

„War sie, war sie", bestätigt Mattie.

„Irgendetwas müssen sie ja unternehmen. Fünf verschwundene Kinder", sagt Evelyn und nimmt nachdenklich einen weiteren Bissen. „Man kann es ihnen kaum zum Vorwurf machen, dass sie die Scar irgendwie zu beschützen versuchen. Vielleicht hat die Wache wirklich nur unser Bestes im Sinn."

„Ach, sei doch nicht albern", entgegnet Mattie und marschiert in die Küche, um den Kessel zu holen. „Hier geht es um Kontrolle."

„Es geht um Mary Elizabeth", wirft Cindy ein.

Stille legt sich über den Raum.

„Um mich?"

„Na klar. Du bist eine der wenigen Verbindungen zu James und den anderen. Selbstverständlich werden sie dich und ihre Familien genau im Blick behalten. Selbstverständlich bekommen auch wir dieselbe Behandlung verpasst. Andernfalls könnten sie doch nur wie kopflose Hühner durch die Stadt rennen und immer dann auftauchen, wenn mal wieder ein Legacy Kid verschwunden ist. Und was soll das groß bringen? Darum beobachten sie dich und behalten uns andere ebenfalls im Auge, nur für den Fall."

„Ich habe gehört …", fängt Mattie an und schenkt Tee aus, „dass der Vater von James Bartholomew ein Statement aus dem Gefängnis heraus abgegeben hat." Sie senkt ihre Stimme zu einem Flüstern. „Er sagt, dass er stolz auf seinen Sohn ist und ihn in allem unterstützt, was er vorhat. Sagt, dass James schon immer gerissen und Pro-Legacy war. Legacy Loyalty und das alles." Sie schnalzt mit der Zunge.

„Fünf unserer unersetzbaren Babys sind fort", sagt Evelyn. „Niemand weiß, wo sie sind. Das ist besorgniserregend, wirklich besorgniserregend. Unverantwortlich, so etwas auch noch zu befürworten. Er sollte sich was schämen, aber andererseits ist er eben ein Bartholomew …" Sie hält mitten im Satz inne, vielleicht, weil ihr erst jetzt auffällt, dass ich vollkommen still geworden bin und Gia den Griff ihrer Teetasse so fest gepackt hält, dass sie bebt.

Ich kann es nicht leiden, wenn irgendwelche Leute James mit dem Rest seiner Familie in einen Topf werfen. Er ist nicht im Geringsten wie sie. Er ist gut. Oder zumindest war er das früher.

„Sie hat es nicht so gemeint", sagt Cindy rasch und drückt aufmunternd meine Schulter.

„Ich weiß wirklich nicht, warum ich noch irgendwohin mit dir gehe", schimpft Ginny.

„Also …", setzt Mattie an und versucht sich an einem fröhlichen Lächeln und einem Themenwechsel, „irgendwelche neuen Tricks im Ärmel, Mary, oder bloß immer noch das gelegentliche Schweben?"

Alle Augen sind bereits auf mich gerichtet, und ich spüre, wie ihre Blicke sich mit neuer Energie in meine Seele brennen.

Was soll ich ihnen sagen? *Nein, nein, Ladys, kein Schweben mehr. Es war nur das eine Mal. Jetzt ist da nur noch diese seltsame Stimme in meinem Kopf.*

„Ich glaube, ich werde deinen Rat doch annehmen", sage ich zu Gia.

„Welchen Rat?", fragt Gia nervös. „Was habe ich gesagt?" Sie setzt ihre Teetasse ab.

„Du hast gesagt, dass ich mehr Zeit mit Freunden verbringen sollte."

„Wann habe ich das gesagt?"

„Als wir uns vorhin unterhalten haben."

„Daran erinnere ich mich nicht. Und die Wache und die Reporter …"

„Scheiß auf die Wache", falle ich ihr ins Wort. „Sollen sie mir doch folgen."

„Kannst du mir wenigstens sagen, wo du hingehst, damit ich mir keine Sorgen machen muss?“

„Sicher.“

Ich lasse meinen Blick über die versammelten Frauen mit ihren bunten Schals und mit Öl eingeriebenen Handgelenken schweifen. Ich liebe sie und bin dankbar dafür, dass manche Dinge sich nie verändern, auch wenn der Rest der Welt im Chaos versinkt, aber in meiner Brust baut sich ein wahnsinniger Druck auf, und ich kann es keine Sekunde länger ertragen, hier zu sein.

Also lüge ich. „Ich gehe ins Wonderland“, sage ich.

VIER

ALS ICH IN DER MIDCITY AUS DEM ZUG STEIGE, gehe ich in die Bahnhofstoilette und tausche mein Outfit gegen Rock und Bluse. Ich ziehe mir Seidenstrümpfe und die knöchelhohen Stiefeletten an, die die Jungen und Schönen hier bei Schnee und Regen tragen. Ich runde den Look mit einem Wollmantel ab und komplettiere ihn mit einem pastellblauen Schal. Dieses Outfit habe ich mir letztes Jahr gekauft, nachdem ich die Stelle in der Midcity bekommen hatte. Ich hatte Glück, die Stiefel gab es im Sale, aber ich konnte mich nie überwinden, etwas von den Sachen zu tragen. Damals hatte ich gedacht, dass ich mich wie ein Mädchen aus den Narrows anziehen müsste, um bei der Truppe dazuzugehören. Aber wie sich herausstellte, war einer der Gründe, warum ich das Praktikum bekommen hatte, die Tatsache, dass ich Legacy war, und bei der Arbeit wollte man genau das von mir sehen.

Jetzt fühle ich mich wie in einer falschen Haut und würde sie mir am liebsten vom Leib reißen. Ich ersetze mein übliches dunkles Make-up durch eine neutralere Farbpalette, trage einen sanften pfirsichfarbenen Lippenstift auf und benutze braune Mascara statt meine übliche schwarze. Ich werfe einen letzten kritischen Blick auf mein Spiegelbild, bevor ich meine Haare zu einem ordentlichen Knoten im Nacken zusammenfasse.

Ich habe noch nie gesehen, dass jemand aus den Narrows sein Haar so offen und ungebändigt trägt wie ich. Ich wirke wie verwandelt.

Beinahe könnte ich selbst glauben, dass ich reich und frei von Magie aufgewachsen bin.

Ich verlasse die Toilette, strecke meine Nase in die Luft und meine Brust raus und marschiere los. Wenn Urs mich so sehen könnte, müsste ich mir das bis an mein Lebensende anhören. Und James? Trennung, auf der Stelle.

Die Midcity hat ihren ganz eigenen, konsumorientierten Charme. Es ist noch früh im November, die Kälte hier beißt stärker als in der Scar. Wolkenkratzer dominieren die Szene, in dicken grauen Stelzen recken sie sich in den Himmel, durchbrochen von Reihen um Reihen gelber Fenster.

Es ist die Zeit des Jahres, in der die Menschen sich nach drinnen verziehen und Geschenke und – was weiß ich? – lokal hergestellten Käse kaufen. Der heruntergekommene Glanz und Glitzer der Scar ist verschwunden, ersetzt durch Trenchcoats und Aktenkoffer, scharfkantige Pakete, Anzüge und Krawatten und vernünftiges Schuhwerk.

Geschäfte säumen die Straßen, und zum ersten Mal, seit ich mich erinnern kann, lächeln und nicken die Leute, an denen ich vorbeikomme, mir zu. Hmm. So fühlt es sich also an, nicht wie eine Aussätzige behandelt zu werden, wenn man diese Straßen entlangläuft. Interessant.

Ich gehe meinen Plan, der eigentlich überhaupt kein Plan ist, noch einmal in Gedanken durch. Verlasse mich vollständig darauf, dass die Klamotten und das Make-up eine ausreichende Veränderung darstellen, damit ich unter dem Radar fliegen kann. Außerdem verlasse ich mich auf die hohe Fluktuation im Büro und darauf, dass die Neulinge, die am Empfang arbeiten müssen, keine Ahnung haben, wer ich bin, und keine Verbindung zwischen mir und den unscharfen Fotos vom Abend der Schlacht herstellen werden. Das sind drei Punkte, die nach Plan verlaufen müssen. Zufällig weiß ich, dass die Detectives Colman und Mahoney nicht hier sein werden und der Chief und Mona, ihre Assistentin, sich wahrscheinlich im Büro des Chiefs verbarrikadieren, falls sie so spät überhaupt noch im Haus sind.

Dummerweise neigen die Leute dazu, sich an einen zu erinnern, wenn eine Karriere den Bach runtergeht, bevor sie so richtig angefangen hat. Ich wappne mich gegen die aufkommende Nervosität und stapfe die Stufen zu dem Gebäude hinauf, in dem das Hauptquartier der Polizei liegt.

„Kann ich helfen?", fragt der Wachmann. Ich sehe weder Beunruhigung noch Wiedererkennen in seinem Blick.

„Ich muss nach oben. Ich fürchte, ich muss eine Anzeige aufgeben."

Er nickt. „Sie haben nur noch 'ne Stunde, bevor sie dichtmachen."

„Ich weiß, ich weiß. Der Zug hatte Verspätung. Mein Fehler." Ich lehne mich so beiläufig wie möglich zu ihm vor. „Die Wahrheit ist, es gab Nachmittagscocktails. Da ist es manchmal wirklich schwer, den Absprung zu schaffen."

„Das möchte ich wetten", grummelt er, als hätte er etwas Bitteres geschluckt. „Die Party in den Narrows endet nie, oder?" Er tippt etwas in seinen Computer. „Alles klar, zeigen Sie mir Ihren Ausweis und tragen Sie sich hier ein."

Ich hole mein Portemonnaie aus der Tasche und ziehe den gefälschten Ausweis hervor, den ich mir für genau solche Augenblicke habe machen lassen. Petunia Clarke ist achtzehn Jahre alt, aus den Narrows, mit einer Adresse in einem modischen Hotel, sollte jemand nach ihr suchen.

Ich lächle ihn so lieblich wie möglich an, während er meine Daten einträgt. Ich war noch nie sonderlich gut darin, Unschuld vorzutäuschen, darum achte ich sorgsam darauf, es nicht zu weit zu treiben. Irgendetwas an mir erweckt Verdacht, wenn ich es versuche. Er gibt mir meinen Ausweis zurück, leitet mich durch das Sicherheitssystem, reicht mir einen Aufkleber für Besucher und deutet auf den Aufzug.

„Zweiter Stock", sagt er.

Kaum, dass ich außer Sicht bin, drücke ich den Knopf für den dritten

Stock. Eine Lampe leuchtet gelb auf. Meine Nerven beginnen zu flattern, und ich habe das Gefühl, vor lauter Adrenalin überzukochen. Es ist nicht nur das, worauf ich zusteuere, sondern auch, dass ich es irgendwie geschafft habe, nicht daran zu denken, was das letzte Mal passiert ist, als ich hier war. Ich rufe mir ins Gedächtnis, dass ich gefilmt werde, dass ich meinen Kopf in einem Winkel halten muss, der mein Gesicht verbirgt, und so still wie möglich bleiben sollte, um keinen Verdacht zu erregen.

Als der Fahrstuhl an Fahrt aufnimmt, denke ich zurück an das letzte Mal, als ich hier war. Es ist erst ein paar Tage her, aber es kommt mir vor wie ein anderes Leben.

Am Tag nach der Schlacht, nachdem ich erst im Krankenhaus war und danach die ganze Nacht auf dem Revier zugebracht hatte, kamen die Cops – nicht länger meine Kollegen – und verhörten mich. Anschließend wurde ich in die Haupthalle eskortiert, um meine Habseligkeiten von meinem Schreibtisch zu holen.

Obwohl meine Gliedmaßen einwandfrei funktionierten und ich in der Lage war, meine Gesichtszüge zu einem Ausdruck zu verziehen, der einem atmenden Wesen angemessen war, war ich doch nicht mehr dieselbe. James die Hand abzuschneiden, hatte mich verändert, aber es war nicht nur das. Ein neuer, elektrischer Strom hatte von meinem Körper Besitz ergriffen, ausgelöst von der Spritze, die Lucas mir verpasst hatte. Es fühlte sich an, als würde ich von innen heraus verglühen. Ich begriff, dass das, was direkt nach der Spritze geschehen war, sich allmählich verflüchtigte, dass ich so etwas wie eine Reaktion auf eine Impfung erlebt hatte, deren Nebenwirkungen nun abklangen. Aber ich wusste auch, dass sich in meinem Inneren etwas dauerhaft veränderte.

Ja, sagt sie. *Das war ich.*

Unterdessen herrschte auf dem Revier das reine Chaos. Jedermann war zur Arbeit zitiert worden, Kyle und Lucas Attenborough befanden sich in Haft, und Caleb Rothco saß mit Handschellen an einen Stuhl in der Mitte des Raums gefesselt. Er nickte mir zu, als ich an ihm vorbeiging, doch ich schenkte ihm kaum Beachtung. Ich hatte zu viel im Kopf, um seine Anwesenheit richtig wahrzunehmen.

Gia war gerade dabei, eine Kiste mit meinem Kram zu füllen, als der Chief hereinkam. Zunächst reagierte ich gar nicht, sondern beobachtete bloß, wie sie durch den Saal schwebte, mit Mona auf den Fersen. Charlene Ito mit ihren makellosen Seidenklamotten und dem funkelnden Schmuck, mit ihrem wunderschönen, majestätischen Gesicht und den zielsicheren, anmutigen Bewegungen. Seit sie nach dem Mord an meiner Familie zu mir gekommen war, hatte ich jeden Tag meines Lebens damit verbracht, ihr nachzueifern.

Sie sah nicht einmal zu mir hinüber. Sie sah niemanden an.

Als mir ein Hauch ihres teuren Parfüms in die Nase wehte, wollte ich nichts lieber, als sie zu zerstören.

Als ich an diesem Abend zusah, wie sie auf diese gebieterische Weise durch das Revier schritt, konnte ich nicht umhin, mich zu fragen, ob das wirklich dieselbe Person war, die ich erst zwei Tage zuvor dabei beobachtet hatte, wie sie einem zwielichtigen Typen mit einem Dolchtattoo auf der Straße einen Umschlag zusteckte.

Zu dem Zeitpunkt nahm ich an, dass es sich um Bestechungsgeld handelte, um Caleb Rothco etwas anzuhängen, da ich denselben Typen in seinem Laden gesehen hatte. Aber in Wahrheit hätte es alles Mögliche sein können. Tatsache blieb aber, dass sie behauptet hatte, Beweise gefunden zu haben, die belegten, dass Caleb Ursula und Mally umgebracht hatte, was eine Lüge war, da die beiden noch lebten. Sie hatte mich gefeuert und im Anschluss auch noch Bella, die das nicht im Mindesten verdient hatte. Und dann besaß sie nicht einmal den Anstand, mich anzusehen. Ich war wütend und fühlte mich persönlich hintergangen.

Also sog ich ihren Duft ein, verfolgte ihre Schritte mit den Augen, sah den blasierten Schwung ihrer Lippen – und stürzte mich auf sie.

Ich stürmte an Gia vorbei und hielt auf den Chief zu, den Kopf wie leer gefegt bis auf den einen Gedanken: ihr wehzutun, sie für das bezahlen zu lassen, was sie getan hatte. Ich wollte ihr das Gesicht vom Schädel ziehen.

Obwohl ich weder geschrien noch irgendein anderes Geräusch von mir gegeben hatte, kam ich nicht sehr weit. Gia erwischte mich mit einem erstaunlich festen Griff, bevor ich den Chief erreichen konnte. Gleich darauf warfen sich ein paar der Cops, die am Kaffeestand herumstanden, auf uns. Erst da stieß ich einen Schrei aus. Der Frust war zu groß, um ihn unter Verschluss zu halten. Ich brauchte das Gefühl ihrer Haut, die unter meinen Fingern nachgab.

Der Chief stand unversehrt inmitten dieser Szene. Nicht für den Bruchteil eines Augenblicks verlor sie die Fassung, ihre Selbstgefälligkeit wuchs nur noch weiter an. Sie war so kalt und so offensichtlich, dass ich nicht fassen konnte, wie ich ihr je hatte trauen können – oder dass sie jemals ein Vorbild für mich gewesen war. Sie war schlicht und ergreifend … böse. Ich war eine Idiotin gewesen.

Mona durchbohrte mich mit einem eisigen Blick, während ich mich gegen meine Widersacher wehrte.

„Schön stillhalten, Vögelchen“, murmelte Detective Jones mir ins Ohr.

Natürlich ließ mich das nur noch stärker zappeln, aber er hielt mich in einem eisernen Griff.

„Du hast vielleicht Nerven“, holte Mona aus. „Nach allem, was der Chief für dich getan hat, hast du ihre Anweisungen vollkommen missachtet –“

„Stopp.“ Der besänftigende Befehl ging dem Chief wie Honig über die Lippen. „Mary Elizabeth, hör auf der Stelle auf.“ Da war kein Gift hinter ihren Worten, kein Feuer, aber ich erschlaffte trotzdem. Der Chief war mein Held gewesen, und sie verfügte immer noch über eine seltsame Macht über mich, die ich mir nicht recht erklären konnte. Ich brauchte einen weiteren Tag, um zu begreifen, dass ich mir zu dem Zeitpunkt immer noch wünschte, mich geirrt zu haben. Ich wünschte mir, Chief Ito wäre gut.

„Komm schon“, sagte Detective Jones. „Du kommst jetzt mit mir mit.“

„Nein“, widersprach der Chief. „Lasst sie gehen. Sie hatte eine schwierige Nacht. Keinen Schlaf. Der Vorfall mit der Axt. Wir dürfen nicht vergessen, dass sie gerade erst herausgefunden hat, dass ihre Freunde pathologische Verbrecher sind, verrückt, allesamt. Wem ist damit geholfen, sie jetzt zu verhaften? Sie wurde bereits verhört und freigestellt. Sie sollte nach Hause gehen.“ Sie sah sich um. „Und wir müssen die vermissten Kinder der Scar ausfindig machen. Zurück an die Arbeit, ihr alle.“ Ihr Blick brannte sich in meinen, und ich stand da wie erstarrt. „Pass gut auf dich auf, Mary Elizabeth. Ich bewundere deine Hartnäckigkeit und deinen Eifer, aber komm nicht wieder hierher. Falls doch, wirst du mich in weitaus weniger großzügiger Laune erleben.“ Und damit war sie fort, verschwunden in ihrem Büro, während die Stille, die sich über das Revier gelegt hatte, von plötzlicher Betriebsamkeit durchbrochen wurde.

Während Gia mich hinausbugsierte, die Kiste mit meinen Habseligkeiten zwischen uns, starrte Caleb Rothco mich mit einem breiten, zähneblitzenden Lächeln auf den Lippen an. Er hob die Hand zum Gruß und ließ seine Finger dann einen nach dem anderen wieder fallen, als tanzten sie über die Tasten eines Klaviers. Seine Augen folgten jedem meiner Schritte bis zur Tür, und genau wie bei unserer ersten Begegnung spürte ich das Brennen seines Blicks noch in meinem Rücken, lange nachdem wir den Raum verlassen hatten.

„Ich hasse sie“, sagte ich zu Gia, als wir auf die Straße traten.

„Ich weiß“, erwiderte Gia. „Ich hasse sie auch.“

Jetzt öffnen sich die Fahrstuhltüren zum dritten Stock, wo nur das Fitnesscenter und die Cafeteria liegen, sodass er praktisch leer ist. Eine Sache hat schon geklappt. Ich muss hoffen, dass mein Glück noch ein wenig länger anhält. Ich husche an der Glastür vorbei, die aufs Revier führt, und stoße die Tür zu den Umkleideräumen der Frauen auf.

Nur eine einzige Frau hält sich hier auf, und ich erkenne sie nicht. Sie hat sich ein Handtuch um den Körper gewickelt und lehnt über einem der Waschbecken, um sich die Haare zu föhnen, aber ansonsten ist der Raum leer. Ich schleiche unbemerkt hinein und verziehe mich hinter die Spinde.

Die meisten Cops heben Gewichte und nutzen das Fitnesscenter, aber jeden Abend um diese Zeit findet außerdem noch ein beliebter Aqua-Aerobic-Kurs statt, was bedeutet, dass hier mehrere Uniformen hängen müssten, von denen ich mir eine stibitzen kann. Es würde allerdings verdächtig aussehen, wenn ich jetzt anfange, einen Spind nach dem anderen aufzumachen. Ich werfe noch einen Blick auf die Frau, aber sie ist weiterhin auf ihre Aufgabe konzentriert.

Oh, bitte, wenn auch nur noch ein Fünkchen Magie in mir steckt, dann wäre jetzt ein guter Zeitpunkt für ein wenig Unterstützung, denke ich.

Natürlich antwortet Sie. *Keine Sorge, Süße. Ich mach das schon.*

Eine seltsame Ruhe ergreift von mir Besitz, und ich öffne den ersten Spind. Nichts. Ich versuche den nächsten und den übernächsten. Erst als ich den letzten Spind in der Reihe aufmache, hört die Frau auf, ihre Haare zu föhnen, und auf einen Schlag ist es viel zu still. Zum Glück für mich starre ich auf eine Polizeiuniform, und darunter, an einem Schlüsselband, hängt ein Ausweis. Ich bewege mich so schnell, wie ich kann, springe aus meinen Klamotten und schlüpfe in die Hose und das dazugehörige Shirt. Ich ziehe mir die Mütze in die Stirn und stecke mir so ordentlich wie nur möglich das Shirt in die Hose. Dann werfe ich mir das Schlüsselband um den Hals. Zuletzt schnappe ich mir die Tasche mit meinen Scar-Klamotten, die ich mitgebracht habe, und halte ohne einen Blick zurück auf die Tür zu.

„Justine!“, ruft die Frau vom Waschbecken. „Bist du das?“

Ich neige mein Gesicht nur einen Hauch in ihre Richtung und winke.

„Hab einen schönen Abend!“, ruft sie mir nach. „Wir sehen uns morgen früh! Überstunden für alle!“

Ich husche den Flur entlang und denke an all die schrecklichen Personen, die mir hier begegnen könnten, aber keine wäre angsteinflößender als der Chief. Ich gebe mich gerade für einen Cop aus. Das ist mit einer deftigen Strafe belegt. Aber es ist persönlicher als das. Oder vielmehr, sie würde es persönlich nehmen, wenn sie wüsste, was ich hier mache, und ich habe das dumpfe Gefühl, dass es sich für mein Wohlbefinden als äußerst hinderlich herausstellen würde, dem Chief auf einer persönlichen Ebene in die Quere zu kommen.

Als Nächstes muss ich erhobenen Hauptes ins Gefängnis stolzieren, mir mit meinem gestohlenen Ausweis Zutritt verschaffen und dann so schnell wie möglich zu Caleb Rothcos Zelle vordringen. Sobald es an der Zeit ist, werden sie die Besuchszeiten beenden und Kontrollen durchführen, also will ich nur rein und wieder raus.

Ich gleite durch die Türen. Sehe niemanden an. Ich weiß, dass die meisten Polizisten, die hier unten arbeiten, sich wenig aus Besuchern von oben machen. Es gibt hier nur wenige Arrestzellen und nur eine einzige, die abgelegen genug ist, um so eine polarisierende Persönlichkeit wie den Verrückten Hutmacher darin unterzubringen. Wenn sie tatsächlich meinen, dass er einen Aufenthalt in einem gewöhnlichen Gefängnis nicht überleben würde, nicht einmal mit der Option auf Einzelhaft, dann muss es die hinterste Zelle sein, weshalb ich den gesonderten Zugangsschlüssel aus dem Kontrollraum benötige.

Alles eine Frage der Einstellung, Schätzchen, sagt Sie. *Niemand wird es wagen, eine Königin zu hinterfragen. Benimm dich wie eine, und du wirst dich niemals mehr vor irgendjemandem erklären müssen.*

Ich benutze meinen Ausweis, um die Tür zum Kontrollraum zu öffnen, grüße den Typen vor den Monitoren mit einem Nicken und nehme den Schlüssel vom Haken.

„Überprüfung von Mr. Rothco im Auftrag von Chief Ito."

Er winkt gelangweilt ab. „Richte dem Verrückten Hutmacher meinen Gruß aus." Er kichert. „Pass auf, der Typ wird dir das Ohr abkauen."

„Mach ich."

Obwohl ich auf Caleb Rothco und die Antworten über meine Freunde zustürmen will, zwinge ich mich zu einem ruhigen Gang, einen Fuß vor den anderen, bis ich eine Biegung umrunde und die abgeschiedene Zelle am Ende des Flurs erreiche. Ihre Glasfassade erinnert mich an den Korridor voller Käfige in Kyle Attenboroughs Gebäude. Noch vor gar nicht allzu langer Zeit steckte ich in so einem Käfig, und das könnte wieder geschehen, wenn ich nicht aufpasse. Meine Brust wird eng, und ich zwinge meinen Fokus auf mein Ziel.

Ich weiß genau, wie diese Zelle aussieht. Trotzdem bin ich überrascht, Caleb dort sitzen zu sehen – im Schneidersitz auf dem Boden vor dem Fernseher –, wie er in aller Seelenruhe an einer Tasse Tee nippt. Nachdem sein Gesicht über jeden Fernsehbildschirm geflirrt ist, jedes Zeitungscover geziert und die Startseiten jeder einzelnen Nachrichtenseite dominiert hat, sitzt er nun direkt vor mir, und auf einmal fühlt es sich viel zu leicht an, an ihn heranzukommen.

Und … er sieht so aus, als hätte er mich erwartet.

Das liegt daran, dass dieses Treffen vorherbestimmt war, sagt Sie. *Es ist Schicksal.*

Als ich näher komme, setzt er seine Teetasse ab. Caleb mit all seinen Tattoos – das Legacy-Herz ein schwarzer Stempel auf seinem Handgelenk – wirkt kleiner als je zuvor. Ich stelle mir vor, wie er menschliche Körper zersägt, in Kisten verpackt und über die ganze Stadt verteilt, alles im Namen von Legacy Loyalty.

Terrorist. Teufel.

Er sieht mich unverwandt an und lächelt.

„Bist du das, Mary Sue?", fragt er immer noch lächelnd.

„Mary Elizabeth, eigentlich."

Er lacht sanft und wirkt in der Tat nicht im Geringsten überrascht, mich zu sehen. Ich ziehe mir die Mütze ein wenig tiefer ins Gesicht, zum einen wegen der Kameras, aber auch, um eine gewisse Distanz zwischen uns aufrechtzuerhalten.

„Komm doch rein", sagt er. „Lass uns quatschen." Als ich zögere, hebt er beide Hände. „Sieh nur, Ma, keine Waffen."

Ich drehe den Schlüssel im Schloss und scanne den Ausweis ein, sodass die Tür sich öffnet und ich hindurchschlüpfen kann.

„Setz dich", sagt er und deutet auf ein Fleckchen Boden ihm direkt gegenüber.

„Ich bleibe lieber stehen", sage ich.

Er nickt. „Dieses Mal kann ich dir keinen Tee anbieten, fürchte ich. Ich habe die Kanne schon ausgetrunken."

Tee ist eine Scar-Tradition, und das letzte Mal, als ich ihn gesehen habe, haben wir zusammen eine Tasse getrunken.

„Schon in Ordnung. Ich bin nicht zum Teetrinken hier."

„Warum bist du also hier, Mary?"

Jetzt, da ich tatsächlich hier bin, bin ich mir auf einmal nicht mehr so sicher. Ich sehe mich in dem kleinen Raum um. Es gibt eine Toilette, ein Waschbecken mit Zahnbürste und Zahnpasta, einen niedrigen Stapel Bücher, ein Bett mit einer dünnen Decke und eine Lampe, die auf dem Fußboden festgeschraubt ist. Ein leeres Tablett steht neben der Tür, durch die ich gerade hineingekommen bin.

„Warum bist du nicht überrascht, mich zu sehen?", frage ich ihn.

„Alle wollen Caleb sehen. Viele Besucher. Allerlei Leute. Ich hatte schon den Mayor hier drin, den Chief … sie alle wollen wissen, was ich weiß. Aber hier kommen sie immer noch nicht rein." Er tippt sich mit einem Finger gegen die Schläfe und mustert mich weiterhin wie eine uralte Schnappschildkröte: träge Bewegungen, keine Spur von Eile. Seine Worte kommen in angenehmer Geschwindigkeit, aber in seinen Augen glitzert es. „Warum stellst du mir nicht die Frage, die zu stellen du hergekommen bist?"

Ich zögere. Falls er weiß, wovon ich spreche, bedeutet das, dass es noch Hoffnung für mich gibt. Dass meine Freunde nicht in eine andere Dimension verschwunden sind, dass ich sie vielleicht wiedersehen kann, meinen Kopf an James' Brust legen und so lange mit Ursula lachen kann, bis mir der Bauch wehtut, dass das Leben wieder mehr zu bieten hat als Finsternis und Verderben, jede einzelne Sekunde jedes einzelnen Tages.

„Du hast heute bei der Verhandlung etwas gesagt."

„Ich habe viele Dinge gesagt. Es war ein guter Tag für mich, findest du nicht auch?"

„Nun, ja, aber du hast eine ganz bestimmte Sache gesagt."

„Eine Sache?"

„Ja."

„Und sie hat etwas in dir entfacht? Hat dich den ganzen Weg hierher getrieben? Hat dich dazu gebracht, die Scar zu verlassen?" Für einen kurzen Moment lässt er seine Augenlider zuflattern. „Ich vermisse den Geruch auf den Straßen, nach Stadt und Süßigkeiten, hinauf in den Himmel blicken zu können und zu sehen, wie sich die Wolken bewegen. Ich vermisse meine Leute. Dieser Ort ist auf mehr als nur eine Art ein Gefängnis. Diese Versager aus den Narrows haben keine Ahnung, was es bedeutet, am Leben zu sein, für etwas einzustehen, der Samen für Magie zu sein."

„Nein", stimme ich ihm zu. „Das haben sie nicht." Dahinter steckt eine weitaus größere Unterhaltung über die Menschen, die außerhalb der Scar leben, aber wir können sie jetzt nicht führen. Ein Blick auf mein Handy verrät mir, dass der Aerobic-Kurs jede Minute vorbei sein muss. Ich muss mich beeilen.

„Du hast gesagt, die Leute, die die Legacy-Loyalty-Bewegung innerhalb der Scar nicht verstehen, seien arme Seelen in Not. Wo hast du das gehört?"

„Vielleicht habe ich es mir ausgedacht. Klingt doch gut, oder? Einprägsam?"

„Die Sache ist die, Ursula, das Mädchen, das du tätowiert hast …“

„Die Seehexe …“

„Sicher. Ich nehme an, so nennt man sie jetzt.“

„Sprich weiter.“

„Du weiß ja, dass sie meine beste Freundin war, ich auf der Suche nach ihr in deinen Tattooladen gekommen bin und dass sie vor ein paar Wochen verschwunden ist.“

„Aber sie ist doch zurückgekehrt, nicht wahr? Mit aller Macht, könnte man sagen.“

„Sie hat immer von armen Seelen in Not gesprochen. Tatsächlich hat sie diesen Ausdruck ziemlich oft verwendet, und sie ist die einzige Person, von der ich genau diese Worte je gehört habe.“

Sein Lächeln kehrt allmählich zurück, es kriecht über die untere Hälfte seines Gesichts wie das Schlangentattoo, das sich unter seinem Kragen hervorwindet. „Ich nehme an, jetzt, wo ich so darüber nachdenke, habe ich es wahrscheinlich wirklich bei ihr aufgeschnappt. Vielleicht hat sie mir gesagt, dass Mary, Mary Quite Contrary, wissen würde, was es zu bedeuten hat.“

Mein Herz zieht sich zusammen, und ich versuche, mir meinen Eifer nicht anmerken zu lassen. „Du hast sie gesehen? Wo?“

Er regt sich nicht. „Oh, sie ist überall.“

„Dann weißt du also nicht, wo sie sich aufhält?“

„Das habe ich nicht gesagt.“

Ich stoße ein Knurren aus. Er spielt Spielchen. Ich bin jetzt nicht in der Stimmung für Spielchen. Mir bleibt keine Zeit.

Caleb zieht eine Augenbraue hoch. „Temperament, Temperament.“

„Hör auf, in Rätseln zu sprechen. Das ist ätzend. Du spielst mit mir, und das hier ist ernst, Leben oder Tod.“

Er mustert mich sorgfältig. „Es sieht so aus. Alles, was ich je erreichen wollte, war, die Scar zu einem besseren Ort zu machen, ihr wieder zu altem Glanz zu verhelfen.“ Er beißt die Zähne zusammen. „Aber vor allem will ich nicht länger unter der Knute der Narrows stehen, koste es, was es wolle. Also werde ich all das tun, was sie sich nicht einmal in ihren wildesten Träumen vorstellen können. Und du. Du hättest einen Unterschied machen können, aber stattdessen hast du dich dafür entschieden, in Ketten zu bleiben. Und jetzt bereust du deine Entscheidung. Bist nicht mehr so sicher. Du willst sie finden. Wozu? Glaubst du, sie wüssten nicht, was hier vor sich geht? Sie sind *magisch.* Sie können Dinge tun, die du nicht einmal begreifen würdest. Du hast sie zurückgewiesen, nicht andersherum. Vergiss das nicht.“

Als James und Ursula mich baten, mich ihnen anzuschließen, habe ich die Zerstörung um mich herum betrachtet und entschieden, einen anderen Weg als sie einzuschlagen. Den Weg des Gesetzes, eines normalen Lebens, eines sichereren Lebens … Und sieh nur, wohin mich das gebracht hat: ohne Freunde, allein, mit nichts, für das ich einstehe. Aber jetzt weiß ich endlich, dass er mehr weiß, als er sagt.

„Wenn ich mich mit deinen Augen betrachte, kann ich dir deine schlechte Meinung von mir kaum verübeln“, sage ich und meine es auch so. Caleb mag hier eingesperrt sein, und er mag sogar gefährlich sein, aber er ist kein Feigling wie ich. „Aber bitte, bitte sag mir, was du weißt. Ich würde ihnen niemals Schaden zufügen. Ich will sie nur wiedersehen.“

„Wenn du sie wiedersehen willst, wirst du sie ganz allein finden müssen.“

„Warum? Wenn du etwas weißt, warum willst du es mir dann nicht sagen?“

Er sieht hinunter auf seine Fingernägel, dann wieder zu mir. „So geht die Geschichte nicht, oder? Bevor du das bekommst, was du willst, wirst du die Wahrheit in dir selbst finden müssen.“

„Was? Was meinst du damit?“

„Oh … oh! Ich glaube, du könntest ein Problem bekommen.“ Er legt eine Hand ans Ohr. „Hör mal.“

Aus einem anderen Stockwerk dringt ein heulendes Geräusch zu uns durch, eine leise Warnung.

„Wo hast du diese Uniform her, Mary Sue?“, flüstert er beinahe.

„Feenstaub! Ich muss weg.“ Ich rapple mich hoch. Sie werden nach mir suchen.

„Warte!“, ruft Caleb. „Ich hab noch einen kleinen Brotkrumen für dich.“

Ich funkele ihn an. Ich habe keine Zeit hierfür, aber ich kann nicht gehen.

„Du besitzt Magie, die du nicht einmal verstehst“, sagt er. „Ursula hat gesagt, falls du mich besuchen kommst, soll ich dir das ausrichten. Achte auf die Magie, die in dir gepflanzt ist, und lass sie wachsen.“

„Welche Magie?“, dränge ich. „Warum hast du dich mit Ursula gestritten? Wann hat sie dir die Nachricht für mich mitgegeben?“

Er zuckt mit den Schultern. „Hmm. Eine andere Unterhaltung für einen anderen Tag.“

Ich wende mich ab. Ich werde nichts mehr aus ihm herausbekommen und muss von hier verschwinden.

„Legacy Loyalty, Mary“, ruft er mir hinterher. „Vergiss nie, wer du bist.“

Und dann fliehe ich, so schnell ich kann, ohne Aufmerksamkeit auf mich zu lenken. Wenn ich renne, werden sie mich schnappen. Ich blicke nicht zurück, schaffe es durch den Korridor und die hintere Treppe hinunter, erreiche die Lobby, wo das ganze Ausmaß des Chaos sichtbar wird.

Bemerkt mich nicht, flehe ich. *Bemerkt mich nicht.*

Leute in Uniformen eilen in entgegengesetzter Richtung an mir vorbei. Ich sehe niemandem in die Augen, blicke aber auch nicht zu Boden. Als ich gerade zu glauben beginne, dass ich tatsächlich über die Macht der Unsichtbarkeit verfüge, höre ich eine Stimme.

„Hey, Frischling.“

Ich hebe den Blick, überzeugt, dass sie mich jetzt erwischt haben, aber ich habe den Polizisten noch nie gesehen. Ich bin noch nicht erledigt. „Die

Lage in der Scar wird immer brenzliger. Verletzung der Ausgangssperre. Sie haben ein ‚Alle Mann an Deck' einberufen. Bist du im Dienst?"

„Nein, Sir. Ich bin auf dem Weg nach Hause." Ich zögere. „Ist das der Grund für dieses ganze Durcheinander? Die Scar?"

„Na sicher. So viel ziviler Ungehorsam da unten." Sein Blick huscht zu meinem Handgelenk, doch es ist verdeckt, sodass er nicht sehen kann, ob ich Legacy bin oder nicht. „Spannendes Völkchen in der Scar."

„Absolut."

„In welche Richtung musst du?" Falls das sein Versuch ist, herauszufinden, ob ich aus der Scar stamme oder nicht, will ich ihm keinerlei Anhaltspunkte dafür geben, mit wem er gesprochen hat, wenn das Thema der gestohlenen Marke aufkommt.

„Nach Hause", sage ich. „Uptown."

„Okay, hol dir eine Mütze Schlaf. Mit den Villains und dem ganzen Theater werden wir viele Überstunden und eine Menge Druck abbekommen. Pass auf, dass du gut auf dich achtest."

„Ja, Sir."

Als ich in die kalte Nacht hinaustrete, verziehe ich mich hastig in eine Nebengasse. Dort schlüpfe ich in meine Scar-Klamotten und entsorge die anderen beiden Outfits im nächsten Müllcontainer. Zurück in meinen eigenen Stiefeln, meiner schwarzen Jeans und der Lederjacke habe ich zum ersten Mal, seit ich die U-Bahn-Station verlassen habe, wieder das Gefühl, frei atmen zu können.

Und ich habe etwas, das ich noch nicht hatte, als ich hierhergekommen bin.

Ich weiß, dass meine Freunde am Leben sind.

Und dass sie wollen, dass ich sie finde.

FÜNF

AM NÄCHSTEN MORGEN WERDE ICH DAVON GEWECKT, wie Gia den Fernseher anschreit.

Seit wir letzten Freitag das Monarch City Police Department verlassen haben, hat sie das zu ihrem morgendlichen Ritual gemacht. Jeden Morgen, nach einer langen Nacht mit dem globalen Verkauf ihrer „magischen" Kosmetik, macht sie sich bettfertig, flicht sich die Haare zu Zöpfen, setzt eine frische Kanne Kaffee für mich und einen Gute-Nacht-Tee für sich selbst auf und schreit den Fernseher an, bis sie heiser ist. Es gibt eine Unzahl an Themen, die sie triggern: Unruhen, Kundgebungen, stündliche Kommentare zu Ursula und Maleficent und James, Aufrufe an alle Bewohner der Scar, sich mit jeglichen Informationen an die Autoritäten zu wenden.

Sie spuckt geradezu, sobald Kyle Attenborough auf dem Bildschirm erscheint. Was auch immer sie gerade aufregt, ist zu meinem neuen Wecker geworden. Bloß, dass ihr Geschrei heute einen neuen, drängenden Ton angenommen hat, der ausreicht, um mich aus dem Bett springen zu lassen und ins Wohnzimmer zu sprinten, gewappnet für die Schlacht.

Das hier ist anders als ihre sonstigen hervorsprudelnden Flüche. „Gute Fee!", stammelt sie, als hätte es ihr den Atem verschlagen. „Zerbrochener Zauberstab!"

„Was ist denn los, G?“ Ich kämpfe noch damit, den Raum scharf zu stellen und aufrecht stehen zu bleiben, denn ich bin viel zu schnell aufgestanden und kurz davor, in Ohnmacht zu fallen. „Du machst mir Angst.“

Gia ist gekleidet fürs Bett, Hornbrille auf der Nase, ihre Haut glänzt vor Serum und Cremes. Sie schenkt mir nur einen raschen Blick und wendet sich dann direkt wieder an den Fernseher. „Es ist überall in den Nachrichten!“

„Was?“

Wortlos deutet Gia auf den Bildschirm, während ich in die Küche schlurfe, ein Auge weiter auf den Fernseher gerichtet, mir einen Becher Kaffee einschenke und vorsichtshalber noch ein paar Teelöffel Zucker hineinrühre. Heute ist ein Tag für einen süßen Kaffee.

Die Reporterin auf dem Bildschirm steht vor dem Eingang des Monarch City-Gerichtsgebäudes, umgeben von anderen Reportern, die ebenfalls von dort berichten. Aber das ist nichts Neues, das haben sie schließlich die gesamte letzte Woche jeden einzelnen Tag getan. Nicht sie ist es, die meine Aufmerksamkeit auf sich gezogen hat. Unter ihr, in hellen, fetten Lettern, blinkt:

CALEB ROTHCO IST ENTKOMMEN / NIEMAND IST SICHER / BLEIBEN SIE ZU HAUSE / VERSCHLIESSEN SIE DIE TÜREN / FEAR THE VILLAINS

Ich sacke auf einen Stuhl am Küchentisch und versuche, meine Miene so ausdruckslos wie nur möglich zu halten.

„Ist das zu fassen?“, fragt Gia. „Er ist einfach weg! Puff!“

„Ist er …?“ Meine Stimme bricht, und ich grabe die Fingernägel in meine Handballen, um mich zu konzentrieren. „Ist er verschwunden?“

„Nein! Irgendeine Frau hat ihn rausgelassen. Sie haben Videomaterial. Bestimmt zeigen sie es gleich noch mal.“

Das dumpfe Pochen in meiner Brust nimmt an Fahrt auf. Es dröhnt gegen meinen Brustkorb, und ich nehme noch einen Schluck Kaffee. Ich habe keine Ahnung, was ich tun soll. So viele Leute haben mich in der einen oder anderen Gestalt gesehen, dass es nur eine Frage der Zeit ist, bis sie mir auf die Schliche kommen. Ich muss die Tür zu seiner Zelle offen gelassen haben. Ich kann mich nicht einmal mehr daran erinnern, was ich mit der Schlüsselkarte gemacht habe. Ich hatte solche Panik, als der Alarm losging, dass ich mich überhaupt nicht mehr an viel erinnere, außer daran, wie ich mich neben dem Müllcontainer umgezogen habe. Ich sauge Luft in meine Lungen und presse sie wieder heraus, und ich versuche nachzudenken.

Die Nachrichtensprecherin redet und redet, und gerade, als ich denke, dass sie überhaupt nicht mehr den Mund halten wird, wechselt das Bild zu einem körnigen Überwachungsvideo der vergangenen Nacht. Eine von Kopf bis Fuß in Leder gekleidete Frau geht den Korridor zu Caleb Rothcos Zelle entlang. Ihr Gesicht ist der Kamera abgewandt, aber ihr Haar ist lang und lockig und rot. Die Art, wie sie läuft – nein, schleicht –, jagt mir eine Gänsehaut über die Arme.

„Wer zum Teufel ist das?", frage ich.

„Sie nennen sie die Rote Königin", sagt Gia. „Siehst du die Krone auf ihrer Jacke?"

Und tatsächlich, auf dem Rücken des roten Leders kann ich sie schemenhaft erkennen, in Gold geprägt. Alles an ihr macht mir Angst: wie sie sich beinahe spinnenhaft an eine der Seitenwände klammert, anstatt normal zu gehen; wie ihre Jacke praktisch als Korsett dient und ihr eine unnatürlich schmale Taille verpasst; wie ihre Hände nach irgendetwas zu greifen scheinen und wie Caleb sich erhebt, um sie zu begrüßen, sie umarmt wie eine alte Freundin – und ihr aus der Zelle folgt, als wäre sie der Rattenfänger.

„Halt, halt, halt, was hat sie gerade gesagt?", frage ich und blinzle verwirrt.

„Was?"

„Über die Uhrzeit? Die Reporterin. Was hat sie gesagt?"

Gia sieht mit zusammengezogenen Augenbrauen von ihrem Tee auf. „Dass der Zeitstempel zeigt, dass sie um kurz vor sieben Uhr in seiner Zelle war? Wieso?"

Der Aqua-Aerobic-Kurs war um sieben zu Ende. Die Sirene ist um sieben losgegangen. Diese Rote Königin war nicht in der Zelle. *Ich* war da. Aber ich war nicht so angezogen, ich war in Uniform, und er ist mir definitiv nicht nach draußen gefolgt so wie ihr. Als ich gegangen bin, saß er immer noch auf dem Fußboden.

„Sind sie sicher?"

„Es steht genau da auf der Aufzeichnung." Gia spult die Nachrichtensendung zurück und drückt in dem Moment auf Pause, als der Verrückte Hutmacher und die Rote Königin die Zelle verlassen. „Sechs Uhr siebenundfünfzig. Warum?"

„Nichts. Kein besonderer Grund. Kommt mir nur wie ein seltsamer Zeitpunkt für einen Ausbruch vor. Nicht Mitternacht oder so."

Bloß, dass diese Sirene losgegangen ist und totales Chaos angerichtet hat. Alle haben sich beeilt, in die Scar zu kommen, um die Kämpfe aufzulösen, die nach der Kundgebung letzte Nacht entbrannt waren. Wahrscheinlich hat niemand die Zellen oder den Schlüssel im Blick behalten, bis bereits einige Stunden vergangen waren, und mit der heulenden Sirene ist er wahrscheinlich einfach ohne großes Aufheben verschwunden.

Aber nichts davon erklärt, wie sie zur gleichen Zeit wie ich dort gewesen sein kann.

„Kannst du zur Livesendung zurückschalten?", frage ich, kaum in der Lage, die Worte über die Lippen zu bringen.

Gia bedenkt mich mit einem weiteren skeptischen Blick, kommt meiner Bitte aber kommentarlos nach.

Die Reporterin ist zurück im Bild. „Die Behörden stufen diese Frau als extrem gefährlich ein. Jeder, der über Informationen über die Rote Königin verfügt, hat sich augenblicklich an die Wache zu wenden oder soll die Neun-eins-eins wählen. Sie wurde der Liste der meistgesuchten Verbrecher hinzugefügt, zusammen mit dem Verrückten Hutmacher, Maleficent, Captain Hook und Ursula. Die Bürger sind aufgefordert, sich vor diesen Villains in Acht zu nehmen und den entsprechenden Hashtag #FearThe-Villains zu verwenden, wann immer über Social Media Informationen ausgetauscht werden."

Ein roter Blitz zuckt über den Bildschirm, die Reporterin verschwindet, und das Bild wird schwarz. Es kommen keine weiteren Nachrichten, keine Wiederholungen mit den neusten Entwicklungen, keine Experten, die einen Kommentar über die düstere Situation in der Scar abgeben. Ich will Gia gerade sagen, dass sie den Fernseher einmal aus- und dann wieder anschalten soll, um so möglicherweise das Problem zu beheben, als große, fette Buchstaben über den gesamten Bildschirm zucken.

KÖPFE WERDEN ROLLEN, steht da. Dann ertönt ein Knacken, und die Nachrichtensendung ist zurück mit einer lebhaften Diskussionsrunde.

Köpfe werden rollen?

Meine Kehle ist wie ausgetrocknet, und ich kann nicht schlucken.

„Hast du das gesehen?", krächze ich, obwohl ich die Antwort bereits kenne.

„Was gesehen?", fragt Gia, und mir rutscht das Herz in die Hose.

Es geht mir nicht gut.

„Nichts." Meine Knie geben nach, und ich falle auf die Couch. „Kannst du das ausmachen?"

„Oh, erst will sie es an-, dann will sie es aushaben."

„Gia", flehe ich sie an.

„Okay, klar, Honey." Sie gähnt. „Alles in Ordnung bei dir? Hattest du Spaß im Wonderland? Haben sich die Dinge wieder ein bisschen beruhigt?"

Eine Sekunde lang habe ich keine Ahnung, wovon sie redet, dann fällt mir siedend heiß wieder ein, dass ich ihr letzte Nacht erzählt habe, ich würde ins Wonderland gehen. „Ja. Ja, es war super, Dally wiederzusehen."

„Schön. Der gute alte Dally Star", sagt sie und lässt den Rest unausgesprochen. Dass er mit Ausnahme von ihr selbst die einzige Person ist, die mir etwas bedeutet und die mir noch bleibt. „Du solltest dich wohl lieber mal für die Schule fertig machen, oder?"

„Ja! Stimmt! Absolut!"

Wow, wie viele Lügen will ich der Frau vor dem Frühstück denn noch auftischen?

„Alles klar, ich gehe ins Bett. Hab einen tollen Tag, und heute Abend können wir uns ja mal ausführlich unterhalten." Sie steht auf und streckt sich. „Da draußen geht es immer seltsamer zu, Mary. Ich kann es gar nicht erwarten, dass alles wieder zurück zur Normalität findet."

„Was ist denn normal?" Ich hatte eigentlich nicht vor, ihr kurz vor dem Schlafengehen so eine philosophische Frage zu stellen, aber ich habe wirklich nicht mehr den blassesten Schimmer, was das sein soll. Vielleicht hatte ich den noch nie. Die Scar und alles und jeder darin sind so weit von Normalität entfernt, wie es nur geht.

„Also …", setzt sie an und schenkt mir ein kleines Lächeln. „So normal, wie es eben geht, halt." Sie kommt zu mir und streicht mir über die Wange. „Nicht, dass du mir auch noch verschwindest. Ich weiß nicht, wie ich damit umgehen könnte."

Sie steuert auf ihr Schlafzimmer zu, und ich bleibe – nach Luft schnappend – im Wohnzimmer zurück, das Bild der Roten Königin in meinen Gedanken ein wenig zu vertraut, als dass ich es ignorieren könnte. Ich kann nicht bestreiten, dass meine Realität Risse bekommen hat. Ich sehe Dinge, die Zeit funktioniert nicht mehr richtig, und ich höre Stimmen. Diese falsche Magie gibt mir das Gefühl, dass alles kopfsteht, und ich weiß nicht, ob ich meinen eigenen Augen noch trauen kann.

Ich brauche Hilfe, selbst von jemandem, der mir wirklich, wirklich ablehnend begegnen könnte.

Ich ziehe mein Handy aus der Tasche, tippe eine Nachricht an Bella und drücke auf Senden, bevor ich es mir anders überlegen kann. Ich brauche jemanden, und Bella ist die einzige Person, die mir einfällt, die einen objektiven Blick auf diese Situation werfen kann. Vielleicht erlebe ich gerade irgendeine Art von traumatischer Reaktion auf alles, was ich durchgemacht habe, und ein Besuch bei Dr. Tink würde alles wieder ins Lot rücken. Aber für den Augenblick kann ich nur daran denken, was der nächste richtige Schritt ist.

Und der ist eindeutig, Bella Loyola einen Besuch abzustatten.

SECHS

DIE GANZE U-BAHN-FAHRT ZU BELLA ÜBER FLATTERN MEINE NERVEN WIE VOR EINEM ERSTEN DATE. Ich sollte in der Schule sein und Schulsachen machen, anstatt durch die halbe Stadt zu fahren und mich zu fragen, ob die Dinge jemals wieder in Ordnung kommen werden. Ich konzentriere mich darauf, meine Beine stillzuhalten, und als eine freundliche ältere Dame zusteigt und versucht, eine Unterhaltung über den Verrückten Hutmacher mit mir in Gang zu bringen, blocke ich augenblicklich ab.

Ich versuche, mir die richtigen Worte zurechtzulegen, die Bella davon abhalten, mich mit einem gezielten Schlag zu Boden zu schicken, wenn ich bei ihr ankomme. Sie hat mir geschrieben, dass ich vorbeikommen kann, aber ich glaube nicht einmal im Traum daran, dass ich um eine Unterhaltung über die Tatsache, dass ich vor der Schlacht am Miracle Lake jeglichen Rat von ihr in den Wind geschlagen habe und sie infolgedessen gefeuert wurde, herumkommen könnte. Ich bin praktisch verantwortlich für jede schlechte Sache, die Isabella Loyola zugestoßen ist, deren Leben großartig verlief, bis sie auf Mary Elizabeth Heart traf.

Okay, vielleicht ist das ein bisschen übertrieben. Ich habe noch Dr. Tinks Stimme im Ohr, die mir sagt, dass ich nicht für jedermanns Glück verantwortlich bin und wir alle versuchen müssen, unsere Erfüllung in uns selbst zu finden. Trotzdem bin ich überzeugt, dass ich Bellas Leben gekonnt auf den Kopf gestellt habe.

Wahrscheinlich wird sie kein Verständnis dafür haben, dass auch mein großer Traum geplatzt ist. Ich hatte eine Vision von mir selbst als Frau. Ich wusste, wer ich einmal sein wollte. Ich würde von innen heraus für die Scar kämpfen. Meine Kleidung würde sich angenehm an meinen Körper schmiegen, immer noch ich, aber reifer auf eine Art, die ich mir von meinem Klein-Mädchen-Standpunkt aus nicht vorstellen konnte. Mein Gesicht würde mit einer tiefen Weisheit über den Lauf der Welt altern, und niemand, niemand, würde sich mit mir anlegen. James und ich würden heiraten und Kinder bekommen, und er würde seine fragwürdigen Straßengeschäfte in ein anständiges Geschäft verwandeln, vielleicht eine Bodega betreiben oder ein kleines Restaurant. Er war schon immer gut darin, Dinge am Laufen zu halten und Essen zu machen, also vielleicht irgendwas dazwischen. Wir würden der Scar zeigen, wie das Leben sein könnte. Vielleicht würden wir keine Magie besitzen, aber wir wären stolze Legacies, die unserer Nachbarschaft und dem Ruf unserer Familien ihre Würde zurückgaben. Ich würde die Dienstleiter emporklettern und manchmal, wenn der Anlass danach verlangte, Schuhe tragen, die auf dem Marmorboden klackerten. Ich würde ich sein, aber besser. Ich, aber vollkommen, die ganze Entfaltung meines Potenzials.

Ich sehe zu, wie dieses Bild vor meinen Augen verpufft, aus dem U-Bahn-Waggon hinausgesaugt wird und in dem dunklen Tunnel verschwindet. Diese Person wird es nun niemals geben.

Glück für dich, sagt Sie. *Klingt nach einer ätzenden Langweilerin.*

Vielleicht sollte ich das hier als Neuanfang betrachten. Ich bin jetzt nichts und niemand, und alles ist möglich. Zum ersten Mal in meinem Leben habe ich keine Zukunft und keine Pläne. Nur eine Sache. Ein Ziel. Einen Antrieb. James zu finden. Danach steht alles Weitere zur Diskussion. Tatsächlich kann ich nicht eine Sekunde weiter denken, denn dahinter erstreckt sich eine gähnende Leere, die ich nicht aushalte.

Ich laufe die paar Blocks von der U-Bahn-Station zu Bellas Haus. Wenn es in der Scar so etwas wie eine schicke Nachbarschaft gibt, dann hier. In sicherer Entfernung zu den industriellen und geschäftlichen Gegenden stehen hier große Einzelhäuser anstelle der rötlichen Backsteinbauten und Apartmentkomplexe, vollgestopft mit Legacies. Hier haben die Narrows alte Häuser abgerissen und ihre schicken neuen Villen errichtet. Blumen säumen die Straßen, und die Passanten wirken, als gehörten sie Uptown.

Bellas Haus strahlt in einem schmutzigen Pink, riesig mit beeindruckenden Säulen und einem zerkratzten Schild, das an der Außenseite des Hauses hängt und auf dem in verblassten Lettern HOUSE OF FANTASIA zu lesen ist. Dies war einst das größte Wunscherfüllungs-Haus der ganzen Scar. Die Leute kamen hierher, wenn es etwas gab, das sie unbedingt wollten. Es hieß, dass du nur durch diese Türen treten musstest, um mit deinem Schicksal in der Hand wieder hinauszukommen. Meine Eltern haben sich hier kennengelernt, was erst zu mir geführt hat und dann zu Mira und schließlich zu ihrem Tod. Schönes Schicksal. Vielleicht erklärt das das zusätzliche Gewicht, das sich auf meine Brust gelegt hat, als ich auf die Tür zuhalte und den verschlungenen altmodischen Türklopfer betätige.

Ich bin darauf gefasst, dass mich Bellas Mutter oder Tante begrüßen wird – oder auf Bellas vorwurfsvollen Blick, ihre Beurteilung meines Outfits, auf diverses Schniefen und Spucken und vielleicht sogar auf eine Auseinandersetzung, aber ich bin nicht im Geringsten gewappnet für das, was sich mir offenbart, als die riesige Tür aufschwingt.

Bella ist ein Wrack. Nicht das gewöhnliche hinreißende Maß an Zerzaustheit, das zu ihrem Markenzeichen geworden ist, ein leicht verrutschter Pferdeschwanz, der lässig-lockere Sitz ihrer Hose, ihr makelloses, natürlich wirkendes Make-up. Das hier ist etwas völlig anderes.

Großer Geist.

Bella Loyola trägt eine Jogginghose.

Das T-Shirt hängt ihr schief von einer Schulter, und ich bin mir ziemlich sicher, dass ich da einen Soßenfleck ausmache.

Und …

Alles in mir schreit danach, sie zu umarmen. Sie ist wie Wasser für eine sterbende Pflanze, Ketchup auf Pommes, die Schwanzflosse einer Meerjungfrau.

„Mary Elizabeth?“ Sie kneift die Augen zusammen und blinzelt mehrmals, als ob ihr das Licht in den Augen schmerzt.

„Ja, hi. Ich hab dir geschrieben. Du meintest, ich kann vorbeikommen.“ Sie wirkt, als würde sie mich kaum wiedererkennen, und macht keinerlei Anstalten, mich hereinzubitten. Vielleicht habe ich mir die Nachricht und ihre Antwort ja nur eingebildet.

„Ich weiß, dass du mir geschrieben hast“, sagt sie, und ich atme erleichtert aus. „Ich habe dir geantwortet, weißt du noch? Ich bin nicht ver*rückt.*“

Nein, aber ich vielleicht.

Sie stützt eine Hand in die Hüfte und stößt einen entnervten Laut aus, wirft einen Blick links die Vortreppe hinunter, dann rechts, packt mich am Arm, zerrt mich ins Haus und wirft die Tür hinter mir zu.

„Wurdest du verfolgt?“

„Ich werde immer mehr oder weniger verfolgt“, erwidere ich. „Aber nein, ich glaube nicht. Zumindest ist mir niemand aufgefallen.“

Ich war schon darauf gefasst, mich entschuldigen zu müssen, bevor ich ihr sagen konnte, warum ich mit ihr reden wollte und was los war. Aber das ist jetzt alles vergessen, als sie mich ins Foyer zerrt.

„Absolut niemand?“

„Nein.“

„Man kann dieser Tage nicht vorsichtig genug sein. Vorsicht, Vorsicht, Vorsicht. Das ist der Deal. Mit der Wache und allem.“ Sie drückt mich, und ein leichter Schweißgeruch steigt mir in die Nase, so als hätte sie seit ein paar Tagen nicht mehr geduscht. Für gewöhnlich riecht Bella nach Sommerblumen, frisch und einfach und lieblich. „Ich bin so froh, dass du dich gemeldet hast", plappert sie weiter. „Du bist die einzige Person, die ich kenne, die sowohl Legacy als auch Polizistin ist."

„Ich bin keine Polizistin."

„Blabla, bin ich auch nicht mehr. Unwichtig."

Unsere Stimmen rufen ein Echo hervor. Ein halb gegessenes Sandwich, das aussieht, als wäre es mindestens drei Tage alt, liegt auf einem Teller auf dem Esstisch. Fantasia und Stella, Bellas Mutter und Tante, haben normalerweise immer eine Auswahl an Leckereien bereitstehen und ständiges Gelächter auf den Lippen, und ständig spielt festliche Musik im Hintergrund, aber jetzt bemerke ich hier keine Spur davon, und das Haus fühlt sich trotz der hellen, freundlichen Einrichtung seltsam leer und karg an.

„Wo sind deine Mom und deine Tante?"

„Oh, sie sind für eine Woche auf irgendeinen Kongress gefahren", antwortet Bella abwesend. „Irgendwas darüber, ein magisches Leben ohne tatsächliche Magie zu führen. Im Grunde essen sie und lassen sich massieren." Ihr Blick huscht immer wieder in Richtung des Ballsaals, als könnte sie sich nicht länger als ein paar Sekunden auf mich konzentrieren.

„Hör mal", setze ich an. „Ich will dir sagen, wie leid es mir tut, dass …"

„Ich will deine Entschuldigung nicht." Endlich richtet sie den Blick auf mich, und das Mitgefühl, das ich darin sehe, bringt mich aus dem Gleichgewicht. „Du hast so viel verloren."

„Mir gehts gut", behaupte ich. „Ich bin praktisch eine Rüstung auf zwei Beinen."

„Hmm", murmelt Bella zweifelnd, „überhaupt keine Gefühle, stimmts?"

Ich grinse, aber der Witz schmerzt. Ich habe viel zu viele Gefühle. Immer zu viele. Und Bella weiß das.

„Hör zu, Mary, du bist die einzige Person, die je wirklich verstehen wird, was hier vor sich geht", sagt sie sanft. „Du bist die Einzige, die dabei war, die Einzige, die in dieser Nacht noch mehr verloren hat als ich." Sie nimmt meine Hand. „Ich habe gegrübelt und mir Sorgen gemacht und mich so einsam gefühlt, als ob es keinen Ausweg aus dieser schrecklichen Lage gäbe und ich unter ihrem Gewicht begraben werden müsste. Aber dann hat deine Nachricht mich erreicht, und es war, als ob die Guten Feen sich versammelt hätten, um mir ein Zeichen zu schicken."

Ich entziehe ihr meine Hände und reiße in gespielter Überraschung die Augen auf. „Hast du gesagt, ein *Zeichen*? Hast du Fieber?"

Bella ist die am logischsten veranlagte Person, die ich kenne. Es müsste schon etwas Weltbewegendes geschehen sein, damit sie an Zeichen glaubt. Ich lege ihr eine Hand auf die Stirn, um ihre Temperatur zu prüfen, aber sie schlägt mich weg.

„Oh, um der Magie willen", faucht sie, aber ein winziges Lächeln umspielt ihre Lippen.

„Ich glaube, du solltest augenblicklich einen Psychiater aufsuchen", sage ich ernsthaft besorgt.

„Schon gut, schon gut", beschwert sie sich, „das reicht jetzt."

Wenn sie nicht selbst Legacy wäre, würde Bella wahrscheinlich zu den Leuten gehören, die bestreiten, dass Magie je existiert hat, und das Ganze für Schwindel halten.

Sie schenkt mir ein trauriges Lächeln. „Die Dinge haben sich für mich verändert."

„Weil du meinetwegen gefeuert wurdest."

„Nein, nein, nein, nein!" Sie winkt ab, und ich bemerke, dass ihre Nägel kurz und eingerissen sind. „Sagen wir einfach, ich habe mich als Mensch sehr, sehr schnell weiterentwickelt. Und was den Rest angeht? Schwamm drüber. Ehrlich. Verschwende keinen weiteren Gedanken daran. Was hättest du auch sonst tun sollen? Du musstest deine Freunde und deinen Freund finden. Aber am Ende hast du das Richtige getan, obwohl du in

Versuchung geführt wurdest. Du bist nicht mit ihnen mitgegangen, obwohl du das wolltest. Du hast das moralisch Richtige getan, was nicht leicht ist, und es tut mir leid, dass ich nicht für dich da war, dass ich in den letzten Tagen zu sehr damit beschäftigt war, mich selbst zu bemitleiden, um mich bei dir zu melden. Ich hätte für dich da sein sollen."

„Nein. Ich habe es nicht verdient, dass …"

Bella nimmt meine Hand und sieht mich ernst an. Ich wappne mich. Das ist der Moment, in dem sie noch tiefer graben wird, in dem sie mit mir über James reden wird, über den Chief. Das ist der Moment, in dem ich meine Gefühle unter Kontrolle halten muss und mir nicht erlauben darf, so zusammenzubrechen, wie ich es gern tun würde. Aber stattdessen zieht sie mich durch die Tür zum Wohnzimmer.

„Hey! Was wird das?"

„Wir dürfen keine Zeit verlieren. Ich habe dir doch gesagt, dass es ein Zeichen war, als du mir geschrieben hast. Hast du gesehen, was da draußen los ist? Ich meine, hast du die Nachrichten gesehen? Die Kämpfe letzte Nacht? Ich habe gehört, dass die Fenster der Tea Party eingeschmissen wurden."

Das lässt mich innehalten. Das habe ich noch nicht in den Nachrichten gesehen. Die Tea Party ist Kult, ein Teil der Scar, betrieben von James' Patentante Della, einer weiteren Person, die ich seit der Schlacht noch nicht besucht habe. Sie muss am Boden zerstört sein.

„Du hast es nicht gewusst."

„Nein. Hab ich nicht."

„Tut mir leid, Mary. Tut mir echt leid."

„Ja, mir auch."

Sie drückt mich an sich. Es ist nur eine flüchtige Umarmung, aber ich habe sie so nötig, dass ich mich noch eine Sekunde länger an ihr festhalte.

„Ich will dir etwas zeigen", sagt sie in einem atemberaubenden Themenwechsel. „Darf ich?"

„Ich würde so ziemlich alles tun, damit du aufhörst, mich anzutatschen."

„Pssst", erwidert sie und legt mir ihre Hände über die Augen. „Lass es einfach geschehen."

Ich würde sie am liebsten erwürgen, stattdessen lache ich.

Nach einem weiteren deftigen Schubs spüre ich, wie sich der Raum um uns öffnet, als sie mich in den Ballsaal lotst, in dem Scar Legacies sich früher versammelt haben, um sich vor ihren magischen Verpflichtungen zu verstecken und zu entspannen. Er hat hohe Decken und komplizierte Säulen mit Kronleisten, die wie eine Hochzeitstorte aussehen, und Vorhänge aus rosa Pariser Satin. Ich weiß, wo ich bin, weil noch ein Hauch von Seifenblasen und Feenstaub in der Luft liegt, eine Art magischer Überbleibsel. Dies ist ein Ort, an dem einst so viel Magie geschehen ist, dass sie ihn noch nicht ganz verlassen hat, und ihre Spuren sind überall zu finden.

Bella nimmt ihre Hände weg, damit ich wieder etwas sehen kann.

„Großer Geist!", entfährt es mir.

Ich blicke auf die ausgetüfteltste, detaillierteste Mindmap, die ich je gesehen habe. Die gesamte Wand ist mit Fotos verschiedener Menschen gepflastert, Zeitungsartikeln, ausgedruckten E-Mails, und jedes einzelne Stück ist mit einem Faden verbunden, sodass es aussieht wie ein gigantisches Spinnennetz. Es erstreckt sich hinauf bis unter die Decke, die etwa viereinhalb Meter hoch ist. Das hier lässt die Kritzeleien, die wir im Konferenzraum auf dem Revier angefertigt haben, vor Scham im Boden versinken. Ganz in der Nähe steht eine Trittleiter auf Rollen, wie man sie aus alten Bibliotheken kennt, die hier aber früher dazu genutzt wurde, Kunden von der Decke hinunterzuhelfen. Jetzt steht Bella gerade darauf und rückt ein paar Meter über dem Boden ein verrutschtes Foto zurecht.

Als sie wieder unten angekommen ist, stemmt sie die Hände in die Hüften. „Das ist mein Meisterwerk. Monarch ist eine Bastion der Korruption, genau wie ich gedacht habe, und alles, was ich brauche, sind ein paar *winzig kleine* Dinge, um es zu beweisen."

„Wenn du *winzig klein* sagst …“

„Ich bekomme sie schon noch“, faucht sie. „Ich finde einen Weg. Die Wahrheit kommt immer ans Licht. Das ist eine allgemeine Wahrheit. Sie haben sich die Hände schmutzig gemacht, und sie werden dafür geradestehen müssen.“

„Bella …“, sage ich behutsam, „ich glaube nicht, dass das tatsächlich wahr ist. Leute tun ständig böse Dinge und werden nie erwischt. Überleg doch nur mal, wie viele ungelöste Fälle es gibt … Morde, für die nie jemand zur Verantwortung gezogen wird. Und Politiker haben schon immer einen Vorteil aus ihren Positionen gezogen. Es ist bedauernswert, aber so läuft es nun mal in der Welt.“

Bella bedenkt mich mit einem strengen Blick.

„Also, was sind diese fehlenden Puzzleteile?“, frage ich.

„Erstens, ich brauche einen Beweis für die geheimen Absprachen.“ Sie deutet auf einen Faden, der den Chief mit Kyle und Lucas Attenborough verbindet. „Kyle und Lucas haben an Legacy Kids herumexperimentiert, richtig? Du weißt genauso gut wie ich, dass Kyle nicht einfach in die Scar spaziert ist, das größte Geheimnis überhaupt gelüftet, ein Gebäude gekauft und einen Tunnel gebaut hat, der sein Labor mit dem Wonderland verbindet, ohne dass irgendjemand davon gewusst hat. Wie hat er die Quelle der Magie gefunden? Wie hat er all diese Genehmigungen erhalten, die er wahrscheinlich brauchte, um sein Labor zu bauen? Wer hat diesen Tunnel für ihn gebaut?“

„Ich habe keine Ahnung“, sage ich.

„Ich setze mein Geld auf den Chief.“ Sie wirft mir einen Blick zu.

„Sie kommt nie hierher. Gibt kaum einmal zu, dass sie Legacy ist“, denke ich laut.

„Ganz genau. Es ist perfekt. Aber du hast recht, ich kann es nicht beweisen. Was wir allerdings wissen, ist, dass sie käuflich ist. Wir haben es selbst gesehen. Sie hat den Typen mit dem Tattoo bestochen. Sie hat Caleb die

Sache angehängt. Sie hat alles in ihrer Macht Stehende getan, um uns von diesem Fall fernzuhalten, als klar wurde, dass wir tatsächlich dabei waren, ihn zu knacken. Und das macht sie in meinen Augen zu einer Verdächtigen."

Sie holt tief Luft. „Und dann ist da noch Dally. Es tut mir leid, aber ich hab das Gefühl, dass er involviert ist."

„Stimmt, der Tunnel ist schwer zu übersehen", sage ich. Dally ist die freundlichste, künstlerischste Person, mit der man sich umgeben kann. Er ist so damit beschäftigt, Events zu planen und die Bar am Laufen zu halten, dass ich mir einfach nicht vorstellen kann, dass er irgendetwas mit alldem zu tun haben soll. Aber selbst ich muss zugeben, dass es ganz danach aussieht, als ob er da irgendwie die Finger im Spiel hat.

„Dann wäre da Jack Saint", fährt sie fort.

„Mallys Dad? Aber er würde nie zulassen, dass man an Mally herumexperimentiert."

„Stimmt. Ich glaube, dass vielleicht etwas schiefgelaufen ist, aber es würde Sinn ergeben, dass er involviert ist, immerhin ist er der reichste Typ in der Scar."

„Stimmt. Und er ist mit dem Chief befreundet."

„Genau. Hat er nicht etwas darüber gesagt, dass sie alte Kindheitsfreunde sind?"

Ich lasse meinen Blick über die Wand wandern, hoch und runter über die Bilder, die Karten von der Scar und ganz Monarch, die fahndungsfotoartigen Bilder von Mally, James und Ursula, und schieße mich schließlich auf die Fotos vom Chief, von dem Verrückten Hutmacher, Kyle, Lucas und Jack Saint ein. Dann sind da noch die Zeitungsartikel, die in den vergangenen Tagen erschienen sind, alles über die Villains, die Wache, die Kämpfe in der Scar, die Kundgebungen, sowie E-Mails, die aussehen, als stammten sie aus einem Austausch zwischen Bella und dem Police Department, und Nachforschungen aus dem Archiv. Zuletzt landet mein Blick auf einem

Bild von mir, und ich folge den Fäden von mir zu jeder einzelnen relevanten Person. Ich stehe mit ihnen allen in Verbindung. Auf gewisse Weise sieht es so aus, als stünde ich im Mittelpunkt dieser ganzen Geschichte.

„Da ist noch mehr“, sagt Bella.

„Gibs mir.“

„Also, neulich lag ich einfach so rum mit … du weißt schon … mehreren Packungen Eiscreme oder so …“

„Welche Sorten?“

„Irrelevant.“

„Sorten“, bestehe ich.

„Wenn du es unbedingt wissen musst, ich hab eine Schwäche für Vanille.“

„Schockierend.“

„Und Erdbeere.“

Ich werfe ihr einen vielsagenden Blick zu.

„Der Punkt ist, während ich besagte Eiscreme gegessen habe, ist mir aufgegangen, dass diese ganze Geschichte ein gigantischer Schwindel ist.“

„Diese ganze Geschichte?“

„Die Sache mit den Villains, die Wache, die Darstellung von Caleb und *definitiv* die Darstellung von Kyle Attenborough. Das ist alles ein Haufen vergammelter, zum Himmel stinkender Müll. Also habe ich angefangen zu recherchieren, eine Recherche, für die ich bei einem Fall niemals die Zeit gehabt hätte. Zum ersten Mal überhaupt hatte ich ganze Tage zur freien Verfügung. Verschiedene Punkte fingen an, sich zu verbinden, und mit einem Mal war das Ganze nicht mehr so ein schwindelerregendes Durcheinander.“ Sie strahlt die Wand einmal mehr an und wedelt mit den Armen in ihre Richtung. „Das ist es, was ich herausgefunden habe.“ Bella tippt mit den Zehen auf den Boden, sieht von mir zur Wand und wieder zurück.

„Du stresst mich grade buchstäblich so sehr“, sage ich.

„Okay, guck mal!“ Sie zerrt die Leiter zu sich heran und klettert hinauf. „Hier ist der Chief.“ Sie deutet auf die Reihe darunter. „Hier sind all die Polizisten und Detectives, von denen wir *wissen*, dass sie korrupt sind. Dann hier drüben.“ Sie rutscht ein Stück beiseite und malt theatralisch unsichtbare Kreise in die Luft. „Das sind die Leute, die *wahrscheinlich* korrupt sind oder irgendwie anders involviert.“

Ich erkenne Mayor Triton, Kyle und Lucas Attenborough, den Verrückten Hutmacher und mehrere von Chief Itos Untergebenen, dazu noch den Wohnungsbaubeauftragten und den Vorsitzenden des Planfeststellungsausschusses. Ein paar der Leute sind mir völlig unbekannt.

Ich sehe Fäden vom Chief zu meinen Freunden.

„Sie stehen nicht in Verbindung!“ Meine Freunde hatten nie genug Einfluss oder waren nie im Leben wichtig genug, um jemanden in der Regierung zu kennen, bis Lucas sie zu seinem Vater gelockt hat.

„Sie stehen aber auch nicht *nicht* in Verbindung“, widerspricht Bella. „Hinter alldem steckt der Chief, allem. Ich weiß es.“

Bellas Besessenheit vom Chief könnte ihr den letzten Rest geben. Ich bin mir nicht sicher, ob sie die Dinge noch klar sieht.

„In welcher Welt haben meine Freunde irgendetwas mit dem Chief zu tun?“, frage ich. „Sie kommt nie auch nur in die Nähe der Scar, und was sie betrifft, sind meine Freunde nicht mehr als Ungeziefer unter ihren Schuhsohlen. Sie hält sie wahrscheinlich für einen einzigen kriminellen Organismus.“

„Ah!“ Sie kommt aufgeregt die Leiter heruntergeklettert. „Hab noch ein bisschen Geduld. Der Chief war bestechlich. Wir haben es selbst gesehen. Sie hat das Geld von diesem Typen mit dem Dolchtattoo angenommen.“ Sie zeigt auf die Zeichnung einer menschlichen Silhouette mit einem riesigen Fragezeichen in der Mitte. „Und *er* war an dem Tag im Tattooladen des Verrückten Hutmachers, als wir dort waren. Ursula hat ihr Tattoo von ihm bekommen, und jetzt ist er verschwunden. Du kannst mir unmöglich weismachen wollen, dass das ein Zufall ist, denn das nehme ich dir nicht ab. Diese Dinge folgen einer Logik, einer klaren und tiefgründigen Ordnung." Sie lässt sich die Leiter hinuntergleiten. „Und du kannst mich nicht davon überzeugen, dass all das nicht Teil eines größeren Bildes ist. Nur weil ich noch nicht jedes einzelne Detail entdeckt habe ..."

„Oder auch nur den kleinsten Beweis", werfe ich ein.

„Ein Detail, das sich beheben lässt. Ich meine, das ist einfach nicht richtig! Die Polizei unternimmt nicht einmal was! Und wag es ja nicht, zu behaupten, dass das nichts mit dem Verrückten Hutmacher zu tun hat und dem Grund, warum er für all diese Taten, die er behauptet nicht begangen zu haben, im Gefängnis sitzt."

Eine Sekunde lang weiß ich nicht, was ich sagen soll.

„Was?", fragt sie und lässt sich in einem gefährlichen Winkel von der Leiter baumeln. „Ich kenne diesen Blick. Was denkst du grade?"

„Ich habe letzte Nacht mit ihm gesprochen."

„Mit wem?"

Ich hole tief Luft. „Caleb Rothco. Dem Verrückten Hutmacher. Kurz bevor diese Rote Königin ihn freigelassen hat."

Bella kommt so schnell die Leiter hinuntergestolpert, dass ich nur einen Schemen ausmachen kann, schon hat sie mich an beiden Schultern gepackt. „Und? Was hat er dir erzählt?"

„Vor allem, dass er noch viel Schlimmeres vorhat als das, wofür sie ihn anklagen. Er sagt, dass er es tun wird, um die Scar zu retten."

Bella lässt von mir ab und sich selbst in einen nahen Stuhl fallen, einen nachdenklichen Ausdruck auf dem Gesicht. Eine seltsame Stille legt sich über den Saal, dann sieht sie zu mir auf. „Wenn wir nichts unternehmen, werden diese Leute die Scar in Stücke reißen und die Einzelteile verscherbeln", sagt sie leise. „Ich weiß nicht, warum, und ich weiß nicht, wie, aber wenn wir sie nicht aufhalten, wird sich das, was bisher geschehen ist, wie ein netter Nachmittag im Park anfühlen."

Ich betrachte sie einen Augenblick, versuche, alles in mich aufzunehmen, was sie gesagt hat, bevor meine Augen zurück zur Wand huschen. All diese Leute. All diese Bruchstücke. So viele Lügen.

„Wer sagt, dass es keine Magie mehr gibt?“, frage ich.

Bella schnaubt. „Was meinst du?“

„Es muss noch Magie geben, denn wie würdest du es dir sonst erklären, dass wir beide uns gefunden haben?“

Meine eigene Sentimentalität lässt mich erröten, aber ich meine jedes Wort.

„Oh, Mary!“, ruft Bella und springt von ihrem Stuhl auf, um mich erneut in eine halsbrecherische Umarmung zu ziehen.

Ich mache mich von ihr los und grummele etwas Unverständliches.

„Okay, das wars jetzt aber“, sagt Bella. „Ich habe lange darüber nachgedacht. So ziemlich jede Sekunde, seit sie mich aus dem Revier geworfen haben. Weißt du, was ich glaube?“

„Ich höre.“

„Ich glaube, die Magie ist verschwunden, weil diese ganzen Geschäftsmoguln in den Narrows angefangen haben, Wege zu suchen, sie massenhaft zu vermarkten, und dafür ist sie nicht gedacht. Darum glaube ich, dass die Magie beschlossen hat zu verschwinden, bis die Menschen der Scar das begriffen hätten und anfangen würden, sich verantwortungsvoll zu verhalten. Aber haben die Leute an der Macht es gut sein lassen? Nein, haben sie nicht. Sie haben herumgestochert, bis sie die Quelle gefunden hatten.“

„Und welche ist das?“

„Ich hab keine Ahnung. Aber das werde ich schon noch rausbekommen. Es gibt eine Quelle für Magie. Sie kommt irgendwoher, und Kyle Attenborough hat diesen Ort entdeckt. Dessen bin ich mir sicher. Und ich sage dir noch etwas. Die Magie hat diesen Angriff nicht einfach über sich ergehen lassen. Sie ist vielleicht entdeckt worden, aber sie hat beschlossen, dass sie auf eine Art und Weise zurückkehren wird, die sich niemand je erträumt hätte, wenn sie nicht in Ruhe gelassen wird.“

Bella deutet auf die Bilder von James, Mally und Urs an der Wand. „Und da kommen sie ins Spiel. Sie sind keine Schurken. Sie überbringen eine Nachricht von der Magie selbst, dass die Hölle losbrechen wird, wenn die Bewohner der Scar nicht anfangen, ihre Angelegenheiten zu regeln.“

Ich bin so verblüfft, dass ich mich auf einen dieser entzückenden kleinen Cupcake-Hocker fallen lassen muss, die den Saal schmücken. Ich will mit ihr diskutieren, doch ich kann nicht. Ich glaube, sie hat recht. Es gibt so viel, was ich nicht mit Bella teilen kann. Eins dieser Dinge ist der Abend, an dem ich mit James im Ever Garden war und er mir zum ersten Mal gezeigt hat, dass er über Magie verfügt. Er muss damals bereits mit Lucas Attenborough im Gespräch gewesen sein und das Labor besucht haben, ohne mir zu erzählen, was vor sich ging. Ich wette, dass er dachte, er hätte alles unter Kontrolle.

An jenem Abend hat er ein blaues Licht zwischen seinen Handflächen aufleuchten lassen. Ich wusste, dass es sich nicht einfach um irgendein Licht handelte – und zwar nicht nur, weil es scheinbar aus dem Nichts aufgetaucht war oder er es aus dem Nichts erschaffen hatte. Das war es nicht, was es zu etwas Besonderem machte, obwohl auch das ein Spektakel war.

Es tanzte, hüpfte, *kommunizierte.* Es brachte uns einander näher, verband uns. Und als es in meine Brust schwebte, spürte ich, wie es mich mit Wärme und seiner Intensität füllte – und noch mit etwas anderem.

Intelligenz. Es schien über einen eigenen Verstand zu verfügen.

„Wie bist du darauf gekommen?“, frage ich.

Bella schürzt die Lippen und legt den Kopf in den Nacken. „Es ergibt logisch betrachtet einfach Sinn. Wenn du Magie als eine Art *Person* betrachtest, wie eine Fee oder eine Meerjungfrau oder so, dann muss sie eine Persönlichkeit haben, und wenn sie eine Persönlichkeit hat, muss sie auch

Stimmungsschwankungen haben. Schließlich hat die jedes Wesen. Denk doch mal darüber nach, wie sie immer nichts als gut war – und dann wurde sie ausgenutzt. Tatsächlich" – Bella grinst mich an – „habe ich angefangen, mir die Magie eher wie ein *Mädchen* vorzustellen, und sie wurde jetzt über Jahre hinweg wie ein Fußabtreter behandelt. Was passiert, wenn Leute ständig auf uns herumtrampeln?"

„Wir werden stinksauer", murmele ich.

„Wir werden wütend", stimmt sie mir zu. „Richtig, richtig wütend, und das ist es, was James und Mally und Ursula in diesem Augenblick durch die Adern strömt. Das ist es, was durch deine Adern strömt."

Inzwischen wünschte ich, ich könnte die Zeit zurückdrehen und von James verlangen, dass er mir verdammt noch mal erklärt, was vor sich geht, als er mir das Licht gezeigt hat, anstatt so verflucht vertrauensvoll zu sein. Jetzt frage ich mich zum ersten Mal, ob die Magie, die er mir in dieser Nacht gegeben hat, aus demselben Stoff bestand wie die Magie, die Lucas mir gespritzt hat. Ich habe *vor* Lucas und der Spritze mit den Naturalisten geschwebt. Ich habe das Mädchen im Spiegel gesehen, *bevor* er mir diese Spritze verpasst hat.

Es wird wärmer, sagt Sie.

„Was denkst du, Mary?", fragt Bella. „Bin ich völlig neben der Spur?"

„Nicht unbedingt", sage ich und wandere vor der Mindmap hin und her. „Ich glaube, du hast recht. Es gibt eine Quelle."

Was ich nicht sage, ist, dass wir, wenn wir die Quelle finden, vielleicht auch ein Gegenmittel finden. Und wenn wir das finden, kann ich die sogenannten Villains nach Hause zurückkehren lassen, und alles würde wieder so, wie es war. Was wiederum bedeutet, dass ich ihr helfen kann, den Fall zu lösen, und das ist die einzige Möglichkeit, ihr alles zurückzuzahlen, was ich ihr genommen habe. Das, und wenn ich herausfinde, woher die Magie kommt und wer davon profitiert, kann ich vielleicht endlich herausfinden, wo meine Freunde sind.

Es ist einen Versuch wert, was allemal besser ist als gar nichts.

Unsere Blicke treffen sich, und für einen kurzen Moment glaube ich, dass Bella gleich in Tränen ausbrechen könnte. Sie will genauso wenig länger allein sein wie ich. All ihre Schutzmechanismen sind dahin. Sie schnieft ein wenig. „Es war nicht ganz leicht. Als der Chief mich gefeuert hat, war ich so wütend." Sie errötet. „Es macht mich einfach so zornig, besonders mit dem Wissen, wie schrecklich sie ist."

„Der Chief ist nicht ganz sauber, aber das ist noch kein Beweis, dass sie direkt mit den Experimenten oder der falschen Magie in Verbindung steht. Selbst mitanzusehen, wie ein Typ einen Umschlag von ihr annimmt, ist an und für sich noch kein Beweis. Wir wissen nicht einmal, ob Geld in ihm war. Wir wissen überhaupt nichts. Und wir werden niemals über dieses ganze Theoretisieren hinauskommen" – ich wedele mit der Hand durch die Luft –, „es sei denn, wir bekommen richtige, handfeste Beweise in die Finger. Also, lass uns aufhören, hier herumzugrübeln, sondern raus in die echte Welt gehen und Detective spielen."

„Wir?" Sie klimpert auf so eine entzückende Art mit den Wimpern, dass ich sie schon wieder umarmen könnte. Ihr Lächeln ist riesig. „Detective spielen?"

„Ja, *wir.* Bella, es ist an der Zeit, das Haus zu verlassen."

Sie reckt die Schultern. „Hast du keine Schule?"

„Frag nicht."

„Tut mir leid", sagt sie.

„Tja, das Gute daran ist, mein Kalender ist komplett frei, das Timing könnte also nicht passender sein."

„Oh Brot-und-Butter-Kuchen, das ist wundervoll, Mary!" Sie reißt mich in eine Umarmung und drückt so fest zu, dass ich kaum noch atmen kann. Dann lehnt sie sich zurück und sieht mich an. „Nur noch eine Sache."

„Oh … oh! Spucks aus."

„Bleib genau da stehen!", ruft Bella, rennt die Treppe hoch und ist verschwunden. Ich habe keine Ahnung, was sie im Schilde führt, aber ich nutze die Gelegenheit für ein paar tiefe Atemzüge. Einige Minuten später kommt sie die Treppe wieder hinunter, zwei Stufen auf einmal nehmend.

„Mein Handy!“ Sie ist bereits dabei, wie wild zu tippen.

„Was machst du da?“

Sie beißt sich auf die Unterlippe, während ihr die Brille die Nase herunterrutscht. „Zuerst müssen wir den Tattoo-Typen finden, der den Umschlag vom Chief entgegengenommen hat. Wir müssen herausfinden, was darin war und warum sie ihn ihm gegeben hat. Caleb können wir nicht fragen, da er verschwunden ist, aber ich kenne da genau die richtige Person. Sie ist brillant und ein Genie, wenn es um solche Sachen geht. Sie wird ihn in null Komma nichts finden.“ Sie tippt auf den Bildschirm. „Hier ist sie. Jasmine Bizhan!“ Triumphierend reicht sie mir ihr Handy.

„Ich weiß nicht. Eine Fremde? Was wir vorhaben, ist nicht gerade korrekt, und ich glaube nicht, dass irgendjemand es gutheißen wird, wenn wir anfangen herumzuschnüffeln. Meinst du nicht, es wäre besser, das zwischen uns beiden zu lassen?“

„Sie arbeitet für die Zeitung und steckt in den Todesanzeigen oder etwas ähnlich Furchtbarem fest und würde alles für eine Story geben, die sie da rausholt. Sie hat einen Presseausweis, Zutritt zum Rathaus. Was meinst du, was passiert, wenn wir jetzt unsere Gesichter in der Midcity zeigen und anfangen, Fragen zu stellen?“

Sie hat recht. Das würde nicht gut ausgehen.

„Und du vertraust ihr?“, frage ich.

„Sie braucht diesen Durchbruch mindestens genauso sehr wie wir. Darauf können wir vertrauen.“

„Okay“, willige ich ein wenig widerstrebend ein. „Machen wir.“

„Ja!“, quietscht sie aufgeregt. „Die Gang ist wieder vereint! Die Partnerschaft läuft!“

„Reiß dich zusammen“, sage ich, aber mit einem Grinsen.

„Werd ich nicht!“ Sie tippt etwas in ihr Handy, das fast augenblicklich klingelt. „Perfekt. Sie kann uns morgen treffen!“

„Nein.“

„Ja.“

„Ja?“

„Ja, morgen. Komm, ich bringe dich zur U-Bahn-Station!“

„Auf gar keinen Fall. Ich gehe nirgendwo mit dir hin.“

„Du hast recht. Es könnte verdächtig aussehen, wenn man uns zusammen entdeckt. Die Wache und so.“ Dann kneift sie die Augen zusammen. „Warte mal. Nein. Wieso?“

Ich gebe mir die allergrößte Mühe, nicht das Gesicht zu verziehen. „Weil du eine Dusche nötig hast. Im Sinne von: jetzt sofort.“ Ich deute in Richtung Treppe. „Ich komme dich morgen früh abholen.“

„Gleich morgen früh?“

„Gleich morgen früh. Versprochen.“

SIEBEN

ICH HATTE VOR, NACH HAUSE ZU FAHREN. Es ist in etwa die Zeit, zu der ich eigentlich aus der Schule kommen sollte, und Gia sollte schlafen. Aber nach dem ersten Halt der U-Bahn steigt eine Frau ein und setzt sich mir gegenüber. Sie wirkt ziemlich gewöhnlich, mit einem Legacy-Zeichen auf dem Handgelenk und einer Sonnenbrille auf der Nase, einem knalligen orangefarbenen Sweater und einer roten Hose aus Cordsamt, neben sich eine Einkaufstüte. Aber ich kann das Gefühl nicht abschütteln, dass sie mich beobachtet, und das gefällt mir nicht. Also steige ich beim nächsten Halt aus und sofort wieder in einen anderen Waggon ein.

Es vergeht eine Minute, und ich rede mir schon ein, dass ich mich lächerlich verhalten habe, aber dann blicke ich auf und sehe, dass die Frau mich durch die Doppeltüren zu dem anderen Waggon beobachtet. Sie hält sich an einer der Stangen fest, obwohl überall um sie herum freie Plätze sind. Sie hat keinen Grund, da zu stehen, und sie starrt mich eindeutig von hinter ihrer Sonnenbrille heraus an. Sie schwankt leicht, während der Zug über die Schienen rattert.

Als wir den Halt am Miracle Lake erreichen, rühre ich mich nicht. Falls sie von der Wache ist, muss sie bereits wissen, wo ich wohne – und wenn sie zur Presse gehört, sieht es wahrscheinlich genauso aus. Aber das heißt ja nicht, dass ich es ihr allzu leicht machen muss. Als Nächstes kommt Desire Avenue, also lasse ich meinen Halt vorüberziehen. Als wir erneut zum Stillstand kommen, warte ich, bis die Türen sich öffnen, manche Leute aus- und andere Leute einsteigen. Erst als die Ansage kommt, die Türen frei zu halten, schieße ich aus meinem Sitz hoch und quetsche mich gerade noch rechtzeitig durch die Doppeltüren. Als der Zug anrollt, sehe ich, wie sie hektisch in ihre Uhr spricht.

Ich renne los. Hetze die Stufen hinauf, vorbei an den Plakaten für die Oper, das Theater, den Comedian, der Witze über die gute alte Zeit reißt, als es noch Magie gab. Ich stürme an den Einladungen in die Merrypetal Church zu den Meetings der Anonymen Magier vorbei und passiere zahllose Poster mit den Gesichtern von James, Mally, Ursula, dem Verrückten Hutmacher und jetzt noch einer neuen, leeren Silhouette, auf der in großen Lettern DIE ROTE KÖNIGIN prangt. Ich renne raus in die kalte Luft und lasse die Regentropfen auf mich herabprasseln. Ich sehe mich nicht um. Mein Herz pumpt Blut durch meinen Körper, schlägt hart und schnell, und ich renne und renne und renne. Ich weiß, dass ich höchstwahrscheinlich verfolgt werde und es nichts gibt, was ich dagegen tun kann. Aber ich sehe auch keinen Grund, es ihnen jedes Mal leicht zu machen.

Und dann bin ich plötzlich dort, zitternd und außer Atem.

James' Haus steht an der Ecke von Desire und Hope. Es ist mir schon immer wie ein seltsamer Name für diese Kreuzung vorgekommen, wenn man bedenkt, dass sie zur schlechtesten Nachbarschaft der Scar geworden ist.

Augenblicklich breitet sich ein flaues Gefühl in meiner Magengegend aus. Ich habe es immer vermieden hierherzukommen, selbst als James noch da war. Das Haus ist so eine Jungszone, jeder Raum darin mit seiner eigenen Schlafkoje, die Verlorenen Jungs überall verteilt. Aber mehr noch, so stolz ich auch auf James und auf das war, was aus ihm geworden war, so hatte ich doch immer das Gefühl, dass ich nicht hier sein sollte. Hier ging etwas vor sich, und es war, als würde man einen Stein aufheben, der so lange ungestört dagelegen hatte, dass sich darunter eine ganze Gesellschaft von Ungeziefer gebildet hatte. Die Jungs aßen, schliefen und arbeiteten zusammen im Rudel. Sie gingen zur Schule und machten ihre Hausaufgaben aus keinem anderen Grund als dem, dass James sie dazu brachte. Ich hatte nie das Gefühl hierherzugehören, und seit James verschwunden ist, kommt es mir so vor, als hätte sich ein Kraftfeld um das Haus gelegt, das mich abstößt. Ich habe Stunden auf der Couch mit den Jungs verbracht und Videospiele gezockt oder oben mit James gekuschelt, aber das hier ist eindeutig nicht mein Territorium.

James' Werkzeuge liegen draußen, als hätte er gerade mitten in einem Projekt gesteckt, als er verschwunden ist. Sein Auto, die Sea Devil, eine Erscheinung in Blau mit einer aufgemalten grünen Seeschlange auf der Seite, thront majestätisch in der Auffahrt. Mehrere andere Autos befinden sich in verschiedenen Stadien der Zerlegung. Schrauben und Teile liegen überall verstreut, und als ich mich der Veranda nähere, glaube ich für eine Sekunde, James' Silhouette zu sehen, groß und schlaksig, verborgen im Schatten auf dem abgenutzten Verandasofa. Mein Herz klopft wie verrückt, aber dann bemerke ich, dass es überhaupt nicht James ist.

Die grimmige Gestalt auf der Veranda lehnt sich vor, stützt ihre Ellbogen auf den Knien ab und behält mich genau im Auge, während ich mich den Stufen nähere. Die Kiefer in einem leichten Unterbiss zusammengepresst, das gebleichte Haar etwas länger als bei unserer letzten Begegnung, mit dunklen Ringen unter den Augen. Der Hund an seiner Seite knurrt.

„Barnacle", sage ich, und James' Hund wedelt mit dem Schwanz und winselt, aber er bleibt, wo er ist.

„Joho und 'ne Flasche voll Rum", murmelt Smee leise. „Ich dachte schon, du kommst nie."

Schreie dringen aus dem Haus nebenan, und ich erstarre.

„Keine Sorge“, meint er. „Bloß ein freundlicher häuslicher Disput. Sie werden sich die ganze Nacht anschreien, und morgen ist wieder alles in Butter.“

„So etwas wie einen freundlichen häuslichen Disput gibt es nicht“, sage ich.

„Da hast du vielleicht recht. Keine Ahnung, was ich da unternehmen soll. Es ist nirgendwo leicht.“

„Klar“, erwidere ich. „Kann ich raufkommen?“

Er legt sich eine Hand auf die Brust. „Du kränkst mich, Mary. Natürlich. James' Haus ist dein Haus. Das weißt du doch.“

„Tue ich das?“

Smee atmet aus, halb wie ein Lachen und doch nicht ganz. Tattoos blitzen unter seinem T-Shirt hervor, und ich entdecke ein neues: LEGACY LOYALTY. Es windet sich wie ein Band fast um seinen gesamten linken Arm.

„Sicher“, sagt Smee. „Ich hab schon drauf gewartet, dass du auftauchst. Dachte, vielleicht hast du uns vergessen.“

„Nein.“ Ich sehne mich verzweifelt danach, dass er versteht, aber auf einen Schlag kommt mir keine Erklärung für das, was ich getan habe, mehr angemessen vor. „Ich wollte nicht … Ich dachte, vielleicht bist du sauer auf mich.“

„Weil du den Captain abserviert hast? Weil du nicht für uns da warst? Warum sollte mich das wohl sauer machen?“

„Können wir reingehen und reden?“ Ich will nicht auf der Straße stehen.

„Du weißt, dass du jederzeit willkommen bist, auf einen Bissen reinzukommen, aber nicht, wenn du reden willst. Diese kleinen Zauberhüte von der Wache haben jeden höllischen Winkel der Bude verwanzt.“ Smee sieht an mir vorbei auf die leere Straße. „Hört ihr das?“, ruft er. „Ich weiß, dass ihr da draußen seid.“ Er zeigt der Luft den Stinkefinger. „Mich kriegt ihr nicht, Baby." Er schnalzt mit der Zunge, und Barnacle rappelt sich auf. „Auf gehts."

Hinter Smee kann ich den Fernseher laufen sehen und drei der Jungs, Wibbles, Damien Salt und Starkey, die Fastfood aus gelbem Packpapier essen. Sie kabbeln miteinander und lachen herzhaft. Es tut gut zu wissen, dass sie noch hier sind.

Smee legt Barnacle an die Leine und bedeutet mir, ihm zu folgen.

„Willst du deine Werkzeuge einfach so draußen rumliegen lassen?"

„Wer soll die schon klauen? Genau, niemand."

Wir gehen die Straße hinunter, über unseren Köpfen wiegen sich die Bäume im Wind. Smee zieht den Reißverschluss seines Hoodies hoch. „Ist dieses Wetter zu fassen? Da braut sich was zusammen."

Ich knie mich auf den Boden und streichle Barnacle über den Rücken, über sein glattes graues Weimaraner-Fell. Er muss James schrecklich vermissen. Barnacle legt seinen Kopf in meinen Schoß. Ich kraule ihn noch ein bisschen weiter, bevor Smee und ich uns auf den Weg machen.

„Weißt du, wo er ist?", frage ich.

Es bedarf keiner Einleitung. Obwohl Smee und ich so unsere Probleme miteinander hatten, teilten wir auch immer unsere Liebe zu James, die uns zusammengehalten hat, und das bedeutet jetzt etwas.

Smee zieht eine Augenbraue hoch. „Musst du das überhaupt noch fragen?"

„Warum bist du dann noch hier? Warum bist du nicht bei ihm?"

„Ich könnte dich dasselbe fragen, oder nicht? Nur, dass unsere Antworten sich unterscheiden würden." Smee geht ein paar Schritte, scheint darüber nachzudenken, wie er mir antworten kann. „Es wäre so ein schöner Abend für eine Kanufahrt auf dem Miracle Lake", sagt er.

„Du kannst auf Miracle nicht Kanu fahren. Niemand kann das. Das Wasser ist tödlich."

„Hmm, ist es das?"

„Du machst mich wahnsinnig. Ich verstehe kein Wort."

„Offensichtlich nicht", sagt er und bleibt stehen, damit Barnacle an einem Baum sein Bein heben kann.

„Das ist nicht fair."

„Doch ist es. Es ist total fair." Ein schwarzes Auto kriecht die Straße entlang, die Scheinwerfer auf uns gerichtet, sodass wir für einen Augenblick geblendet sind. Smee folgt ihm mit den Augen, als es an uns vorbeifährt, und hebt eine Hand zum Gruß.

Die Wache.

Barnacle ist fertig, und wir gehen weiter die Straße entlang.

„Kannst du mich zu ihm bringen?", frage ich.

„Ich hab keine Ahnung, wovon du redest." Falls die Wache sich noch in der Nähe befindet, könnte sie unsere Unterhaltung belauschen, und Smee hat ihr ein Ende gesetzt.

„Okay", gebe ich nach. „Aber falls du ihn siehst, sagst du ihm dann bitte, dass ich mit ihm reden muss? Dass ich versuche, einen Weg zu finden?"

„Ich hab ihn nicht gesehen. Kann dir da nicht helfen. Sorry." Noch während er das sagt, nickt er mir zu, lässt seinen Blick die Straße hinauf- und hinunterwandern. Dann zeigt er mir Daumen hoch.

„Wie gehts den Jungs?", frage ich.

„Den dreien, die noch da sind, gehts gut. Haben jetzt 'ne Geistermannschaft."

Ich halte mitten im Schritt inne und starre ihn an, frage mich, ob ich mir diese neue Energie in ihm nur einbilde, etwas Funkelndes und Wilderes als zuvor. „Geistermannschaft?"

„Jep." Er grinst. „Hast dus nicht gehört? Murphy, Skylight und Mullins sind allesamt heute Morgen verschwunden."

„Was?"

„Jaaa", sagt er mit gespielter Theatralik. „Abgefahrene Geschichte. Wir haben unsere Pancakes gegessen und puff. Einfach so. Verschwunden."

Er schlägt mir freundschaftlich auf den Rücken, dann schiebt er etwas in meine Hand. Ich senke den Blick und entdecke einen Schlüsselbund, zusammengehalten von einem Anhänger in Form einer silbernen Schlange. „Ein paar von uns mussten schließlich dableiben und uns um Della kümmern, weißt du? Du hast gehört, was mit der Tea Party passiert ist, oder? Da mussten wir noch ein paar lose Enden abschneiden." Er zeigt mir seine geballte Faust, lässt die Muskeln spielen. „Die Leute haben heutzutage einfach keine Manieren mehr. Muss man ihnen beibringen."

Smee lehnt sich dicht zu mir herüber und flüstert mir ins Ohr: „Die Sea Devil gehört dir. James meinte, ich soll sie dir geben, wenn du vorbeikommst. Meinte, ich soll dir sagen, dass du immer sein Mädchen sein wirst. Wir kümmern uns um unsere Leute." Er tritt einen Schritt zurück und schnalzt mit der Zunge. Barnacle hebt den Kopf, und dann, mit einem weiteren Schnalzen, gehen wir zurück in Richtung Haus. „Ein Sturm zieht auf, Mary, genau wie ich gesagt hab. Wir sollten aufpassen, dass wir auf den Wellen reiten und nicht in ihnen ertrinken."

Wir haben das Haus schon fast erreicht.

„Willst du reinkommen?", fragt er in voller Lautstärke. „Die Jungs würden dich liebend gern sehen. Es müsste bald Teezeit sein, und du weißt ja, wie sie daran hängen."

Ich muss lächeln. Ich hab keine Ahnung, ob es daran liegt, dass Della die Tea Party gehört oder weil James sie praktisch großgezogen hat, aber die Teezeit wird hier sehr ernst genommen.

„Ich hätte liebend gern einen Tee." Bella zu sehen, war schön, aber das hier ist anders. Das hier ist Familie.

„Schwachkopf", sagt Smee und legt mir einen Arm um den Nacken. „Du kommst genau richtig."

Ich will ihn grade fragen, ob er damit meint, dass es fast vier Uhr ist, als die Tür auffliegt, Damien Salt auf mich zustürmt und mich in eine fette Umarmung reißt.

„Ich dachte mir doch, dass du das bist. Aber dann dachte ich, nee, sie würde nicht hierherkommen, sie hat Besseres zu tun, als mit uns abzuhängen. Aber *dann* dachte ich, sie liebt uns, natürlich kommt sie uns besuchen! Und hier bist du!“

Smee lächelt, stupst mich sanft in die Seite und murmelt: „Du wurdest vermisst.“ Dann stapft er an mir vorbei ins Haus, Barnacle auf den Fersen.

Damien ist erst fünfzehn, aber er ist über einen Meter achtzig groß und verbringt einen Großteil seiner Zeit mit Gewichtheben, sodass er erstaunlich breit gebaut ist. Außerdem hat er momentan eine schreckliche Schnurrbart-Situation. Aber davon mal abgesehen ist er absolut niedlich, und ich habe ihn vermisst.

Damien wirbelt mich einmal im Kreis herum, bevor er mich wieder absetzt, dann steckt er die Hände in die Hosentaschen. „Kommst du rein?“

„’türlich komm ich rein. Wie könnte ich nicht reinkommen?“

„Wibbles! Starkey!“, brüllt er ins Haus. „Mary ist hier! Deckt noch ein Teegeschirr ein!“

„Mary?“, fragt Starkey. Er ist kleiner als die anderen Jungs und war immer so etwas wie James’ Liebling. Eigentlich ist er jedermanns Liebling, ein Waisenkind, seit seine Eltern im Fall getötet wurden, und seitdem unter James’ Obhut. Der arme Kerl ist grade mal vierzehn. „Komm rein und guck dir an, was ich gemacht hab!“

Das Wohnzimmer ist mit Seilen und Flaschenzügen ausgestattet worden, die überall um den Fernseher und das Sofa und den Kaffeetisch herumhängen. Wibbles liegt im Halbschlaf auf der Couch und hebt gähnend eine Hand, als ich hereinkomme.

„Was ist das alles?“, frage ich.

„Unser Junge hier war fleißig“, ruft Smee hinter der Tür, die die Küche vom Wohnzimmer trennt. „Bereit?“

„Ja! Auf gehts!“ Starkey bugsiert mich zur Couch und drückt mich darauf nieder. „Bleib genau da sitzen und rühr keinen Finger.“

„Okay“, sage ich unsicher. In diesem Haus weißt du nie, was dich erwartet. Starkey löst einen Knoten auf der einen Seite des Raums, und das Seilsystem beginnt, sich zu entfalten. Als es das tut, kommt ein Tablett mit Teetassen, einem Kuchen, Zucker, Sahne und einer dampfenden Kanne Tee sanft auf mich zugeschwungen.

Ich grinse. Das ist genial.

Selbst Wibbles richtet sich auf und reibt sich die Augen.

Das Tablett landet genau vor mir.

„Perfekt!“, ruft Starkey begeistert und strahlt. „Na mach schon! Du bekommst die erste Tasse. Ehrengast.“

Ich erkenne den buttrigen Zitronenkuchen aus der Tea Party und den herrlichen Duft des Tees. Della muss ein Auge auf die Jungs haben und sie mit Essen versorgen, sonst hätte ich sie bestimmt in einem weitaus schlechteren Zustand angetroffen. Ich nehme mir ein Stück Kuchen und schenke mir eine Tasse Tee mit reichlich Sahne und Zucker ein. Nachdem ich mich bedient habe, zieht Starkey an dem Seil, bis das Tablett vor Wibbles zum Stillstand kommt, der sich seine Tasse nimmt, und so geht es weiter, bis alle versorgt sind.

„Ihr werdet euch also James anschließen?“, frage ich ohne Umschweife, nehme einen Schluck Tee und sehe in die Runde. Niemand begegnet meinem Blick.

„Weißt du was? Ich glaube, ich hätte lieber ein Crumpet.“ Damien Salt macht Anstalten aufzustehen, und Starkey will schon nach den Seilen greifen, aber Damien hält ihn zurück. „Nein, nein, ich hol es mir selbst.“

„Ich habe dir doch schon gesagt, dass wir hier drinnen nicht reden können“, zischt Smee. „Und wir würden es dir sowieso nicht sagen. Wenn der Cap mit dir reden will, wird er mit dir reden.“

„Verstanden“, sage ich. „Aber ich will nur, dass er eine Sache weiß, und dann werde ich es nie wieder erwähnen. Er muss wissen, dass ich ihn liebe und einen Fehler gemacht habe.“

„Was für einen Fehler?“, fragt Smee. Er lehnt sich zu mir hinüber, die Hände auf ein Knie abgestützt, und mustert mich aus schmalen Augen.

„Ich hätte nie zulassen dürfen, dass sie ohne mich verschwinden. Ich gehöre zu James. Sag ihm das, ja? Sag ihm das.“

Es fühlt sich so gut an, mit den Jungs rumzuhängen und fernzusehen, dass ich dort bleibe, bis es schon viel zu spät ist. Ich schicke Gia eine Nachricht, damit sie weiß, wo ich bin und dass ich die Nacht hier verbringen werde. Sie reagiert mit einem Herz-Emoji und der Nachricht *Wir müssen reden.*

Na, wunderbar, was immer das ist …

Die Jungs sind von Videospielen zu Schach übergegangen und ziehen lautstark übereinanderher, als ich die Stufen zu James' Zimmer hinaufgehe. Ich habe es immer geliebt, die Straßen auf dieses Haus zuzugehen und schon von Weitem zu sehen, wie er sich darin bewegt, ohne meine Anwesenheit zu bemerken. James muss immer in Bewegung sein. Er mag es, seine Regale abzustauben, seine Stiefel zu polieren, seine Bücher zu organisieren. Er liest leidenschaftlich gern, besonders Bücher über Krieg und Strategie. James hatte noch nie eine besonders gute Meinung von der Natur des Menschen und war der Ansicht, dass es das Beste wäre, immer einen Schritt voraus zu sein.

Sein Schreibtisch ist vollkommen sauber, alles steht am rechten Platz. Sein Kleiderschrank ist spärlich und ordentlich, und seine Lederjacke hängt über dem Pfosten am Kopfende des Bettes. Ich gehe sofort zu ihr, schlüpfe hinein und werde von ihm eingehüllt. Wie viele Male hat er sie mir über die Schultern gelegt? Wie viele Male habe ich mich ausgeruht und in seiner Liebe zu mir mein eigenes Selbstvertrauen gefunden?

Während der Regen vor den Fenstern stärker wird, lasse ich meinen Kopf auf sein Kissen sinken. Als ich die Augen schließe, wird sofort alles um mich herum schwarz.

Ich erwache von dem Geräusch einer tickenden Uhr.

Tick, tick, tick, tick.

Sie dröhnt so laut durch das stille Haus, dass das Bett erbebt.

Ich drücke mich gegen das Kopfteil, presse meine Augen zusammen und warte darauf, dass Smee oder einer der Jungs ins Zimmer gestürmt kommt und mir erklärt, was hier vor sich geht. Aber niemand kommt, und das Ticken hört so abrupt wieder auf, wie es angefangen hat.

Als ich meine Hand nach der Lampe auf dem Nachttisch ausstrecke, bleibt der Raum schwarz. Ich taste mich die Wand entlang auf den Lichtschalter zu, aber er funktioniert nicht. Im ganzen Haus muss der Strom ausgefallen sein. Ich spüre es an der durchdringenden Stille. Ich hole mein Handy, schalte die Taschenlampe an und wünschte, ich hätte mein Messer, meinen Taser, mein Pfefferspray … irgendwas dabei, um mich zu verteidigen. Ich schleiche hinaus auf den Flur, dicht an die Wand gepresst. Er ist vollkommen leer und absolut still. Nicht einmal das Knarzen einer Bodendiele ist zu hören. Nichts als das Geräusch meines eigenen Atems.

Und dann setzt das Ticken wieder ein. *Tick, tick, tick, tick.* Ich schwenke meine Taschenlampe von einer Ecke in die andere und finde nirgends eine Spur von irgendwas. Ich folge dem Ticken die Stufen hinunter, langsam, folge seinem Rhythmus. *Tick. Tick. Tick. Tick.* Ich weiß bereits, wo es mich hinführen wird, als das Geräusch vor mir verhallt.

James' Arbeitszimmer ist der einzige Raum im ganzen Haus, von dem er nicht wollte, dass ihn irgendjemand außer ihm selbst betritt.

Und tatsächlich, als ich die letzten Stufen erreiche, kann ich sehen, dass ein großes X mittig in die Tür gekratzt wurde.

„Sehr subtil, James", murmele ich. „Das X markiert den Ort, hm, Captain Hook?"

Der Kratzer zieht sich durch das Holz bis hinunter zum Türknauf.

Das Ticken verstummt so plötzlich, wie es begonnen hat. *Er könnte dort drin sein. Er könnte hinter dieser Tür stehen und auf dich warten. Glücklich oder traurig, wütend oder abweisend, du könntest ihn berühren, mit Haut und Haar.*

Er ist nicht dort.

Das kleine Büro riecht nach ihm, männlich, nach harter Arbeit, dem Schmieröl seiner Werkzeuge, aber fast alles, was er hier drin aufbewahrt hat, ist ausgeräumt worden. Die Regale sind leer mit Ausnahme von ein paar einsamen Überbleibseln, einer Handvoll Stifte, einem Bild von Desire Avenue, einem #LegacyLoyalty-Poster. Er kann sich hier nirgendwo verstecken, sich unter nichts verkriechen, und warum sollte er auch?

James ist nicht hier. Selbst die Vorhänge, die Della extra für dieses Zimmer genäht hat, sind verschwunden, weggerissen. Es ist dunkel, klamm, muffig. Durch das Fenster zeichnet sich ein blasser Streif des kommenden Morgens ab, ein tief hängender Mond schwebt über den Dächern.

Auf James' Schreibtisch beginnt es plötzlich zu leuchten. Dort steht ein dunkelgrünes Kästchen, das jetzt in ein sanftes blaues Licht getaucht ist. Ich erkenne es sofort, stürze darauf zu und nehme es in die Hand. Es hat früher einmal meinem Großvater gehört und ist innen mit Gold ausgekleidet.

Wie als Antwort darauf beginnt das Legacy-Zeichen auf meinem Handgelenk zu pochen. Ich schiebe meinen Ärmel hoch, und es springt hervor, als wollte es sich von meiner Haut lösen, so ausgehungert ist es nach dem Licht. Kaum, dass ich das Kästchen berührt habe, sinkt das Licht in meine Handflächen, und ich spüre eine beinahe schmerzhafte Erlösung, als es durch mich hindurchfährt, bevor es verlischt.

Ein roter Blitz zuckt durch den Raum. Ich blinzle, aber das Rot ist auch hinter meinen Lidern.

Du hast die falsche Entscheidung getroffen, sagt Sie. *Du hättest mit ihm gehen sollen. Er liebt dich immer noch, und du hast ihn im Stich gelassen.*

„Ich habe die falsche Entscheidung getroffen", sage ich und umklammere das Kästchen in meiner Hand noch fester. „Du hast recht. Ich habe die falsche Entscheidung getroffen. James!“, rufe ich. „Ich habe die falsche Entscheidung getroffen.“

Ich erhalte keine Antwort, natürlich nicht, aber vielleicht kann er mich ja hören, wo auch immer er gerade ist. Ich weiß nicht mehr, wie die Regeln sind. Vielleicht beobachtet er mich durch eine Kristallkugel, vielleicht hat er auch gelernt, sämtlichen Regeln von Raum und Zeit zu trotzen. Ich klappe den Deckel des Kästchens auf und weiß bereits, was ich darin finden werde.

Im Inneren liegt die Uhr, die ich James vor so vielen Jahren geschenkt habe, als wir zum ersten Mal richtig zusammen waren und ich wollte, dass er weiß, dass er für mich alles bedeutet, egal, was andere über ihn sagen, egal, was er von sich selbst hält. Er war … er *ist* meine Familie. Er hat es verdient, die Uhr meines Großvaters zu tragen, eines meiner wenigen wertvollen Besitztümer. Aber sie war nie so wertvoll wie er.

Als ich die Uhr heraushebe, flattert ein Zettel zu Boden. Ich hebe ihn auf. Darauf steht: *Pass für mich darauf auf. – J*

Pass für mich darauf auf. Die Uhr, die Magie, sein Herz.

Er liebt mich immer noch.

Er wird mich nicht auf ewig hier zurücklassen.

Aber ich will jetzt gehen.

Alles fühlt sich so an, als hätte es sich in Zeitlupe abgespielt, aber jetzt wird das Tempo angezogen, und ich renne, kopflos, die zusätzliche Energie von der Magie strömt pulsierend durch meine Adern. Er war hier. Er war hier, und ich habe ihn verpasst. Er war im Zimmer, während ich geschlafen habe.

„James!“, schreie ich ohne Sinn oder Verstand, stürme von Raum zu Raum. Ich würde ihn spüren, wenn er hier wäre.

Ist er natürlich nicht.

Und auch sonst niemand.

Smee ist fort, Wibbles ist fort, Damien Salt ist fort, und selbst Starkey ist fort.

Also gut. Schön.

Fast lasse ich mich zu Boden sinken, verliere jegliche Willenskraft, beschließe, einfach hier liegen zu bleiben und die Welt ihrem Schicksal zu überlassen. Doch noch bevor meine Knie nachgeben können, treffe ich eine Entscheidung, und ich treffe sie deutlich.

Ich bin also hier, allein. Es gibt so viel, was ich nicht weiß. Aber es ist nicht so, als wäre ich vollkommen machtlos. Ich werde James und Ursula und sogar Mally beweisen, dass ich es verdient habe, sie zumindest zu sehen, mich mit ihnen zu unterhalten. Ich will sie zurück, und vielleicht kann ich die Dinge auf dieser Seite wieder so weit in Ordnung bringen, dass sie sich sicher genug fühlen herzukommen.

Es gibt viele Dinge, die ich nicht kontrollieren kann: wo sie sind und was sie in diesem Moment tun zum Beispiel und warum all diese Kinder verschwinden. Nichts davon hat etwas mit mir zu tun.

Aber es gibt auch eine ganze Menge Dinge, die ich tun kann. Ich kann Bella dabei helfen herauszufinden, was die Quelle der Magie ist. Ich kann versuchen, an Kyle Attenborough heranzukommen, und ihn davon überzeugen, ein Gegenmittel herzustellen. Ich kann jede einzelne Sekunde jeder Stunde daran arbeiten, dieser Geschichte auf den Grund zu gehen, und genau das werde ich tun.

Und ich habe auch schon eine ziemlich gute Vorstellung, wo ich damit anfangen werde.

ACHT

KURZ BEVOR DAS GEBALLTE LICHT DES MORGENS DURCH DIE FENSTER STRAHLT, packe ich meinen Kram zusammen, stopfe die Uhr und die Nachricht in eine Tasche von James' Lederjacke und lasse das Haus in der Sea Devil hinter mir, so schnell ich kann. Ich bin mir ziemlich sicher, dass es hier von der Wache nur so wimmeln wird, sobald sie Wind davon bekommt, dass der Rest der Jungs verschwunden ist. Aber sie werden nichts Belastendes finden. Die Bude wurde leer geräumt.

Die Scar wirkt mehr oder weniger normal. Alle gehen ihren morgendlichen Geschäften nach, Kinder sind auf dem Weg in die Schule, ältere Damen sitzen tratschend auf Stühlen vor ihren Apartments, und streunende Katzen und Krähen hocken auf Treppenstufen und an Straßenecken. Vielleicht waren die Kämpfe der vergangenen Nächte genau der Ausbruch, den die Scar brauchte, um sich an diese neue Realität zu gewöhnen.

Als es an der Zeit ist, mich mit Bella zu treffen, schicke ich ihr eine Nachricht und halte vor ihrem Haus.

Sie kommt aus der Tür getänzelt und sieht wieder aus wie eine Frühlingsblume: die Haare zu einem Lockenstrauß hochgesteckt, eine blau gerahmte Brille, ein hellblauer Pullover und hohe hellbraune Cordhosen, dazu ein paar dunkelrote Slipper.

„Wo hast du denn dieses Ding her?“, fragt sie, nachdem sie eingestiegen ist und einen Hauch von Grapefruit mit sich gebracht hat. „Und was hast du da an?“

Ich sehe an mir herab und erröte leicht. „Ich hab die Nacht bei James verbracht. Ich dachte, dass ich vielleicht verfolgt werde, und wollte nicht nach Hause fahren. Ich hab mir ’ne Jogginghose und eins seiner T-Shirts geschnappt. Ist das ein Problem für dich?“

„Nein! Nein! Es sei denn, du würdest dir lieber etwas von mir ausleihen. Ich habe wirklich die entzückendste Faltenbluse …“

„Nein, nein! Alles gut. Ich fahr später nach Hause. Können wir einfach losfahren? Wir haben so viel vor, und ich kann es gar nicht *erwarten*, deine wundervolle Freundin … wie hieß sie noch mal?“

„Jasmine. Und höre ich da gerade Sarkasmus aus deiner Stimme heraus? Weil dies bestimmt nicht der richtige Zeitpunkt für deine Dummheiten ist?“

„Ich werde keine Dummheiten machen, versprochen. Wir verfolgen ein gemeinsames Ziel. Das ist eine Garantie für gutes Benehmen.“

Sie legt mir eine Hand auf den Ellenbogen. Durch die dicke Lederjacke kann ich sie nicht spüren. „Okay, schön, ich vertraue dir. Aber bevor wir auch nur einen Schritt weitergehen, muss ich das hier einmal laut aussprechen: Ich will, dass wir eine Übereinkunft schließen.“

„Was für eine Übereinkunft soll das sein?“

„Wenn du einen von den – Zitat – *Villains* siehst, wirst du das nicht vor mir geheim halten. Es ist eine Frage des Vertrauens. Es steht zu viel auf dem Spiel, als dass du dich wie eine … also … wie *du* aufführen kannst!“

„Ich werde es dir sagen, wenn ich einen von ihnen sehe“, sage ich. Das ist nicht gelogen. Ich habe James nicht gesehen. Ich habe nur etwas *von* James gesehen. Aber falls ich ihn tatsächlich sehen sollte, werde ich dann zu ihr laufen und es ihr gestehen? Nein, würde ich nicht. Ich würde ihr tausendmal ins Gesicht lügen. „Ich verspreche es.“

„Großartig. Gut." Sie lehnt sich erleichtert zurück. „Und was das Auto angeht, es ist nicht grade geeignet, unter dem Radar zu bleiben, aber ich bin mir ohnehin nicht sicher, ob das überhaupt möglich ist." Sie lässt ihre Hände über das lederbezogene Armaturenbrett gleiten und grinst. „Es ist schon eine verdammt geile Karre."

„Bella! Wie ungezogen!", spotte ich.

„Ach, halt den Mund. Also. Zum Geschäftlichen." Sie bedenkt mich mit einer hochgezogenen Augenbraue. „Worauf wartest du noch? Fahr schon!"

Ich folge ihren Anweisungen, während sie mir aufträgt, erst nach rechts und nach ein paar Blocks nach links zu fahren. Schon sind wir wieder im Lagerhausbezirk der Scar, ganz in der Nähe des Hauses, in dem Mally mit ihrem Vater, einem Riesen und einem sehr pingeligen Dienstmädchen lebte. Als wir an ihrem Gebäude vorbeifahren, kreist ein Schwarm Krähen über uns.

„Mallys Zuhause", sage ich.

„Ich erinnere mich. Wirklich entzückend", kommentiert Bella trocken.

Ich bremse auf Schritttempo ab, als wir an der Haustür vorbeikommen, und mir bleibt beinahe das Herz stehen. Über die gesamte Breite der Wand hat jemand in leuchtend roter Farbe die Worte *All die Wege hier sind Meine Wege* gesprüht. Rechts neben den Lettern prangt eine kleine gestempelte Krone.

„Hast du das gesehen?"

„Was?", fragt Bella. „Du siehst aus, als hättest du ein Gespenst gesehen."

„Da war ein Graffiti mit einer Krone …"

„Oh, richtig! Ja, das war angeblich die Rote Königin. Hast du die Nachrichten heute Morgen nicht gehört?"

„Nein, ich war ein wenig beschäftigt, weißt du noch?"

„Offenbar finden sich diese Graffitis in der ganzen Stadt. Überall wurden Gebäude beschmiert. Stets in roter Farbe und stets mit einer gestempelten Krone daneben. Die Rote Königin kommt uns alle holen!" Sie zieht die Worte in die Länge und wedelt bedrohlich mit den Händen, bevor sie den Kopf schüttelt und sich wieder in ihren Sitz sinken lässt.

Mein Saat-Zeichen beginnt wieder zu pulsieren wie ein zweiter, unruhiger Herzschlag.

„Anscheinend will sie die Scar davor warnen, was als Nächstes kommt. Sie steckt mit den Villains unter einer Decke und agiert als ihre Sprecherin. Verheerendes Chaos steht uns bevor, Blutvergießen, der Tag der Abrechnung. Ein ganzes Team versucht, die Nachrichten zu entschlüsseln."

„Was schreibt sie denn?"

„Ach, nur einen Haufen ziemlich dramatischer, kryptischer Zauber-Vogelscheiße."

„Zum Beispiel?"

„Du weißt schon … Köpfe werden rollen, ab mit ihren Köpfen, dies ist nur ein Vorgeschmack auf das, was noch kommen wird – so was eben."

Das sind einige der Zitate, die ich gesehen und als Einbildung abgetan habe. Vielleicht bin ich ja doch nicht dabei, den Verstand zu verlieren, sondern habe diese Worte tatsächlich gesehen. Vielleicht sind es alle anderen, die nicht richtig sehen.

„Wie dem auch sei", sagt Bella, „sie hat echt einen Hang zum Drama und alle ganz schön aufgescheucht."

„Dich aber nicht?"

„Na ja." Bella wirft mir einen Seitenblick zu. „Sie könnte auch bloß eine Trittbrettfahrerin sein oder so."

„Was ist mit Caleb Rothco … und dem Ausbruch?"

„Es gibt keinerlei Hinweise darauf, dass die Frau, die ihn aus dem Gefängnis geholt hat, dieselbe Person ist, die jetzt Graffitis in der Scar verteilt. Und überhaupt, sie werden schon früh genug herausfinden, wer sie ist. Oder wer sie sind."

Mein Magen legt einen unangenehmen Salto hin. „Was meinst du?"

„Es könnte auch ein ganzer Haufen von Villains-Fans sein, der zusammenarbeitet. Wir wissen es einfach nicht. Du weißt doch, dass schon an allen Ecken und Enden Fanclubs aus dem Boden schießen. Die Leute sind krank. Wer sie auch sind, sie werden sich nicht lange versteckt halten können. In der ganzen Scar hängen Kameras. Sie werden schon daran arbeiten, die Aufnahmen zurückzuspulen. Ich wette, dass sie entweder irgendeinen gestörten, gelangweilten Typen aufgreifen oder eine Truppe Hooligans aufspüren, die überhaupt keine Verbindung zu den Villains hat."

„Stimmt schon", murmele ich. „Alles nur eine Frage der Zeit."

„Alles okay mit dir?", fragt Bella. „Du bist leichenblass geworden. Sollen wir uns erst mal einen Kaffee holen?"

„Nein." Ich räuspere mich und versuche, die verstreuten Teile meines Verstandes in Einklang zu bringen. „Mir gehts gut. Hab bloß nachgedacht."

„Hör auf zu denken und fahr rechts ran. Wir sind da."

Ich halte vor einem verfallenen Loch in der Wand. Ein fleckiges Schild verkündet DIE WUNDERLAMPE, aber ganz ehrlich, wenn Bella mich nicht darauf hingewiesen hätte, hätte ich es wahrscheinlich komplett übersehen. Tatsächlich bin ich mir ziemlich sicher, dass ich schon mehrere Male daran vorbeigekommen bin, ohne es je zu bemerken.

„Jasmine arbeitet für *Die Wunderlampe*? Du hast gesagt, sie arbeitet für eine wichtige Zeitung. *Die Wunderlampe* ist totaler Müll."

„Sei nicht so hart mit ihr. Es ist eine lange Geschichte."

„Bella, wenn ich einen Hund hätte, würde ich diese Zeitung verwenden, um damit seinen Dreck wegzumachen, und zwar ohne mir vorher die Mühe zu machen, die Artikel zu lesen."

„Ich weiß. Das liegt daran, dass alle nur noch Klatsch lesen wollen. Niemand erwartet, relevante Informationen in einer Zeitung zu lesen, die in der Scar gedruckt wird. Dafür haben sie den *Monarch City Herald.* Was glaubst du, woran es liegt, dass wir beide bei der Polizei, vom Chief mal abgesehen, die einzigen beiden Leute aus der Scar waren? Ich will jetzt kein riesiges Fass aufmachen, aber Legacies müssen anfangen, sich weiterzubilden, und aufhören, sich immer nur die guten alten magischen Zeiten zurückzuwünschen. Wenn wir keine Positionen an der Macht bekleiden, werden wir auf lange Sicht echte Probleme bekommen."

Ich hebe eine Hand zum Einspruch. „Die Legacy-Loyalty-Bewegung hat das geändert. Die Leute bewegen sich schon in diese Richtung."

„Okay, schön", lenkt sie ein. „Aber bewerte ein Buch nicht nach seinem Cover. Du musst Jasmine eine Chance geben. Sie hat große Pläne für diesen Müll … ich meine, diese Zeitung. Wie gesagt, sie steckt in den Todesanzeigen fest. Aber wenn sie eine Story veröffentlichen kann, eine richtige Story, dann bekommen sie vielleicht Gelegenheit, diese Zeitung herumzureißen und eine hochwertige Leserschaft aufzubauen. Vertrau mir … sie ist gut! Und außerdem brauchen wir ihre Referenzen, wenn wir herausfinden wollen, was hier vor sich geht. Jetzt komm schon, bitte. Ich spendiere dir auch einen Kaffee!", trällert sie.

„Vorher", sage ich. „Erst Kaffee. Dann Jasmine."

Die Büroräume der *Wunderlampe* sind alles andere als schick. Sie sind das genaue Gegenteil von schick, obwohl man selbst von draußen durch die Fenster sehen kann, dass der Ort eine gewisse Behaglichkeit ausstrahlt. Leuchtend blaue Kissen schmücken die Fensterbank, auf einem mit Schnörkeln verzierten Tisch steht ein Samowar. Aber abgesehen von diesen kleinen Details ist der Raum schäbig und heruntergekommen, lauter abgenutzte Schreibtische, Telefone, die klingeln, und Journalisten, die umherlaufen und sich gegenseitig etwas zurufen. An drei Wänden sind große Bildschirme angebracht, auf denen die Nachrichten angezeigt werden, und in der Mitte des Raums hängt eine große Tafel mit Notizen in verschiedenen Farben.

Ideen Dienstag

„Der Verrückte Hutmacher und Kyle Attenborough: eine Affäre?"

„Quellen berichten, dass es zwischen Maleficent und Captain Hook heiß hergeht"

„Ursula auf Kidnapping-Tour: Niemand ist sicher"

„Die Rote Königin in Wahrheit ein Vampir?"

„Das ist doch der Bodensatz der Gesellschaft. Sieh dir diese Tafel an. Nichts davon ist wahr." Bei der Erwähnung von James und Mally steigt mir die Hitze ins Gesicht. Am Abend der Schlacht hatte ich das Gefühl, dass die beiden ein Team sind und eine besondere Verbindung haben. Mally hätte mich nicht davon abgehalten, mich ihnen anzuschließen, aber sie wirkte absolut zufrieden damit, mich zurückzulassen. Sie sind zusammen in einer belastenden Situation, und ich bin hier. Da könnte alles geschehen.

Doch dann erinnere ich mich wieder an die Uhr, die James mir hinterlassen hat, die Magie, die er mir geschickt hat. Es besteht noch Hoffnung für uns beide. Besonders, wenn ich ein Gegengift finden kann. Und überhaupt bin ich ziemlich sicher, dass Mally es einfach auf alles abgesehen hat, was ihr einen Vorteil verschaffen könnte – und die Muskeln und die Straßenkenntnisse, die James ihrem privilegierten High-Fashion-Leben hinzufügt, müssen ihr einfach zum Vorteil gereichen.

„Das sind Legacies, die genug Geld machen wollen, um zu überleben. Schäm dich", zischt Bella, während sie ihren Blick durch den Raum schweifen lässt. Dann hellt sich ihre Miene auf, und sie winkt begeistert. „Da ist sie. Komm!"

Aus der hintersten Ecke des Raums taucht ein Kopf auf, gefolgt von einer Hand, die in unsere Richtung wedelt. Jasmine ist in einer Kabine versteckt, sodass ich ihr ganzes Gesicht erst sehe, als wir ganz drinnen sind – aber dann verdrehe ich fast die Augen. Jasmine hat braune Haut, langes, dichtes schwarzes Haar, das von juwelenbesetzten Haarspangen perfekt an Ort und Stelle gehalten wird, und trägt eine Jeans zu einem Crop-Top aus blauer Seide. Rasch werfe ich einen Blick auf ihr Handgelenk, und selbstverständlich ist sie Legacy. Sie folgt dem neuesten Trend und hat sich winzige Strasssteinchen auf ihr Herz geklebt, etwas, das ich normalerweise verabscheue, aber an ihr wirkt es geschmackvoll und attraktiv. Sie schenkt uns ein strahlendes Zahnpastalächeln.

Mein Blick wandert über ihren Schreibtisch, auf dem sie Bilder der Verschwundenen sortiert hat. Die einzigen, die in ihrer Sammlung fehlen, sind die Jungs von heute Morgen. Außerdem entdecke ich noch den unerlässlichen Flyer mit James, Ursula und Mally auf der Titelseite, ein paar Schnappschüsse der Frau in der roten Lederjacke mit Caleb Rothco und einen Stapel Papiere, die ich nur zu gern in die Finger kriegen würde.

Jasmine zieht Bella in eine feste Umarmung. „Ich freu mich so, dich zu sehen, liebe Freundin." Sie küssen einander herzlich auf die Wangen. „Es ist viel zu lange her."

„Seit dem Tag unserer Verabschiedung, richtig?"

„Ja, dann ist das Leben dazwischengekommen, und – zack! – sind zwei Jahre vorbei."

„Wir haben beide einen Abschluss in Journalismus gemacht", erklärt Bella mir.

„Aber die kleine Miss Streberin hier musste ja unbedingt noch einen doppelten Abschluss in SJ machen", fügt Jasmine hinzu.

„Das ist Strafjustiz", fügt Bella hinzu.

„Ich weiß, was das ist", fauche ich.

„Und du hast deinen Master in Politikwissenschaften gemacht, richtig?", sagt Bella an Jasmine gewandt, während sie mir einen schnellen Tritt vors Schienbein verpasst.

Ich zwinge mich zu einem Lächeln.

„Zumindest hab ich damit angefangen", meint Jasmine. „Aber auch da kam mir das Leben dazwischen. Du weißt ja, wie das ist."

Ich hasse es, wenn Leute das sagen.

„Jasmines Eltern gehört die Zeitung“, setzt Bella mich ins Bild.

„Warum steckst du dann …?“, hebe ich an.

„Bei den Todesanzeigen fest? Das frage ich mich auch die ganze Zeit. Mein Dad hat diese Philosophie, dass sich jeder selbst hocharbeiten muss.“ Sie senkt die Stimme. „Das war früher mal eine richtig gute Zeitung, weißt du? Aber nach dem Fall hat sich so viel so schnell verändert, und mein Dad musste weiter Zeitungen verkaufen, sonst hätte er das Blatt aufgeben müssen. Also … haben die Dinge sich verändert.“

Jasmine sammelt sich und setzt ein frisches Lächeln auf. „Und hier stehe ich jetzt und erzähle dir all diese persönlichen Dinge über mich, obwohl ich mich noch gar nicht richtig vorgestellt habe. Ich bin Jasmine.“ Sie schüttelt meine Hand mehrmals auf und ab. „Und du bist Mary Elizabeth Heart, Wunderkind, erste Legacy überhaupt, die das Jugendpraktikum bei der Monarch City Police gewonnen hat, erste Frau unter achtzehn, die einer Mordkommission angehört hat, die erste Frau unter achtzehn, die an einer aktiven Ermittlung teilgenommen hat …“

„Und auch die erste, die wieder gefeuert wurde“, unterbreche ich ihren Redeschwall. „Aber schön, dass du deine Hausaufgaben gemacht hast.“

„Gut genug, um zu wissen, dass du bei der Schlacht am Miracle Lake dabei warst“, sagt sie und hält meinem Blick stand, „und dass das nicht nur Villains für dich waren.“

„Ist dieses Wetter zu fassen?“, grätscht Bella rasch dazwischen. „Wer hätte je gedacht, dass es in der Scar mal gewittern würde?“

„Ich weiß“, erwidert Jasmine. „Absolut grauenhaft.“

„Obwohl ich wahrscheinlich dankbar sein sollte, dass ich meine Midcity-Garderobe noch weiter nutzen kann und sie nicht völlig verschwendet war“, meint Bella ironisch.

„Das tut mir so leid, Bella. Sie sollten wirklich nicht damit durchkommen, dich ungerechtfertigt gefeuert zu haben.“

„Danke, wie lieb von dir“, quietscht Bella. „Aber das Leben geht weiter!“

Jasmine scheint ganz in Ordnung zu sein, aber ich habe die Lektion, die Ursula mir schon früh beigebracht hat, nie vergessen: Leute müssen sich das Recht auf dein Vertrauen verdienen. Du darfst es nicht einfach so verschenken. Außerdem ist sie eine Journalistin, noch dazu eine, die noch keine große Story rausgebracht hat. Das bedeutet, sie ist hungrig und gefährlich.

„Es tut mir so leid, was deinen Freunden zugestoßen ist“, sagt sie jetzt und wendet sich wieder an mich. „Es ist einfach nur schrecklich. Kyle Attenborough hätte dafür in den Knast wandern sollen. Wer nicht erkennt, dass er nur hier unten ist, um alle Grundstücke aufzukaufen, damit er alles zu Geld machen kann, wofür die Scar jemals gestanden hat, läuft mit Scheuklappen herum. Da fällt mir ein …“

Jasmine hebt den chaotischen Papierhaufen an. „Darum versuche ich, diese Geschichte rauszubringen. Die Polizei, die Stadtplanung, Zeugen, Attenboroughs Angestellte – sie alle haben dieselbe Geschichte zum Besten gegeben. Ich meine, die, die ich überhaupt dazu bringen konnte, mit mir zu reden. Alle ziehen mit. Kyle Attenboroughs Geschichte lautet, dass er alle gerettet hat, die versucht haben, gefährliche kriminelle Kinder zu verfolgen. In seiner letzten Erklärung sagt er, dass er einen Fehler gemacht habe, weil er ein psychologisches Profil hätte erstellen sollen, bevor er ihnen die Magie gab. Er meint, dass das alles nie passiert wäre, wenn sie nicht vorher schon im Kern böse gewesen wären.“

Ich spüre, wie Hitze in mir hochsteigt.

Dafür sollte er hängen, sagt Sie.

Ursula und James stammen beide aus einem sozialen Hintergrund, der es ihm leicht macht, sie abzuschreiben.

Aber Jasmine ist noch nicht fertig. „Kyle sagt, Mally habe durch den Verlust ihrer Mutter im Fall eine oppositionelle Verhaltensstörung entwickelt und sei emotional instabil gewesen und dass James kriminelle Tendenzen gezeigt habe und Ursula eine kriminelle Soziopathin gewesen sei. Er behauptet, die Wurzel des Problems läge in *ihnen*, nicht in seinem Serum. Wie dem auch sei, er sagt, er betrachte es als seine Pflicht, die Dinge wieder in Ordnung zu bringen."

Sie zuckt leicht zusammen und scheint erst jetzt zu merken, dass ihre Worte mich beleidigt haben könnten. Schließlich ist es gut dokumentiert, dass ich nicht nur ein, sondern gleich drei Familienmitglieder unter gewaltsamen Umständen verloren habe. „Oh, tut mir leid. Ich bin so unsensibel. Ich kann an nichts anderes mehr denken."

„Schon okay", erwidere ich matt. „Ich habe vierundzwanzig Stunden keine Nachrichten gesehen, und sieh nur, was passiert ist."

„Es ist nicht okay", sagt sie, kommt einen Schritt auf mich zu und nimmt meine Hand zwischen ihre. „Alles passiert so schnell und doch nicht schnell genug. Aber nichts von alledem ist okay. Selbst wenn alles wahr ist, was er über sie verbreitet, haben sie immer noch etwas Besseres verdient als das, was sie momentan bekommen."

Bella weiß, dass ich es nicht leiden kann, wenn wildfremde Leute mich antatschen, und sie wirft uns besorgte Blicke zu, während sie so tut, als würde sie in den Unterlagen auf Jasmines Schreibtisch herumstöbern.

„Das waren deine Freunde. James Bartholomew war seit Jahren dein fester Freund. Sie waren echte Menschen mit echten Problemen. Nur weil sie arme Legacies waren, bedeutet das nicht, dass sie weniger wert waren … *sind* als die reichen Narrow Kids. Das macht mich so wütend." Sie lässt – endlich – meine Hand los und tritt einen Schritt zurück. „Ich weiß, dass jetzt wahrscheinlich nicht der richtige Zeitpunkt ist, aber falls du mal reden möchtest, könnte ich deine Seite der Geschichte –"

„Du meinst die Wahrheit?"

„Genau. Ich würde die Wahrheit verbreiten, wenn du mich lässt."

„Bist du sicher, dass du nicht nur die schmutzigen Geheimnisse über meine Beziehung mit James hören willst?"

„Die Chance, ihm ein menschliches Gesicht zu geben …“

„Und du willst nicht jede Kleinigkeit erfahren, die es über das riesige Oktopus-Mädchen zu wissen gibt?“

„Also, natürlich sind die Leute neugierig“, sagt Jasmine.

„Nein“, sage ich.

Bellas Miene ist in sich zusammengefallen, ihre Züge sind hart, die Schultern beinahe bis zu den Ohren hochgezogen.

„Nein“, wiederhole ich. „Und wenn du mich noch einmal fragst, werde ich hier verschwinden.“

Mit gesenktem Blick gibt Jasmine nach. „Verständlich. Würde ich wahrscheinlich auch nicht wollen.“

Es wirkt, als wolle sie sich hinsetzen, doch dann geht sie stattdessen in der winzigen Kammer auf und ab. „Das Ding ist … also, das Ding ist, dass wir nicht einfach dichtmachen können. Jetzt ist es an der Zeit zu kämpfen. Natürlich weiß ich, dass dieser Ort nicht gerade den besten Ruf genießt, aber wenn ich eine Story bringen kann, die nur ein einziges Mal die Aufmerksamkeit auf uns lenkt, können wir die Dinge zum Besseren wenden. Ich habe all die Details.“ Sie deutet vage auf die verschiedenen Stapel auf ihrem Schreibtisch. „Es musst nicht du sein, Mary, oder deine Geschichte. Vielleicht gibt es noch einen anderen Blickwinkel, eine andere Möglichkeit, die Leute aufhorchen zu lassen. Mir ist klar, dass du in Trauer bist, tatsächlich musst du völlig traumatisiert …“

„Es geht mir gut“, sage ich.

„Was ich damit sagen will, ist, ich weiß, wie schwer es für dich sein muss. Dass dich das alles so persönlich getroffen hat, dass die ganze Stadt auf der Jagd nach Blut ist und dieses Blut zu den Menschen gehört, die du am meisten liebst. Aber du kannst am meisten bewirken, wenn du dich an dem Kampf beteiligst! Ihr beide wisst, was geschehen ist …“

„Auf gewisse Weise“, sage ich.

„Mehr oder weniger“, ergänzt Bella.

„Mehr als ich“, sagt Jasmine.

Draußen kreischen Sirenen.

Ich sehe auf mein Handy. „Weißt du was?“, sage ich. „Wir müssen wirklich los. Es war toll, dich kennenzulernen, aber …“

„Du bist Legacy“, sagt Jasmine. „Genau wie ich. Es ist nicht leicht. Sosehr wir eine anständige Party auch lieben, sind wir doch eigentlich verschlossene Menschen, und es fällt uns nicht leicht zu vertrauen. Das ist auch der Grund, warum die Narrows und die Midcity immer schon die Medien kontrolliert und sie für ihre eigene verzerrte Agenda genutzt haben. So etwas mache ich hier nicht. Wenn du mit mir arbeitest, dann gebe ich dir mein Wort, dass ich keine Informationen preisgeben werde, bis wir bereit sind.“

Sie sieht mein Zögern und stürzt sich auf ihre Gelegenheit. „Meine Leute sind Wunsch-Erfüller, eine lange Linie davon, darunter einige der Besten, wenn es darum ging, Leuten genau die Lektion zu erteilen, die sie nötig hatten. Glaubst du, dass der Große Tod ihnen nichts genommen hat? Der blauen Guten Fee sei Dank, dass meine Mutter eine gute Näherin ist, sonst wären wir auf der Straße gelandet.“

Ich muss an Gia denken und daran, wie sie auf dem besten Weg zu Ruhm und Reichtum in der magischen Beauty-Industrie war, und jetzt muss sie nachts ihre Produkte verhökern und hat kein Leben.

„Mein Vater hat diese Zeitung mit dem Traum gegründet, der Scar die Augen für all die Ungerechtigkeiten zu öffnen, und sie ist ihm entglitten. Ich weiß, dass er sich wünscht, dies wäre wieder eine richtige Zeitung. Ich weiß, dass wir sie besser machen können, als sie es jemals war.“

„Mich brauchst du nicht zu überzeugen. Ich bin dabei. Ich finde, es ist an der Zeit, dass wir diese Schweinehunde zur Strecke bringen“, sagt Bella.

Jasmine beobachtet mich und bleibt stumm, aber ich sehe förmlich, wie die Gedanken in ihrem Kopf rasen.

In dem Moment fällt mir etwas unter einem Stapel auf ihrem Schreibtisch ins Auge. „Darf ich?", frage ich.

Jasmine nickt.

MONARCH LAB CORPS. Ich schnappe mir das Dokument.

„Ich weiß, dass da etwas ist, aber ich weiß einfach nicht, was. Ich hab so lange versucht, es herauszufinden, dass ich schon angefangen habe zu schielen", seufzt Jasmine.

Bella linst mir über die Schulter. „Großer Geist!", entfährt es ihr.

Ich hebe den ganzen Stapel hoch, reiche ihr die Hälfte und beginne, die Zettel durchzublättern.

„Das sind die Finanzberichte von Kyle Attenborough", murmelt Bella entgeistert. „Das sind keine öffentlichen Dokumente. Wie hast du …?"

„Ich habe so meine Wege", erwidert Jasmine mit einem Funkeln in den Augen.

„Und Kaufverträge über alle Grundstücke, die von … Sekunde mal!" Das Blut schießt mir ins Gesicht. Ich blicke auf. „Kyle Attenborough gehört ein Teil vom Wonderland?"

„Ja. Ist das so wichtig?", fragt Jasmine.

„Und wie! Der Besitzer Dally ist Legacy durch und durch." Ich tausche einen Blick mit Bella, und sie bedeutet mir mit einem kaum merklichen Nicken, dass es in Ordnung ist, die Informationen zu teilen. „Ich dachte, er hasst Kyle Attenborough."

„Folgt dem Geld", murmelt Bella, die sich immer noch durch ihren Stapel wühlt. „Ist das nicht genau das, was uns Maleficents Dad geraten hat? Und sieh dir mal das hier alles an. Attenborough schreibt monatliche Schecks an Chief Ito. Für was?"

„Ich wette, Attenborough hat sich beim Wonderland eingekauft, damit er diesen Tunnel bauen konnte, der die Bar mit seinem Labor verbindet. So konnte er seine Experimente viel leichter durchführen und seine Opfer einfach wegschleppen."

„Wahrscheinlich hat Dally das Geld angenommen, weil das Wonderland kurz vor der Pleite stand. Vielleicht war das das Geld, das der Chief dem Typen mit dem Dolchtattoo gegeben hat. Vielleicht ist sie auch ein Teil davon."

„Das Wonderland hat vor Kurzem ein Facelifting bekommen, oder? Vielleicht war das die Geldspritze von Attenborough", grübelt Jasmine.

„So viele Möglichkeiten", murmelt Bella und tippt sich mit dem Zeigefinger nachdenklich ans Kinn.

„Sekunde mal", sage ich. „Was ist das?" Ich reiße einen Zettel aus Bellas Stapel.

„Hey!", beschwert sie sich.

Mein Herz schlägt wie wild. „Reflections? Was ist das?"

„Es ist ein Kaufvertrag", setzt Jasmine an. „Irgendeine kleine Firma, die Attenborough letztes Jahr aufgekauft hat."

„Irgendeine Idee, worum es da geht?", fragt Bella.

Jasmine zuckt mit den Schultern. „Wahrscheinlich eine Fassade für irgendwas. Oder vielleicht will er das Gebäude auch abreißen und einen neuen Mega-Mega-Markt errichten. Wer weiß?"

Ich weiß, was das ist.

Ja, das tust du, sagt Sie.

Auf dem Aufkleber auf der Rückseite des Spiegels im Wonderland – des Spiegels, durch den ich hindurchgegangen bin, in dem ich dieses geisterhafte Gesicht gesehen habe – stand Reflections. Ich präge mir die Adresse auf dem Kaufvertrag ein und versuche, mir nichts anmerken zu lassen. Das hier ist keine Entscheidung, die ich gemeinsam treffen will. Ich will Reflections allein einen Besuch abstatten.

„Also, was meinst du?", fragt Jasmine, nimmt mir sanft das Papier aus der Hand und legt es hinter sich ab. „Willst du, dass wir unsere Kräfte vereinen?"

Bella scheint mindestens so angespannt auf meine Antwort zu warten wie Jasmine. Ich denke darüber nach. Es widerstrebt mir, mich einfach so einer Fremden anzuvertrauen, aber Jasmine hat Zugriff auf Dokumente, die ich allein nie in die Finger bekommen würde.

„Sicher, warum nicht?“

Bella und Jasmine klatschen sich so keck ab, dass ich einen langen Seufzer ausstoße.

NEUN

MEHRERE STUNDEN SPÄTER SIEHT BELLA AUF IHR HANDY. Mein Magen knurrt, und so langsam habe ich die Nase gestrichen voll, mich durch Berge von langweiligen Dokumenten zu kämpfen.

„Oh Fudge, das ist von Tante Stella. Sie sind grade von ihrem Trip zurückgekommen und nicht gerade glücklich über die Mindmap, die ihr ganzes Wohnzimmer einnimmt. Ich muss los und sie abnehmen. Tante Stella meint, sie seien bereit für einen Neuanfang." Sie richtet ihren Stapel Papiere und schiebt ihn auf Jasmines Seite des Tisches. „Was auch immer *das* bedeuten soll."

Wir wühlen uns immer noch durch die Papiere, haben inzwischen aber so gut wie alle Möglichkeiten ausgeschöpft. Wir wissen, dass wir als Nächstes den „Typen mit dem Dolch" finden müssen.

„Brauchst du Hilfe? Ich kann diese Leiter hochklettern wie eine Bergziege", biete ich ihr an.

„Nein", seufzt sie. „Die beiden würden dich an die Arbeit schicken und nie wieder gehen lassen. Wenn sie sich erst mal daranmachen, die *Energie* zu reinigen, kann es ziemlich abgedreht werden. Außerdem sind sie grade erst von einem Kongress zurückgekommen, also würden sie dir damit ewig in den Ohren liegen."

„Okay."

„Und in der Zwischenzeit", fährt sie fort, „geh nach Hause. Ruh dich etwas aus. Entspann dich. Um den Rest kümmern wir uns morgen … *zusammen.*"

Jasmine hat sich so tief in die Papiere vor ihrer Nase vergraben, dass sie kaum Notiz von uns nimmt, aber jetzt murmelt sie: „Ja, morgen. Lasst uns uns dann wieder treffen."

Wir lassen sie zurück, gebadet in das grelle blaue Licht der Leuchtstoffröhre über ihrem Kopf. Sie ist die Letze hier, der Rest des Büros liegt da wie ausgestorben. Als sie sich eine weitere dicke Akte heranzieht und den Knopf auf ihrem kleinen tragbaren Wasserkocher drückt, beschleicht mich das Gefühl, dass Jasmine noch Stunden hier sein wird.

Dally ist heute Abend im Wonderland und sieht mächtig schick aus. Eine Wohltat für meine müden Augen, wirklich. Er unterhält sich mit ein paar Legacy-Mädchen und lacht, als er ihnen ihre alkoholfreien Drinks reicht. Es klingt so ehrlich, so herzlich und voll übersprudelndem Leben, dass ich spüre, wie ich angesichts meiner Verdächtigung erröte. Es ist einfach undenkbar, dass Dally absichtlich etwas mit irgendwas zu tun hatte. Es muss eine andere Erklärung für den Kaufvertrag geben. Ich nähere mich ihm zögerlich, dankbar für das gedämpfte Licht und die laute Musik, die wie eine Tarnung wirken und mir erlauben, in der Menge unterzutauchen.

Tatsächlich ist viel mehr los, als ich an einem Mittwochabend je gesehen habe. Gary, Dallys rechte Hand, bewegt sich mit bisher ungeahnter Geschwindigkeit, und ich kann ein paar neue Gestalten hinter der Bar ausmachen, einschließlich eines Jungen, der nur dafür zuständig zu sein scheint, Gläser und Flaschen zwischen Bar und Küche hin- und herzutragen.

Dally könnte wütend auf mich sein. Er könnte unfreundlich sein. Er könnte sogar feindselig sein.

Aber ich konnte nicht nach Hause gehen, nicht während in meinem Kopf die Gedanken kreisen, dass Dally irgendwie in diese ganze Geschichte verwickelt ist.

Also habe ich endlich das getan, wovor ich mich nun schon so lange gedrückt habe … ich bin schnurstracks ins Wonderland gegangen. Vor zehn Tagen sind James, Mally, Ursula und ich aus dem Tunnel gestürmt, der von dem Labor im Gebäude nebenan, in dem Kyle Attenborough seine Experimente an Legacies durchgeführt hat, direkt zu dem Lagerraum am Fuße der Treppe geführt hat. Wir wurden von Kyles Handlangern verfolgt, und James hat die Zeit angehalten, um uns da rauszuholen. Er hat alle im Wonderland eingefroren. Es war der Jahrestag des Todes der Magie, und die gesamte Scar schmiss eine einzige riesige Party, sodass das Wonderland zum Bersten gefüllt und alles das reine Chaos war.

Wir haben den Laden auf unserer Flucht ziemlich auseinandergenommen, und das ist der Grund, mehr noch als jeder andere, aus dem ich seitdem nicht mehr hier war. Ich schäme mich, weil ich nicht zurückgekommen bin, um meinen Mist wieder in Ordnung zu bringen.

Aber Dally scheint keinen Gedanken daran zu verschwenden, als er mich entdeckt. Er bleibt einfach stehen, mitten im Cocktailmixen, das Gesicht eingefroren, die Strassbrille glitzert im Blitzlicht der Discokugel. Ich bleibe auch stehen, ein paar Meter entfernt, und wir schauen uns an. Keiner von uns bewegt sich, während die Welt um uns herum rast. Seine Augen sind nichts als freundlich, sein Mund ist zu einem Lächeln erstarrt, von dem ich weiß, dass er es festhält, um seine Gefühle im Zaum zu halten.

Tränen steigen ihm in die Augen, er schiebt seine Brille hoch, um sie wegzuwischen, dann breitet er die Arme für mich aus. Seine Lakaien übernehmen seine Getränkebestellungen und besetzen die Bar, während er auf mich zukommt.

„Sweetheart!“ Er zieht mich in eine Umarmung. Er riecht nach Mondblumen. „Feenstaub, es ist so lange her! Ich war bei eurem Apartment, weißt du, aber deine Tante hat mich weggeschickt. Meinte, du hättest grade 'ne schwere Zeit." Er drückt mich an sich. „Ich hatte dir Blumen mitgebracht und ein paar von diesen Seesalz-Flieder-Cookies, die du so magst."

„Es tut mir leid, Dally", nuschle ich. „Ich war ein Wrack." Ich sehe mich um. „Und es tut mir leid, was wir hier drin angerichtet haben."

„Oh, bitte!", ruft er. „Sieh dir die Bude doch an. Das Geschäft hat sich seit der Schlacht verdoppelt. Alle wissen, dass es hier geschehen ist, darum sind wir voll bis oben hin mit Touristen. Und auch alle meine Stammgäste kommen dauerhaft her. Alles in Ordnung. Besser sogar! Vielleicht war das genau das, was ich gebraucht hab."

Er sieht mich an. „Du bist es, um die ich mir Sorgen mache. Und natürlich vermisse ich James und seine Jungs am Billardtisch, auch die Tanzfläche ist einfach nicht mehr dieselbe ohne Ursula. Und …" – er lehnt sich verschwörerisch zu mir – „dieser ganze Müll von wegen Villains. Also, ich hasse das. Ich hoffe, sie bleiben, wo sie sind, und kommen nie zurück. Die Scar hat sich in eine Mob-Szene verwandelt. Sie sollten das einfach aussitzen. Die Wache wird nicht ewig durchhalten. Die Leute hier haben doch die Aufmerksamkeitsspanne einer Stechmücke."

„Und du, Dal? Wie geht es dir?"

Dally wirkt verblüfft. Ich weiß nicht, ob ich ihn jemals wirklich nach sich selbst gefragt habe. Seit der Eröffnung des Wonderlands hat er einfach diese Präsenz in meinem Leben als jemand, den ich immer liebend gern gesehen habe, jemand, der ein ungestümer und lustiger Teil der Scar ist und die Personifizierung dessen, was es bedeutet, Legacy zu sein.

„Danke, dass du fragst. Ich musste gerade erst meine Mutter verlegen", antwortet er. „Sie war in diesem Heim drüben an der Welsom. Ich habe herausgefunden, dass sie das Geld für ihre medizinische Versorgung dazu nutzen, ihren Aktionären Boni auszuzahlen. Also habe ich sie da rausgeholt, aber es war nicht billig, und ich mache mir Sorgen um die anderen Leute dort."

„Oh, Dally, das tut mir leid."

„Nicht doch, Ärger ist ein Teil des Lebens." Er grinst und rückt seine rosafarbene Brille zurecht. „Es gibt *immer* Ärger. Darum trage ich die hier! Jetzt aber genug von mir, lass uns mal sehen, was die Scar heute Abend so treibt." Er hakt sich bei mir unter, und wir schlendern durch die Menge.

Dally grüßt jeden, erkundigt sich nach jeder Person und hält sich an mir fest, während wir gehen. Er erinnert sich an jeden einzelnen Namen, daran, wer ihre Eltern sind, in welchen Fächern sie durchfallen, an ihre Lieblingsdrinks, ihre Hoffnungen und Ziele für die Zukunft, welche Sportart sie betreiben, ihr liebstes Musikinstrument. Zu sehen, wie Dally sich zwischen Legacies bewegt, ist eine Kunstform für sich, und für mich ist es eine Wohltat, einfach nur an seinem Arm zu hängen und zu spüren, wie die Last, diejenige zu sein, die das Sagen hat, von mir abfällt.

Als wir den Billardraum erreichen, flüstert Dally mir ins Ohr: „Ihr werdet wieder zusammen sein. Das werdet ihr wirklich."

Ich lehne mich gegen die Pinball-Maschine. Mein Name führt nicht länger die Bestenliste an, ein Umstand, den ich noch vor einer Woche nicht toleriert hätte. Aber jetzt macht es mir kaum etwas aus.

„Dally, kann ich dir eine Frage stellen?"

„Natürlich", sagt er und winkt über meine Schulter jemandem zu. „Alles."

„Weißt du noch, am Abend der Schlacht?"

„Hmm?"

„Da war ein Tunnel, der von dem Labor zu deinem Hinterzimmer geführt hat. Weißt du irgendwas darüber?"

Seine Miene wird ausdruckslos. „Weißt du, das war für mich genauso eine Überraschung wie für dich. Ich habe keine Ahnung, wo dieses Ding hergekommen ist, und ich habe ihn sofort dichtgemacht. Ich denke, Kyle

Attenborough hat ihn dorthin gebaut, damit er Leute rausschmuggeln konnte. Aber ich weiß es nicht."

„Aber wäre das nicht ziemlich viel Aufwand für einen Umbau?"

„Ich bin nicht den ganzen Tag hier, Mary!" Dally wirkt jetzt richtig aufgebracht. „Sie haben eine falsche Wand eingezogen. Es ist schrecklich, aber ich hatte keine Ahnung davon. Ich schäme mich so, dass es direkt unter meiner Nase passiert ist."

„Und du hast nie irgendwelche Geschäfte mit Kyle Attenborough gemacht? Jemals?"

„Moi?" Er deutet auf sich. „Und der König der Narrows? Oh, Honey, nein. Nie. Ich würde mich niemals auf Geschäfte mit diesem Mann einlassen. Und ganz sicher würde ich ihm nicht gestatten, einen Tunnel zu bauen und Legacy Kids zu entführen, um an ihren herumzuexperimentieren. Das sind genauso sehr meine Kinder." Er umfasst meine Hände mit seinen und sieht mich ernst an. „Ihr seid meine Kinder, verstehst du? Ich würde nie im Leben etwas tun, was euch schaden könnte."

„Ja", sage ich. „Ja, natürlich."

Er bedenkt mich mit einem langen, nachdenklichen Blick. „Ich vermisse sie, weißt du?", murmelt er schließlich.

Allerdings nicht so sehr wie du, nicht wahr?

Ich nicke, weil ich nichts anderes tun kann. Die Worte wollen nicht kommen. Jede plötzliche Bewegung droht, einen Weinkrampf auszulösen. Hinter Dally setzt ein Typ, den ich noch nie gesehen habe, seinen Billardstab an. Ich kann an nichts anderes denken als daran, dass James und seine Jungs den Typen abziehen würden, wenn sie hier wären. Der Gedanke lässt mich beinahe lächeln.

Beinahe. Nur, dass ich nicht lächeln kann, weil Dally mich gerade angelogen hat. Ich weiß, dass er Geschäfte mit Kyle gemacht hat. Und wenn daran nichts Schändliches wäre, hätte er es mir doch einfach erzählen können. Ich denke an den Spiegel, den Kaufvertrag, Reflections, all die vielen Fragen, die ich Dally stellen will. Gleichzeitig rufe ich mir ins Gedächtnis, dass ich keine Polizistin mehr bin und mein einziges Ziel ist, meine Freunde zu finden. Aber eine Frage muss ich ihm unbedingt stellen.

„Dal, hast du bemerkt, dass sich irgendjemand seltsam verhält?"

Er richtet sich ein wenig auf.

„Noch jemand?"

„Ja, so in der letzten Woche? Irgendwelche Stammgäste, die hier drin irgendwas Magisches machen?"

Eine Maske fällt von Dally ab, und was zurückbleibt, ist fahrig und nervös. „Wir benutzen dieses Wort hier drinnen nicht."

„Magisch?"

„Ja", erwidert er in gespieltem Flüsterton. „Ich kann keinen Ärger mit der Wache gebrauchen. Und überhaupt, ich habe keine Ahnung, wer hier was macht. Du siehst doch, wie viele Leute hier drin sind. Keine Ahnung, wie ich da alle im Auge behalten soll. Und so wie die Scar eben ist, gerammelt voll mit Menschen, allesamt *free spirits* und so. Ich führe kein Gästebuch, falls es das ist, was du wissen willst." Seine Stimme klingt hoch und unnatürlich.

„Okay, Dally. Sorry, dass ich gefragt hab."

„Nein." Seine Miene wird weicher. „Schon okay. Alles in Ordnung. Die Wache hält mich bloß auf Trab. Ich sollte lieber wieder an die Arbeit gehen. Aber verschwinde nicht wieder von der Bildfläche, du. Okay?"

„Okay. Mach ich nicht. Versprochen."

Als Dally sich wieder in Richtung Bar davonmacht, schleiche ich mich die hintere Treppe zu den Toiletten hinunter. Ich will den Spiegel überprüfen, herausfinden, ob irgendetwas von Reflections auf ihm steht. Die Wände sind schwarz gestrichen, und die Metallstufen sind immer noch schmal und quietschen leise. Ich höre ein Geräusch hinter mir, aber als ich mich umsehe, ist es nur ein Mädchen aus den Narrows auf der Suche nach den Toiletten. Ich will keinen Verdacht erregen, also lasse ich sie vorbei und stehle mich stattdessen ins Hinterzimmer.

Man würde nie auf die Idee kommen, dass hier mal ein geheimer Tunnel versteckt war. Die falsche Wand ist jetzt echt. Nirgendwo ist eine Öffnung zu sehen. Alles ist versiegelt. Ich hätte erwartet, dass das Wonderland wie ein Tatort behandelt wird, dass das Monarch PD Ermittlungen durchführt, vielleicht sogar gelbes Absperrband, das den Ort markiert, aber da ist nichts. Es wurde einfach ausradiert, übermalt, als wäre nie etwas gewesen.

Ich höre ein Geräusch und zucke zusammen. Ich will hier nicht mehr drin sein. Hier gibt es ohnehin nichts zu sehen, und ich bin es leid, ständig über die Schulter zu schauen. Ich betrete die Toiletten, gerade als zwei Legacies herauskommen. Eine von ihnen wirkt, als würde sie mich wiedererkennen, aber die andere plappert vor sich hin und konzentriert sich auf andere Dinge, und so gehen sie ohne viel Aufhebens an mir vorbei.

Kaum, dass ich drinnen bin und die Geräusche der Bar zu einem dumpfen Dröhnen verhallen, beginne ich, mich umzusehen. Drei Spiegel hängen über drei separaten Waschbecken. Die Spiegel wirken ziemlich gewöhnlich, schlichtes Glas in einem schwarzen Rahmen, und keiner der ersten beiden hat irgendeinen Hinweis auf der Rückseite, woher sie stammen. Mit einem leichten Schwindelgefühl nähere ich mich dem dritten. Meine Gedanken wandern zurück zu der Nacht, in der mich die Rote Königin zum ersten Mal aus diesem Spiegel heraus angestarrt hat, wie gestört sie gewirkt hat mit ihrem irren Grinsen.

Ich bin hier, sagt die Stimme. *Warum nicht einen klitzekleinen Blick riskieren?*

Ich überprüfe die Rückseite des Spiegels, bevor ich hineinschaue. Dort prangt ein kleiner goldener Aufkleber mit dem Wort REFLECTIONS. Ja, das hier ist der richtige. Das ist der Spiegel, in den ich in jener ersten Nacht geblickt habe, und ich weiß, dass sie wieder da sein wird. Sie hat auf mich gewartet. Ich stelle mich vor den Spiegel. Nehme einen tiefen Atemzug. Öffne meine Augen.

Sie trägt eine rote Lederjacke mit einem schwarzen T-Shirt darunter, und ihr rotes Haar ist auf ihrem Kopf zu einer Krone aus Flechtzöpfen und Locken aufgetürmt. Es ist mein Gesicht, aber auch wieder nicht. Meine Augen, aber auch nicht. Meine Augen brennen nicht so. Meine Wangen sind nicht so rosig, meine Lippen nicht so voll. Das bin ich, aber mehr von allem.

„Und jetzt?", frage ich.

Ihre Lippen bewegen sich nicht, während ich spreche.

„Was willst du?", verlange ich zu wissen.

Ihre Lippen öffnen sich und enthüllen blutverschmierte Zähne.

„Versuch nicht, mir Angst einzujagen", sage ich. „Wo ist der Verrückte Hutmacher?"

Sie antwortet nicht.

„Wo ist James? Wo ist Ursula?"

Keine Reaktion.

„Warum verfolgst du mich? Das sind deine Graffitis, nicht wahr? Du hast die Worte auf den Schildern verändert und im Fernsehen? Wer bist du? Warum spielst du mit mir? Was willst du?"

Sie antwortet noch immer nicht, während ich hier schreiend in einer öffentlichen Toilette stehe. Wenn irgendjemand jetzt hereinkäme, würde er wohl denken, dass etwas mit meiner mentalen Verfassung ganz und gar nicht in Ordnung ist. Ich bin mir nicht einmal sicher, ob er damit falschläge, und im Moment ist mir das vollkommen egal. Ich will einfach nur, dass sie mir antwortet und aufhört, mit mir zu spielen, und aus meinem Kopf verschwindet. Das ist Magie. Das ist es, was aus der Magie geworden ist. Unterwanderung, Halbwahrheiten, Attacken auf Körper und Geist. Niemand erfüllt mehr Wünsche. Niemand lässt Träume wahr werden. Nur Albträume.

Ich berühre das Glas. Einmal hat sie mich schon hindurchgezogen, vielleicht tut sie es wieder. Vielleicht wird sie mir dieses Mal ein paar Antworten geben. Sie hebt ihre Hand und legt sie in einer identischen Bewegung an meine.

„Zieh mich durch", sage ich. „Bring mich zu ihnen."

Ein süffisantes Grinsen.

Meine Hand berührt kaltes Glas.

„Hör auf, mich zu verfolgen", sage ich, als nichts geschieht. „Lass mich in Ruhe."

Sie wirft den Kopf in den Nacken, ihr geöffneter Schlund ragt gen Himmel. Ich kann sie zwar nicht hören, aber es ist auch so offensichtlich, dass sie lacht. Ich klatsche gegen das Glas, einmal, zweimal und noch einmal, aber sie lacht einfach weiter. Jetzt steht sie vornübergebeugt, lehnt sich in ihrer Version des Raums über das Waschbecken.

Die Tür wird aufgestoßen, und ein Mädchen mit fransigem Pony kommt rein und verschwindet in einer Kabine. Ich stürze hinaus, blicke mich nicht um, überzeugt, dass, wenn ich es doch täte, die Rote Königin nicht mehr lachen wird und ich stattdessen sehen werde, wie sie aus dem Spiegel kriecht, um mir zu folgen. Ich schaffe es die Stufen hinauf und ein paar Schritte auf die Tanzfläche, als ich wieder spüre, wie mir jemand folgt. Ich bin sicher, dass sie es ist, und fühle ihre Hand auf meiner Schulter.

Ich wirbele herum und finde mich Angesicht zu Angesicht mit Lucas.

Ich stoße ihn ein paar Schritte zurück. „Was machst du da? Hast du mich verfolgt?" Unsere Gesichter sind einander so nah, dass ich seine Wimpern flattern sehen kann. Er schnaubt, ein überraschtes Geräusch irgendwo zwischen einem Seufzen und einem Lachen.

„Für ungefähr fünfundvierzig Sekunden." Seine Augenbrauen ziehen sich zusammen. „Alles okay bei dir?"

Ich durchbohre ihn mit meinem Blick. „Lass das. Wag es ja nicht, so zu tun, als würdest du dich um mich sorgen."

„Klar", murmelt er. „Sorry." Jemand drängt sich an uns vorbei und schubst mich einen Schritt auf Lucas zu. „Du warst heute nicht in der Schule, und als ich dich das letzte Mal gesehen hab, wurdest du grade von der Wache weggeschleift."

„Katy sei Dank."

„Ja", sagt er. „Wir stehen uns im Moment nicht sonderlich nahe."

„Und was ist mit Chase? Bestimmt haben dich doch nicht gleich alle deine kleinen Helfer im Stich gelassen."

Der Ausdruck auf seinem Gesicht verrät mir alles, was ich wissen muss, und ich lache. „Vielleicht gibt es ja doch noch Gerechtigkeit in dieser Welt."

„Ja, ja", sagt er. „Du hast anscheinend die Nachrichten nicht verfolgt. Die *Wunderlampe* hat gestern eine fette Story darüber gebracht. Mein Dad will nichts mehr mit mir zu tun haben, und der Rest der Narrows hat sich ihm angeschlossen."

Lucas hat mich befreit. Ich hasse ihn, aber er hat mich gehen lassen. Und jetzt redet sein Vater deswegen nicht mehr mit ihm?

„Du lebst nicht bei deinem Dad?", frage ich. Es widerstrebt mir, Interesse an ihm zu zeigen, aber die Neugier gewinnt die Oberhand.

„Nope. Bei meiner Mom." Er sieht auf, aber nur kurz. „Sie ist Legacy. Wohnt über dem Möbelladen an Desire."

„Okay, danke für das Update aus deinem Leben. Aber wie die Dinge nun mal liegen, hast du es nicht anders verdient. Seit ich dich kenne, warst du nichts als grasslich zu mir und meinen Freunden, und du hast mir etwas injiziert, das mich wahrscheinlich um den Verstand bringt. Also habe ich dir wirklich nichts mehr zu sagen."

Er presst die Lippen zusammen und starrt mich an, als wollte er etwas sagen, könnte es aber nicht. „In Ordnung", sagt er schließlich. „Ich habe jetzt niemanden mehr, falls du dich damit besser fühlst."

„Weißt du, das tue ich tatsächlich", erwidere ich. „Du warst schon immer ein Arsch, und jetzt wirst du wie eins behandelt. Und hör auf, mich zu stalken."

Ich mache Anstalten zu gehen, aber er hält mich auf.

„Mary, warte", sagt er. „Ich glaube, du bist in Gefahr. Ich kann dir helfen."

Ich wirbele zu ihm herum. „Ach, wirklich? Wie hast du das bloß herausgefunden, du großer Detektiv?" Ich stoße ihm einen Finger in die Brust. „Natürlich bin ich in Gefahr. Vergiss nicht, dass du derjenige bist, der das alles in Gang gesetzt hat. Du bist verantwortlich. Halt dich von mir fern, verstanden?"

Er hebt in einer Geste der Kapitulation die Hände.

Befriedigt lasse ich ihn stehen.

Gia wartet auf mich. Sie ist für ihren Tag gekleidet, sitzt im Schneidersitz am Küchentisch und springt auf, als ich durch die Tür komme.

„Die Schule hat angerufen", sagt sie.

„Oh." Ich sollte nervöser sein oder mich schuldiger fühlen, aber mir geht zu viel durch den Kopf. Ich ziehe meine Jacke aus und hänge sie über einen Stuhl.

„Du hast mir nicht erzählt, was mit diesem Mädchen aus den Narrows vorgefallen ist."

„Katy? Nicht der Rede wert."

„Du hast mir nicht erzählt, dass sie dich des Gebäudes verwiesen haben." Sie wirft mir einen vorwurfsvollen Blick zu.

„Nein. Ich hätte es dir erzählen sollen, aber du bist auch so schon dermaßen gestresst, und es hätte nichts geändert. Ich kann immer noch meinen Abschluss machen. Alles ist unter Kontrolle."

„Ja, aber wir haben eine Abmachung. Wir kommunizieren miteinander. Ich vertraue dir. Ich will das nicht verlieren."

Jetzt zucke und bebe ich vor Schuld.

Oh lass das! Es ist zu ihrem eigenen Besten, und Schuldgefühle sind etwas für Trottel. Kannst du dir ausmalen, was sie tun würde, wenn sie wüsste, was du so treibst? Du wärst im Handumdrehen an deine Zimmertür gefesselt.

„Es tut mir leid, G, aber für den Augenblick muss ich dich bitten, mir auch ohne den Teil mit der Kommunikation zu vertrauen. Ich brauche das von dir, wirklich."

„Ist das James' Jacke?"

Ich zögere, aber wozu lügen? Sie kennt die Antwort bereits. „Ja."

Gia seufzt und reibt sich die Schläfen. Plötzlich bemerke ich, wie erschöpft sie aussieht.

„Ich habe meine Schwester verloren, Mary. Ich habe auch meine Nichte verloren, meinen geliebten Schwager, meine Eltern, die an gebrochenem Herzen gestorben sind."

„Meinst du meine Familie? Versuchst du, mich an etwas zu erinnern, das ich nie vergessen werde und das du nie auch nur im Ansatz verstehen kannst?", erwidere ich wütend.

„Ich habe deiner Mutter versprochen, dass ich mich um dich kümmern würde, sollte ihr je etwas zustoßen. Ich habe ihr versprochen, dass ich auf dich aufpassen würde."

„Und das tust du. Das hast du!"

„Ich versuche es, aber du machst es mir manchmal so schwer. Diese Stadt ist in Aufruhr. Kinder verschwinden. Wir müssen miteinander reden. Und du treibst dich die ganze Nacht herum und kommst in James' Auto nach Hause und trägst seine Jacke. Mary."

„Was willst du damit sagen?"

„Ich will damit sagen, dass dies nicht der richtige Zeitpunkt ist, um Geheimnisse zu haben."

„Es ist einfach so viel, womit ich klarkommen muss! Ich gebe wirklich mein Bestes. Ich habe nichts getan, um von der Schule geschmissen zu werden. Ich habe es mir nicht ausgesucht, eine Ladung falsche Magie abzubekommen. Ich wünschte, alles würde wieder normal werden. Nichts davon ist meine Schuld!", schreie ich.

„Und wenn du einfach zu Hause bleiben, dich ein wenig in Zurückhaltung üben würdest, wartest, bis die zuständigen Detectives eine gewisse Ordnung wiederhergestellt haben? Zumindest so viel, dass ich nicht jedes Mal krank vor Sorge sein muss, wenn du durch die Tür gehst."

Ich lasse mich ihr gegenüber auf einen Stuhl fallen und nehme ihre Hand in meine. Es ist eine starke Hand, die Haut noch relativ glatt, aber mit ersten Anzeichen des Alters.

„Die Wahrheit ist, du kannst mich nicht beschützen, G. Du hast meiner Mutter ein Versprechen gegeben, das du nicht einhalten kannst, darum solltest du dich davon frei machen. Wenn sie noch in der Lage gewesen wäre, einen klaren Gedanken zu fassen, als sie starb, dann hätte sie an dich gedacht, da bin ich sicher, und daran, wie glücklich sie sich schätzen kann, dass du da warst, um die Scherben aufzusammeln."

Gia schnieft lautstark.

„Aber als du ihr gesagt hast, dass du auf mich aufpassen könntest, hast du sie angelogen. Mir könnten tausend Dinge zustoßen. Ich könnte überfahren werden, angegriffen, ermordet so wie sie. Ich könnte von einem tödlichen Insekt gestochen werden oder mir eine unheilbare Erkältung einfangen."

„Aber darum geht es nicht. Du rennst geradewegs ins Feuer, dein Leben wird auseinandergerissen, du kannst nicht einmal einen normalen Schulabschluss machen."

Ich begegne ihrem Blick. „Und das ist in Ordnung, alles davon. Nichts davon bedeutet mir etwas. Ich muss tun, was ich nur kann, um zu helfen. Ich verbringe meine Tage sinnvoll, G. Ich versuche, der Scar zu helfen, ein Gegengift zu finden und James und Urs aufzuspüren, bevor es die Wache tut. Ich werde vielleicht nicht in der Lage sein, all diese Dinge zu schaffen. Vielleicht werde ich nicht mal *eins* dieser Dinge schaffen." Ich hole zitternd Luft. „Aber ich werde tun, was ich kann, und du musst mich lassen."

„Aber du könntest …"

„Sterben? Ja, vermutlich. Es könnte auch einfach alles in Ordnung kommen. Und trotzdem musst du mich lassen. Denn das ist mein Weg, das ist es, wer und was ich bin. Und ich muss frei sein, diesen Weg zu gehen, ganz gleich, wie viel Angst er dir auch macht."

Lange erwidert sie nichts, sondern starrt mit leerem Blick in die Luft zwischen uns. Ich zeichne mit meinem Daumen langsam Kreise auf ihren Handrücken und hoffe, dass sie weiß, wie sehr ich sie liebe.

„Manchmal", sagt sie nach einer Weile, „türmt sich all die Trauer so hoch auf, dass man kaum darüber hinwegsehen kann. Dann fällt es einem schwer, sich daran zu erinnern, dass man nur trauern kann, wenn man zuvor geliebt hat. Geh und finde deine Liebsten, Mary. Ich werde hier schon zurechtkommen."

Das war sehr beeindruckend, sagt Sie. *Da hast du ja fast so was wie Rückgrat bewiesen.*

Als ich die Tür zu meinem Zimmer hinter mir schließe, ziehe ich mein Handy aus der Hosentasche und wähle. So selbstbewusst ich mich auch in der Küche mit Gia gefühlt habe, jetzt bin ich zittrig und am Ende. Als ich ihr von all den Dingen erzählt habe, die ich zu tun versuche, ist mir klar geworden, wie groß das Ganze ist, wie weit es über meine Fähigkeiten hinausreicht.

Als ich höre, wie Dr. Tinks munteres kleines „Hallo?" aus dem Lautsprecher dringt, breche ich beinahe vor Erleichterung zusammen.

ZEHN

ES IST NOCH ZIEMLICH FRÜH FÜR EINE THERAPIESTUNDE, aber es musste früh sein, weil Dr. Tink um zehn Uhr bei ihrem richtigen Job beim Monarch City PD sein muss und ein Treffen dort mehr als unangenehm wäre.

Fahr, so weit du willst, Mary. Was in deinem Kopf ist, dem kannst du nicht entkommen.

Ich biege in eine Wohngegend ein, in der die Häuser klein und heruntergekommen sind, und finde einen Parkplatz auf der Straße. Nicht grade viele Autos hier. Boote schaukeln auf den Wellen der Bucht. Dies ist der südlichste Teil der Scar, das Ende der Fahnenstange, wo Fischer Tür an Tür mit Leuten leben, die am liebsten in Ruhe gelassen werden wollen. Es fühlt sich friedlich an. Hier gibt es keine Plakate, die vor den Villains und der drohenden Gefahr warnen. Beinahe fühlt es sich wie ein gewöhnliches kleines Viertel an. Ich halte einen Moment inne und starre hinauf in das flache Grau des Himmels. Es gibt mir nichts, keine Antworten.

Ich suche nach dem beschriebenen Haus an der Ecke Gossamer und Willowfly mit seinem grünen Dach und den braunen Wänden. Wie ein Baum, meinte Dr. Tink. Dann sehe ich sie, wie sie mir von der Veranda aus zuwinkt, eingekuschelt in einen grünen Pullover, dazu Jeans.

Als ich bei ihr bin, zieht sie mich in eine kurze, feste Umarmung.

„Dr. Tink“, sage ich.

„Tink reicht hier völlig aus. Komm rein, Mary.“

Drinnen besteht alles aus Holz und knarrt angenehm. Die Decke ist niedrig und überall hängen rankenartige Gewächse. Alles ist durchdrungen von salziger Luft, selbst meine Muskeln, die sich augenblicklich entspannen.

„Setz dich“, befiehlt sie. „Ich mache dir einen Tee.“

„Kaffee?“, frage ich hoffnungsvoll, und sie macht ein schnalzendes Geräusch mit der Zunge, das mir verrät, dass ich Kräutertee trinken werde und nichts anderes.

„Ich bin so froh, dass du auf mich zugekommen bist“, sagt sie. „Du hast deine letzte Sitzung verpasst, und dann war da die Schlacht und all deine Freunde … Und du wurdest …“

„Gefeuert.“

„Ja, das wurdest du wohl. Ein schrecklicher Zeitpunkt, die Therapie zu unterbrechen. Du bist ein Kind und hast gerade einige äußerst emotionale Dinge durchlebt.“

Unsere letzte Therapiesitzung kommt mir blitzartig wieder in den Sinn. Wir hatten gerade darüber gesprochen, wann ich meine Schwester zum letzten Mal gesehen habe, über den Tag, an dem meine Eltern ermordet wurden und ich den Chief kennenlernte, die mir helfen wollte und mir versprach, den Mörder zu fangen.

Ich wollte nie bei Tink in Therapie gehen, aber in der Sekunde, in der sie mir nicht mehr zur Verfügung stand, habe ich sie schrecklich vermisst. Wahrscheinlich noch so eine Sache, wegen der ich in Therapie sein sollte.

Ich lasse mich in ihr Sofa sinken, und sie reicht mir den Tee. Ich fühle mich, als hätte ich lauter Blutergüsse unter der Haut, ganz dicht unter der Oberfläche. Als wäre ich ein Pfirsich, und wenn jemand zu stark drückt, würde ich überall herausplatzen, so fürchte ich ihre Fragen, fürchte, dass sie das Äquivalent eines Daumens sein werden, der an den falschen Stellen drückt.

„Also, erzähl mal“, sagt sie. „Was ist los?“

Kurz erwäge ich, die Realität abzufedern, ihr Halbwahrheiten aufzutischen, die mich kompetenter erscheinen lassen, als ich bin. Doch dann bricht es aus mir heraus: „Ich glaube, irgendetwas stimmt nicht mit mir. Ich … Ich glaube, ich brauche Hilfe.“

Sie nippt grazil an ihrem Tee und steckt sich eine Strähne blondes Haar hinters Ohr. „Sprich weiter.“

„Ich sehe Dinge, höre Dinge. Und gerade wenn ich überzeugt bin, dass ich mir das alles nur einbilde, bestätigen die Nachrichten manches davon.“

„Okay, fahr fort.“

„Also, zum Beispiel habe ich immer wieder diese Sätze gesehen, nur für den Bruchteil einer Sekunde, und dann waren sie wieder verschwunden. Ich war die einzige Person, die sie gesehen oder gehört hatte. Oder, als Caleb Rothco entkommen ist, da war diese Frau, die ihm geholfen hat, angeblich zum genau gleichen Zeitpunkt dort wie ich. Aber das kann nicht sein. Ich habe andere Sachen getragen. Und dann denke ich, dass es an mir liegen muss, dass ich verrückt werde. Und *dann* wird auf einmal in den Nachrichten bestätigt, dass diese Sätze, die ich sehe, tatsächlich in ganz Monarch aufgetaucht sind. Es ist, als ob jemand in meinen Kopf eingedrungen ist und sie herausholt.“ Meine Stimme bricht, und ich würde mich am liebsten für meine eigene Schwäche erwürgen. „Und das ist noch nicht alles.“

Tink sieht von ihrem Notizbuch auf, in dem sie mitgeschrieben hat. Sie hebt eine Augenbraue.

„Ich höre Stimmen.“

„Stimmen?“

„Also … eine Stimme.“

Tink lässt das Notizbuch in ihren Schoß sinken. „Und wie klingt diese Stimme?“

„Wie ich. Ich, aber gemeiner, strenger … Es ist, als ob sie all die Dinge sagt, die ich nicht wagen würde laut auszusprechen."

„Ah. Wie dein Gewissen?"

„Aber lauter. Sie ist jetzt lauter als meine eigene innere Stimme. Das ist nicht normal."

Das ist es. Die Wahrheit. Ich bin nicht richtig im Kopf, und ich bin allein in der Welt, und nichts wird jemals wieder in Ordnung kommen. Ich warte darauf, dass sie mir zustimmt, dass sie die Behörden anruft und mich wegsperren lässt. Aber sie mustert mich nur mit einem neugierigen Blick.

„Normal", schnaubt sie dann. „Das ist doch bloß etwas, das sich jemand ausgedacht hat. So etwas gibt es nicht, also kannst du das ganze Konzept getrost vergessen." Sie presst kurz die Lippen zusammen. „Okay. Was sagtest du, wann die Stimme aufgetaucht ist?"

Das lässt mich innehalten. Ich muss nachdenken. Wann ist sie aufgetaucht? Nachdem ich meine erste Dosis von Kyle Attenboroughs stümperhaft zusammengemixter Magie erhalten hatte? Am Abend der Schlacht? Nein. Noch davor. Nach der Kugel aus Licht zwischen James und mir bin ich geschwebt. Genauso wie danach das erste Mal, dass ich das Mädchen im Spiegel gesehen habe. Vor der Schlacht. Vor der Spritze. Aber seitdem ist es viel, viel schlimmer geworden.

„Vor ein paar Wochen", sage ich.

„Gab es einen Auslöser?"

„James –"

Sie nickt verständnisvoll.

„James, ich glaube, er hatte bereits Kontakt mit Lucas und Kyle Attenborough aufgenommen und schon etwas von der ersten Dosis erhalten. Er hat mir etwas von der Magie gegeben – oder vielmehr ist die Magie in mich eingedrungen."

„Spontan?"

„Ja. James konnte dieses blaue Licht mit seinen Händen erzeugen, und er … ich weiß nicht … hat es auf mich übertragen. Dann habe ich angefangen, sie zu sehen."

„Sie?"

„Das Mädchen im Spiegel."

„Okay, lass uns da einsteigen. Wie sieht sie aus?"

„Das Mädchen im Spiegel?"

„Richtig."

„Also, sie sieht aus wie ich. Eher klein, Haare wie ich, aber röter, Gesicht wie ich, aber mehr Make-up. Eben so wie ich … aber *mehr* ich."

„Und was ist mit ihr geschehen? Wo ist sie jetzt?"

Darüber habe ich noch nie nachgedacht. Ich war einfach davon ausgegangen, dass sie in dem Spiegel steckt und immer noch dort sein würde, wenn ich ins Wonderland zurückkehre. Das oder dass sie Dinge auf der anderen Seite des Spiegels tun würde, ihr Leben leben, so wie ich das meine.

Aber jetzt bin ich mir da auf einmal nicht mehr so sicher. Sie hat mich durch den Spiegel gezogen, aber wo ist sie danach hin? All diese Dinge, die ich auf einmal tun konnte, nachdem sie mich hindurchgezogen hatte. Wie war es dazu gekommen? Die falsche Magie? Nein, schon davor waren merkwürdige Dinge geschehen.

„Erzähl mir, was du gerade denkst", sagt Tink.

„Am Abend der Schlacht habe ich James, Ursula und Mally gefunden, weil das Mädchen im Spiegel mich hindurchgezogen hat und ich in diesem Labor gelandet bin."

„Und wo war sie?"

„Ich weiß es nicht. Fort."

„In Ordnung, und wann hast du angefangen, die Stimme zu hören?"

„Ich glaube, da war vorher schon ein Flüstern, aber so richtig erst, als ich durch den Spiegel kam."

Tink lehnt sich vor. „Und du sagst, du warst zur gleichen Zeit wie sie in Caleb Rothcos Zelle."

Mein Herz beginnt wie verrückt zu pochen, das Zeichen auf meinem Handgelenk fühlt sich an, als würde es in Flammen stehen.

„Großer Geist!", hauche ich.

Das Mädchen im Spiegel, die Stimme in meinem Kopf, die Rote Königin. „Das bin ich", sage ich, und noch während die Worte aus meinem Mund schlüpfen, sehe ich sie in Gedanken vor mir: ihre glänzenden Augen, den launischen Mund, schmale Taille und ein Wasserfall aus roten Locken. „Aber wie? Ich erinnere mich nicht an … irgendwas davon. Nicht daran, Caleb freigelassen zu haben, die ganze Stadt mit Graffitis besprüht zu haben. Wie kann ich sie sein, wenn sie doch so abgesondert ist?"

Und doch, noch während ich diese Fragen stelle, wird mir klar, dass Logik hier keine Bedeutung hat. Ich habe gerade die Wahrheit ausgesprochen, und etwas Riesiges, Jähzorniges regt sich in meinem Inneren.

Sie will nicht gesehen werden.

Tink beobachtet mich mit einer Seelenruhe, das Gesicht nicht zu deuten. „Wie viel weißt du über Magie?"

„Ich weiß nicht. Ich erinnere mich an verzauberte Süßigkeiten, überall flatterten Feen herum. Alles schien möglich, alles besser."

„Ja, es war all das. Strahlend, glitzernd und allem voran unvorhersehbar. Wir haben uns an die greifbare Welt ohne Magie gewöhnt, in der alles Grenzen hat und erklärt werden kann. Alles, was den Gesetzen der Logik widerspricht, muss ein Fehler des Verstandes sein. Sobald man Magie in die Gleichung aufnimmt, gerät alles aus dem Gleichgewicht und verändert sich. Verstehst du? Du musst dich von den Regeln trennen, die dir so vertraut sind."

„Es gibt keine Regeln?"

„Oh, nein!", widerspricht sie. „Es gibt auf jeden Fall Regeln. Sie sind nur anders."

„Okay …"

Sie legt ihre Fingerspitzen aneinander und schließt für einen Augenblick die Augen, als würde sie nachdenken. „Was ist deine größte Angst, Mary? Schnell!"

„Äh … die Leute zu verlieren, die ich liebe."

„Und ist das schon einmal geschehen?"

„Ja, als meine Familie ermordet wurde."

„Und geschieht es jetzt erneut?"

„Ja, denn James und Urs sind fort."

„Und liegt irgendetwas davon in deiner Kontrolle?"

„Nein."

„Und wie geht die Rote Königin damit um?"

„Sie sagt mir, dass ich Rache nehmen, für mich selbst einstehen soll, dass ich mich nicht in die Opferrolle drängen lassen darf."

„Was unterscheidet sie also von jeder anderen Stimme in deinem Kopf?"

„Sie kann herauskriechen", sage ich und bekomme eine Gänsehaut. Ich stelle mir vor, wie sie aus meinem Mund steigt, während ich schlafe. „Sie kann sich von mir trennen. Sie kann aus dem Spiegel ausbrechen und Dinge *unternehmen.* Sie kann dafür sorgen, dass ich nicht einmal mehr weiß, was ich tue. Sie kann mich entzweiteilen. Aber sie kann mich auch zu mehr machen, als ich bin. Sie hat keine Angst wie ich."

„Und was James jetzt ist und Mally und Ursula sind … hat das irgendetwas damit zu tun?"

Ich denke nach.

Wenn man den Gerüchten Glauben schenken kann, ist Captain Hook James, aber mehr. Er ist krimineller, ein besserer Anführer, verfügt über mehr Kontrolle, ist gefährlicher. Ursula schließt noch mehr Deals ab, mehr als eine Sammlerin, größer als jemals zuvor. Und Mally? Sie ist noch kälter, noch schneidender, noch viel berechnender und mächtiger. Sie alle sind einfach mehr. So wie ich.

Also wäre die Rote Königin mehr als ich, oder vielleicht übernimmt sie auch langsam die Kontrolle.

Die Frage ist, will ich das? Mary Elizabeth Heart hat dieser Tage nicht viel zu bieten, nicht wahr? Aus der Schule geschmissen, keine Freunde, müde, depressiv, machtlos, jagt ihrem eigenen Schwanz nach und erreicht gar nichts.

„Alles in Ordnung?", fragt Tink sanft.

„Ja."

„Was ist in deinem Inneren, was macht dich in deiner tiefsten Seele aus?"

Ich grüble, versuche immer noch zu verarbeiten, was ich vermeintlich gerade gelernt habe. „Mich? Liebe. Loyalität. Wut, vielleicht?"

„Nun, wenn es um Magie geht, wird das, was in unserem Inneren ist, immer den Weg nach draußen finden. Früher sind nur die guten Dinge an die Oberfläche gekommen, aber ich glaube nicht, dass das je ausgeglichen war. Jetzt kommen nur die schlechten Dinge oder zumindest das, was die Leute als schlecht beurteilen. Das ist es, was den Menschen Angst macht. Es ist ungezähmt. Es gibt einen Weg für die Menschen, all das zu sein, was sie sind, und über Magie zu verfügen und sie für sich zu nutzen. Ich glaube nur, dass wir diesen Weg noch nicht entdeckt haben. Und ich glaube, wenn es so weit ist, wird die Magie freiwillig zu uns zurückkehren, ohne Tricks."

„Aber nicht als die Rote Königin?", frage ich.

„Ich denke, die Rote Königin ist ein Splitter", sagt Tink. „Das Problem mit der Magie ist, dass du keine Kontrolle hast. Vielleicht kannst du lernen …"

„Aber nicht rechtzeitig?"

„Und bestimmt nicht, während die gesamte Stadt nach einem abgesplitterten Fragment dieses Selbst sucht, das vollkommen außer Kontrolle geraten ist."

„Wie können Sie bei alldem so ruhig bleiben?"

„Na ja", erwidert Tink, „schon seit die Magie verschwunden ist, als ich noch ein Teenager war, habe ich darauf gewartet, dass sie zurückkommt. Und jetzt, wo ich weiß, dass sie wieder hier ist, weiß ich auch, dass sie nicht wieder verschwinden wird, bis die Dinge in Ordnung gekommen sind. Das gibt mir Hoffnung, dass die Magie, obwohl im Augenblick alles vollkommen außer Kontrolle erscheint, weiß, was sie tut."

„Aber diese Magie … was auch immer Kyle Attenborough meinen Freunden verabreicht hat, das sie in diese übertrieben negativen Abbilder ihrer Selbst verwandelt hat … das ist nicht die Magie, die alles wieder ins Gleichgewicht bringen wird, sondern falsche Magie. Ich muss sie loswerden."

Tink zieht die Augenbrauen zusammen. „Wie?"

„Ich weiß nicht. Jede Aktion hat eine gegenteilige Reaktion. Es muss einen Weg geben."

„Ja, sicher gibt es den." Tink starrt geistesabwesend aus dem Fenster. Der Ozean schwappt ruhig gegen das Ufer, und in der Ferne schaukeln die Fischerboote sanft auf und ab. „Ich kann mich noch daran erinnern, wie die Meerjungfrauen früher an die Küste gekommen sind und sich dort gesonnt haben. Inzwischen sind sie in der Tiefe verschwunden. Ich frage mich, ob sie wohl jemals wieder heraufkommen werden."

„Was haben Sie gemacht, bevor Sie Therapeutin geworden sind?"

Sie lächelt, blickt aber weiter aufs Meer. „Ich war eine Kesselflickerin. Ich entstamme einer langen Linie von Kesselflickern. Wir reparieren Dinge und können sogar Dinge erbauen, nur, dass wir früher in der Lage waren, unsere Körpergröße zu verändern. Wir konnten groß oder klein werden, je nachdem, was gerade nützlich war. Früher hatte ich Flügel. Ich habe sie so geliebt. Dann, eines Tages, bin ich aufgewacht, und sie waren verschwunden."

„Ich denke, auf gewisse Weise flicken Sie immer noch", sage ich.

„Meinst du?"

„Den Verstand der Menschen."

Sie sieht mich überrascht an. „So habe ich das noch nie betrachtet, aber wahrscheinlich hast du recht. Aber ich vermisse meine Flügel."

„Ich hoffe, dass Sie sie eines Tages zurückbekommen", sage ich.

Sie holt tief Luft, stützt sich auf ihren Knien ab und richtet sich auf. „Das Leben steckt voller Überraschungen. Man weiß nie, was es noch bereithält. Ich denke, das ist Magie. Es hat Flügel."

„Danke", sage ich. Zum ersten Mal seit Wochen habe ich nicht das Gefühl, dass die Worte sich in meinem Magen zusammenballen.

„Keine Ursache." Sie wirft einen prüfenden Blick auf ihre Uhr. „Du solltest jetzt besser gehen, und ich muss zur Arbeit. Bleib in Kontakt. Jederzeit, was immer du brauchst."

„Ich kann … ich hab im Moment kein Geld. Es tut mir sehr leid."

„Ach." Sie winkt ab. „Hast du es noch nicht verstanden, Mary? Das Schicksal der gesamten Scar steht auf dem Spiel, und du bist der Drehpunkt. Du bist mir nichts schuldig. Tu einfach nur das Richtige, und denk immer daran, dass du nicht allein sein musst."

Ich stehe auf und eile zur Tür. Jetzt gilt es, keine Zeit zu verlieren. Da ist Magie in mir, und wie sich herausstellt, bin ich überhaupt nicht allein.

Wer sagt, dass ich dir helfen werde?, fragt die Rote Königin.

Ich antworte ihr. *Ich sehe dich jetzt, und entweder wirst du mir helfen, oder ich sperre uns beide weg, wo niemand uns jemals wiederfinden wird.*

Sie stimmt mir nicht zu, aber sie beschwert sich auch nicht, und ich nehme, was ich kriegen kann. Überhaupt will ich, dass sie still ist, damit ich in Ruhe darüber nachdenken kann, was ich als Nächstes tun will. Vor uns liegt eine Menge Arbeit.

ELF

OBWOHL MIRACLE LAKE DIREKT NEBEN MEINEM APARTMENT LIEGT, war ich seit der Kundgebung kurz nach der Schlacht nicht mehr dort. Ich bin darum herum- oder dahinter entlanggegangen oder meistens gleich in eine andere Richtung. Jetzt bin ich zurück, um mich mit Lucas Attenborough zu treffen.

Es war hart, ich musste die Zähne zusammenbeißen, ihm eine Nachricht schicken und ihn bitten, mich hier zu treffen. Aber wenn ich mehr über die Quelle der Magie herausfinden will, werde ich mit ihm reden müssen. Kyle Attenboroughs Labor ist nur einen kurzen Spaziergang von hier entfernt, und ich will Lucas dazu bringen, mich genau dorthin zu führen. Vielleicht sind dort noch Phiolen mit Magie übrig.

Wenn dem so ist, habe ich keine Ahnung, wie es danach weitergehen soll. Vielleicht Gia und die Naturalisten fragen? Wenn es so weit ist, wird mir schon etwas einfallen. Im Augenblick kann ich nur beten, dass jemand etwas zurückgelassen hat. Und mein Bestes tun, um Lucas nicht ins Gesicht zu boxen, bevor ich die Informationen erhalten habe, die ich brauche.

Miracle, der am Tag nach dem Großen Fall erschienen ist, als das größte Gebäude der Scar in einem Blitz aus blauem Licht verschwand, ist reines

Gift. Eine Berührung mit dem kräuselnden Wasser, und wer dumm genug ist, es zu versuchen, wird auf der Stelle zersetzt.

Ich kenne nur eine einzige Ausnahme: Ursula, die in ihrer Tintenfischgestalt im See war, als James und ich sie fanden, nachdem sie tagelang spurlos verschwunden war. Sie planschte im Wasser herum, als hätte es die perfekte Temperatur und wäre eine wahre Wohltat. Ich habe eine Erklärung verlangt, wie das möglich ist, aber nie eine erhalten. Und als sie zu einem Riesen wurde und über der Stadt aufragte, wuchs sie wieder direkt aus dem See.

Jetzt habe ich meine Erklärung, oder nicht?

Magie.

Mehr zu werden, als man vorher war.

Falls Ursula *selbst* das Gift war, konnte sie nicht davon verletzt werden.

Jetzt liegt Miracle Lake in der Mittagssonne da, einen halben Häuserblock im Durchmesser, glänzend wie eine riesige Münze. Gäbe es nicht rund um den See Schilder, die davor warnen, das Wasser zu berühren, und Geländer am Ufer, würde man nie auf die Idee kommen, dass der See ein so gefährlicher Ort ist. Er lädt zum Schwimmen ein, dazu, eine Bootsfahrt zu unternehmen und die Füße ins Wasser zu tauchen.

„Heart", ruft Lucas. Er trägt Jeans und Sneaker und ein lockeres weißes Sweatshirt, und er lächelt, als er näher kommt.

Ernsthaft?

Ich hasse den Klang seiner Stimme und muss mich ermahnen, nett zu ihm zu sein, um zu erreichen, weswegen ich gekommen bin.

Aber nicht zu nett.

„Was ist dir denn zugestoßen?", fragt er. „Du siehst aus, als hättest du mit einem Dachs gekämpft."

„Vielen Dank für das Kompliment." Schwarze Jeans, schwarzes T-Shirt. So ziehe ich mich immer an. Ich weiß wirklich nicht, was er von mir will.

„Wollte nur sichergehen, dass du okay bist."

„Machst du dir solche Sorgen?“

„Ich … hör mal …“

„Nein.“ Ich hebe die Hände. „Ich will nicht reden. Bist du bereit, mich ins Labor zu bringen, oder nicht?“

„Okay, schön“, grummelt er niedergeschlagen. „Ich wollte dir nur sagen, dass es mir leidtut.“

Mein Blut beginnt zu kochen. „Ich weiß“, sage ich. „Ich will nicht hören, dass es dir leidtut. Wenn es dir leidtut, dann hilf mir. Das ist alles.“

Lucas nickt – und errötet. Es ist wirklich zu blöd, dass er so ein gigantischer Idiot ist. In einem anderen Leben hätte er echt niedlich sein können mit diesen leichten braunen Wellen im Haar, den rosigen Wangen und den blöden langen Wimpern. Aber nein, er musste das ja alles zunichtemachen, indem er sich wie ein Arsch aufführt.

„Ich hab eine Schlüsselkarte für das Labor“, sagt Lucas.

„Natürlich hast du das. Du hast buchstäblich Leute entführt und sie hier gefangen gehalten. Ich bin nicht davon ausgegangen, dass du einbrechen musstest.“

„Klar“, sagt er.

„Und ich hab mich nicht bei dir gemeldet, weil ich abhängen wollte.“

„Okay, schon verstanden“, murmelt er. „Natürlich nicht.“ Er scannt seine Karte, und die Tür öffnet sich auf die Lobby. Er bedeutet mir vorauszugehen.

„Ganz der Gentleman.“

Meine Stimme bebt und verrät, was ich zu verbergen versuche: das Grauen, an diesen Ort zurückzukehren. Es ist vertraut, antiseptisch, eher die Abwesenheit eines Geruchs als ein Geruch selbst, wie der Versuch, eine Krankheit zu übertünchen.

Der Typ am Empfangstresen nickt Lucas zu. Schweigend halten wir auf die Fahrstühle zu. Unser Atem klingt zu laut, während wir in die Höhe schießen.

„Er würde mich umbringen, wenn er wüsste, dass ich dich herbringe“, sagt Lucas, als die Türen sich öffnen. „Das wäre der Eine-Million-Dollar-Verrat.“

„Ach Gott, es tut mir so leid, dass ich dir Unannehmlichkeiten bereite, Lucas“, gifte ich.

Er scannt seine Karte vor der Tür zum Labor und wirft mir einen Seitenblick zu. „Bist du sicher, dass du da reingehen möchtest?“

„Ich bin sicher“, erwidere ich. „Mach einfach.“

Er drückt einen grünen Knopf, und die Tür öffnet sich.

Hinter der ersten Tür liegen noch zwei weitere. Eine davon führt zu dem Korridor hinter den Käfigen, von wo aus man sich Zutritt zu ihnen verschaffen kann. Ich blicke hinunter und sehe Tabletts, Servierwagen und eine kleine Küche, das eigentliche Labor. Das hier ist hinter den Kulissen. Die andere Tür führt in den Gang, wo wir uns am Abend der Schlacht aufgehalten haben. Die Vorderseiten der Käfige. Von diesem Blickwinkel aus kann ich sie nicht alle sehen, aber ich weiß, dass es fünf sind. Und falls sich niemand daran zu schaffen gemacht hat, beinhaltet einer davon Ursulas Wassertank, und in einem davon wurde ich festgehalten.

Mein Körper erinnert sich.

Dreh ihm den Hals um, sagt die Rote Königin. *Reiß ihm den Kopf am besten gleich ganz ab. Lass ihn hier liegen, damit sein Daddy ihn findet. Schick eine richtige Botschaft.*

Ich wappne mich.

Lucas schaltet das Licht ein.

„Großer Geist“, haucht er.

Das Labor ist ein einziges Durcheinander. Leere Gefäße und Papiere liegen überall auf dem Boden verteilt, beim Kontrollzentrum stehen die Schubladen offen. Alle Schränke wurden auseinandergenommen. Hier war jemand in Rage.

Wir gehen weiter hinein.

Die Käfige sind zerstört, Betten geschreddert, Kissen zerrissen, Federn bedecken den Boden.

„Der Stuhl“, sage ich leise.

Handschellen und metallene Fußfesseln an Lederriemen. Ein Stuhl für Folter und Experimente. Die Fesseln liegen verstreut auf dem Boden, die Metallmanschetten sind platt gedrückt, der Stuhl selbst zertrümmert.

Lucas kann ihn nicht mal ansehen. Er kann nirgendwo hinsehen.

„Wo habt ihr die falsche Magie aufbewahrt?“

„Nennst du es so?“

„Wie sonst?“

„Mein Dad hat es das Elixier genannt.“

„Schöner Euphemismus.“

„Hier. Die Cops haben die Proben in einem Safe gelassen. Sie wollten das Zeug nicht bei ihren Beweismitteln lagern, bis sie herausgefunden haben, was genau es ist. Sie dachten, es könnte vielleicht instabil sein. Da hier Laborbedingungen herrschen und der Ort mehr oder weniger gesichert ist, ist es hier erst mal besser aufgehoben.“

Ein weiterer Scan, und wir sind in dem Gang hinter den Käfigen.

Hier ist ein Riss in der Wand, tief, mit unsauberen Kanten, zackig. Er verläuft die ganze Wand entlang bis zu einem Kühlschrank.

„Was zur Hölle?“, stößt Lucas entsetzt aus.

Aber ich habe keine Angst. James war hier.

Ich sehe ihn vor mir, wie er Papiere zerreißt, Kissen aufschlitzt und an diesem Ort seine Rache nimmt. Wenn irgendetwas hier sich auf uns stürzen würde, hat James sich bereits darum gekümmert.

Lucas zieht einen Schlüsselbund hervor. „Bevor ich das aufschließe, musst du mir verraten, was du damit vorhast.“

„Nein. Ich muss dir gar nichts sagen“, widerspreche ich.

„Dann eben nicht“, sagt er. „Du kannst mich nicht für immer herumschubsen. An einem gewissen Punkt musst du …“

„Ich will ein Gegengift finden", unterbreche ich ihn.

Er mustert mich skeptisch. „Du? Bist du Wissenschaftlerin?"

„Ich bin der Drehpunkt", sage ich.

„Was auch immer." Er schnaubt, dreht den Schlüssel, scannt die Karte, dreht einen anderen Schlüssel und tippt ein paar Zahlen ein. „Mein Dad", murmelt Lucas. „Ich habe ihn besucht. Er hat Fehler gemacht."

„Ja, das hier war ein großer."

„Er meinte, er sei in Gefahr. Dass wir beide in Gefahr sind." Lucas öffnet die Tür zum Kühlschrank. Kalte Luft zischt uns entgegen. Er sieht mich lange an. „Er ist leer."

„Was du nicht sagst."

„Das ist übel, richtig übel. Es bedeutet, dass deine Freunde abtrünnig geworden sind und das Elixier bei sich haben. Sie haben keine Ahnung von der Dosierung oder …"

„Beruhige dich, Lucas."

„Nein! Ich kann nicht. Das ist das Schlimmste, was hätte passieren können. Mein Dad hatte recht. Wir schweben jetzt alle in tödlicher Gefahr. Das geht weit über deinen rachsüchtigen Freund hinaus. Er hantiert mit etwas, das er nicht versteht. Wir sind alle am Arsch. Das muss ich meinem Vater erzählen."

Jedes seiner Worte ist ein Tropfen des Schreckens. Wenn ich die falsche Magie nicht in die Finger bekomme, habe ich keinen Anhaltspunkt mehr. Ich bin am Ende, bevor ich überhaupt richtig angefangen habe, und stehe wieder komplett am Anfang. Keine Freunde, keine Phiolen und dazu noch irgendeine Irre, die mein Leben verwüstet.

Bist eine echte Frohnatur, was?, sagt Sie.

„Ich musste sie kaum überzeugen", wispert Lucas. „Ich will, dass du das weißt. Ursula, Mally und James sind aus freien Stücken gekommen und haben nach Magie herumgeschnüffelt. Als ich ihnen gesagt habe, dass sie welche bekommen könnten, waren sie sofort Feuer und Flamme."

Er stürmt auf die Tür zu, und ich muss mich anstrengen, um mit ihm Schritt zu halten. „Legacies geben immer den Narrows die Schuld an allem, aber in Wahrheit seid ihr alle genauso mitverantwortlich wie wir. Jeder will Magie. Alle würden tun, was getan werden muss, um welche in die Finger zu bekommen." Der Fahrstuhl pingt, und wir stürzen hinein. „Glaubst du, mein Dad wollte der Scar die Magie zurückgeben? Und dass er seine Formel ausgearbeitet hat, damit alles wieder so werden kann, wie es früher einmal war? Nein. Die globale Elite würde jeden Preis zahlen, um magisch zu sein. Aber es hat nicht funktioniert, okay? Die Nicht-Legacies haben sich buchstäblich aufgelöst, als sie es versucht haben."

Lucas Vater hat als Erstes versucht, die Magie an Nicht-Legacies weiterzugeben? Klar, das ergibt viel Sinn.

„Warum erzähle ich dir das überhaupt?" Er stürmt in die Lobby und hastet auf die Türen zu, die nach draußen führen.

„Ich muss nachdenken", sage ich an niemand Besonderen gerichtet. „Ich muss einfach nur nachdenken."

Lucas schüttelt den Kopf. „Klar, nur zu. Lass dir Zeit. Und in der Zwischenzeit rennt irgendjemand mit einem Haufen richtig, richtig gefährlicher Magie frei in Monarch herum."

Ich habe so viele Fragen. Ich weiß, warum sie die Magie in sicherer Entfernung zu Kyle Attenborough wissen wollen, aber da steckt noch mehr dahinter. Sie werden die Magie nicht einfach in einer Kühlbox aufbewahren und sie dort vergessen.

Ich habe vielleicht keine Antworten oder weiß überhaupt irgendetwas Nützliches, aber ich kenne jemanden, der es tut. Und ich werde sie dazu bringen, mir in die Augen zu sehen und ein Gespräch mit mir zu führen, ob es ihr gefällt oder nicht, bevor diese ganze Situation in die Luft geht.

Jetzt. Gleich.

ZWÖLF

ICH NEHME DIE KURVEN ENGER, als ich sollte, beschleunige stärker als unbedingt notwendig. Ich kann nicht anders. Die Sea Devil drängt mich praktisch dazu, meinen Fuß auf dem Gaspedal zu lassen, mich in die Bewegung zu legen. Ein Pärchen Trauertauben flattert vor mir über die Straße, dann neben mir her. Ich steuere auf den Teil der Scar zu, in dem die Gebäude immer noch klein und dicht beieinander und scheinbar in die Wände gequetscht stehen, wo bunte Wäsche von Fenster zu Fenster hängt und Mopeds die roten Ziegelwände säumen.

Ich brauche eine Weile, bis ich den Ort ausfindig gemacht habe, nach dem ich suche. Ich schlängele mich durch die schmaleren Straßen der Scar, größtenteils aus Kopfsteinpflaster und ursprünglich nicht für Autos gedacht. Nachdem ich einige Minuten im Kreis gefahren bin, entdecke ich ein Schild, das gegen ein Gebäude gelehnt steht. Zuerst wirkt es bloß wie Gekritzel, aber als ich zum dritten Mal daran vorbeikomme, erkenne ich, dass jemand die rudimentäre Skizze eines Spiegels mit Kreide darauf gezeichnet hat.

Mit quietschenden Bremsen komme ich auf der gegenüberliegenden Straßenseite zum Stehen und gehe hinein.

Reflections steht auf dem Schild über der Tür. Es ist so klein, dass man es aus der Ferne niemals entdeckt hätte. Sie scheinen es nicht gerade darauf anzulegen, Kundschaft anzulocken.

Ich stoße die Tür mit dem klirrenden Glöckchen auf und betrete knarrende Holzdielen. Staub schwebt durch Lichtbahnen in trägen Spiralen nach unten. Der Ort verströmt einen süßlich muffigen Geruch. Der Raum ist übersät mit Standspiegeln, die alle alt und verwittert aussehen, mit Holz-, Metall- oder gar keinen Rahmen, und die Wände sind mit Spiegeln jeder Größe und Form bedeckt, in Rahmen aus Perlmutt, Silber, Gold, komplizierten Perlen, bemaltem Holz. Für jeden Stil gibt es einen Spiegel, mit Ausnahme des Spiegels im Wonderland. Wenn ich das Mädchen im Spiegel finden will, muss es derselbe Spiegel sein, oder? Aber vielleicht geht es auch gar nicht darum, denselben Spiegel zu finden, sondern den *magischen* Spiegel zu finden.

Ein Ploppen reißt mich aus meinen Gedanken. Ich drehe mich um und sehe mich einem Mädchen in meinem Alter gegenüber, das eine Kaugummiblase platzen lässt. Sie ist eindeutig Legacy, trägt Ledershorts, ein weißes T-Shirt und Motorradstiefel. Ihre Haare sind schwarz, und unzählige Ringe winden sich an der Seite ihres linken Ohrs hinauf. In einem anderen Leben hätten wir Freundinnen sein können.

„Moment“, sagt sie und presst sich ein ledergebundenes Buch von der Größe eines Türstoppers vor die Brust. „Hat grade eine echte Person diesen Laden betreten, oder habe ich jetzt schon Halluzinationen?“

Sie scheint mich nicht mal ansatzweise zu erkennen, und ich entspanne mich.

„Nope! Ich bin echt“, sage ich. „Zumindest glaube ich das. Sydney. Sydney Cline.“

„Na, da wird doch der Wurm im Holz verrückt. Hau mich weg!“ Sie lässt sich theatralisch in einen erbsengrünen Samtsessel in der Ecke fallen, als wäre sie der Ohnmacht nahe. Dann öffnet sie ein Auge und sagt, immer noch halb liegend: „Sorry, es ist bloß so, dass, seit ich diesen Job angenommen hab, noch keine einzige Person in diesem Laden war, die jünger als achthundert Jahre gewesen wäre. Anscheinend sind Secondhandspiegel eher so ein Alte-Leute-Ding."

Ich muss grinsen. „Nebenjob nach der Schule?"

„Oh, Süße, nein!" Sie springt wieder auf die Füße. „Ich hab meinen Abschluss vor ein paar Jahren gemacht. Rose." Sie streckt mir ihre Hand hin. „Rose Red. Und traurigerweise ist das hier mein richtiger, einziger Job. Überbezahlt, um hier rumzuhängen, könnte man wohl sagen. Ist ganz in Ordnung. Ich mag lesen sowieso lieber als das echte Leben."

Ich nehme die angebotene Hand. Sie fühlt sich kühl an. „Tut mir leid, dass ich angedeutet hab, das hier wäre kein richtiger Job. Ich wollte keine Bitch sein."

„Ach pffft! So fragil ist mein Ego auch wieder nicht. Wenn ich es vermeiden kann, werde ich die Scar nie im Leben verlassen, und ich arbeite nicht in der Midcity, also heißt es das hier oder gar nichts. Ich nehm, was ich kriegen kann, solange mein Stiefmonster mich weiter bezahlen will."

„Stiefmonster?"

Sie nickt. „Ihr gehört der Laden. Steuervorteile oder so. Klingt ganz schön langweilig, oder? Vielleicht sogar tragisch? Aber eigentlich ist es ziemlich genial. Ich lese gern, alte Leute kaufen gern altmodische Spiegel. Alles in Butter. Aber ich muss schon sagen, dass ich so ausgehungert nach ein bisschen Jugend bin, dass es fast schon berauschend ist. Also, was bringt dich heute in meine Gruft?", fragt sie.

„Ich habe neulich einen Spiegel zerbrochen und brauche Ersatz. Und ich hab gehört, das dies hier die beste Option für etwas abseits vom Mainstream ist. Du weißt schon, etwas mit einem persönlichen Touch, das nicht von irgendeinem Fließband kommt und mal für die Mall bestimmt war."

„Echt? Und wer hat dich an uns verwiesen?"

Jasmines Schreibtisch.

„Irgend so ein Typ im Plattenladen. Ich hab seinen Namen vergessen. Aber er hat den Eindruck gemacht, als wüsste er, wovon er redet."

„Ja, es war schon immer Mund-zu-Mund-Propaganda", sagt sie. „Früher gabs hier Zauberspiegel und den ganzen Kram. Seit dem Tod der Magie ist alles ziemlich den Bach runtergegangen. Brauchst du Hilfe, dir einen auszusuchen?"

„Nein, ich denke, ich komm schon klar."

„Na dann los!", sagt sie. „Preise stehen unten rechts in der Ecke." Sie macht es sich auf einem Stuhl hinter dem Tresen gemütlich und schnappt sich ein Buch, das falsch herum darauf gelegen hat. „Alles verhandelbar", fügt sie noch hinzu, ohne aufzublicken. „Mach mir ein Angebot."

„Danke", sage ich, froh zu sehen, dass sie vollkommen von ihrem Buch in Beschlag genommen ist, denn mein Legacy-Zeichen beginnt zu pochen.

Da bist du ja, denke ich. *Zeig mir, wo ich dich sehen kann. Wir müssen reden.*

Vielleicht werde ich das tun, vielleicht aber auch nicht. Ich mag es nicht, Befehle entgegenzunehmen.

Aber mein Zeichen pocht stärker.

So ist es gut, zeig mir, wo du bist.

Mein Herz-Zeichen heizt sich auf und zieht mich wie ein Magnet in die hinterste Ecke des Ladens, vorbei an Regalen voller Handspiegel, eingefasst in Perlmutt, geschmückt mit glänzendem Silber, verschlungenem Gold. Erst als ich einen Handspiegel erreiche, der ganz hinten in der Ecke an der Wand hängt, lässt es nach. Der Rahmen ist aus rotem Holz, mit zierlichen geschnitzten Blumen in seinen Kanten. Meine Handflächen kribbeln, als ich mich ihm nähere, mein Atem geht schneller, und ich kann das Gefühl nicht abschütteln, dass ich jeden Moment auf frischer Tat bei etwas ertappt werde, dass die Wache mir Handschellen anlegen wird, bevor ich ihn erreicht habe.

Es scheint, als ob jede Oberfläche, jedes Stückchen Glas auf etwas wartet, sich zu mir neigt. Ich höre, wie die Luft in meine Lungen strömt und sie wieder verlässt, spüre das Brennen auf meinem Handgelenk, so rasend, dass meine Haut dort sicher Blasen wirft.

Der Spiegel hängt genau auf Augenhöhe und ist gerade groß genug, dass ich meinen ganzen Kopf darin sehen kann. Mein Haar fällt mir in Wellen über die Schultern. Ich konzentriere mich auf den Spiegel, auf das Glas darin und darauf, ruhig und gleichmäßig zu atmen. Ich fürchte mich vor dem, was ich sehen könnte, aber mehr noch davor, dass es sich als weiterer Reinfall herausstellen könnte, eine weitere Enttäuschung, noch mehr Hoffnung, die ins Nichts führt.

Ich entspanne meine Augen, lasse mich entlang der Kurven und Biegungen meiner eigenen Angst treiben, bis sie geglättet ist und sich auflöst. Direkt darunter fließt ein elektrischer Strom, zunächst schwach und langsam, aber dann beginnt er, sich aufzubauen, ein brillantes, leuchtendes Summen, das tief aus meinem Inneren aufsteigt und aus meiner Haut drängt. Das ist sie.

Ja, denke ich, *lass mich dich sehen.*

Ich lasse sie Stück für Stück hinein, und es ist ein unsichtbarer Kampf, während sie drängt und ich nachgebe, gerade genug. Gerade so viel, dass ich spüren kann, wie es aus mir hinausströmt, strahlend, aber ich setze mich auch gegen sie zur Wehr.

Das Herz auf meinem Handgelenk zuckt wie ein verwundetes Tier.

Der Laden versinkt in Schatten. Die Zeit verlangsamt ihren Takt, während die Sekunden sich in die Länge ziehen.

Komm zu mir, denke ich, während die Kraft anschwillt. *Komm und zeig dich mir.*

Ich erwarte, dass mich eine brutale und intensive Version von mir selbst anstarrt, aus Wut geschnitzt, aber stattdessen wird der Spiegel flüssig-silbern und ich verschwinde ganz. Ich richte meine Augen auf seine Oberfläche und weiß, dass sie kommt.

Ein Schemen beginnt, Gestalt anzunehmen, und ich warte darauf, dass sie sich offenbart. Ich will mit ihr reden, das alles klären. Ich will, dass wir Freundinnen sind und einander helfen.

Aber es ist nicht sie. Die tiefen Augen und ausdrucksstarken Brauen werden zuerst deutlich, gefolgt von der Kurve des Kinns, den Bartstoppeln, dem kurzen schwarzen Haar, der olivfarbenen Haut, diesen perfekten, vollen Lippen.

Ich keuche und strecke unwillkürlich eine Hand nach dem Spiegel aus.

Sein Atem geht schnell. Er ist es wirklich.

„James", hauche ich.

Er lächelt. Er lächelt mich tatsächlich an. In seinen Augen sehe ich Erkennen und Liebe. Das ist *mein* James, und da ist kaum eine Spur des Wahnsinns, den ich am Abend der Schlacht in ihm gesehen habe.

„James", sage ich etwas lauter. „Wo bist du?"

„Hey, Baby", murmelt er, der Klang seiner Stimme wie Geröll, das aneinander reibt, wie der Nachthimmel, wie ein Wolfsrudel im Schatten. „Ich bin genau hier. Ich bin immer genau hier."

Das Gummiband, das alles in mir zusammenhält, bebt, und das Glas um mich herum gerät ins Wanken, genau wie meine Entschlossenheit.

„Es ist schwer, nicht wahr? Die ganze Zeit zu kämpfen?", fragt James. „Vielleicht solltest du einfach loslassen."

Ich fahre mit dem Finger über die Oberfläche des Spiegels, halb in der Erwartung, seine Haut zu berühren, und bin enttäuscht von dem kalten Glas. Ich will bei ihm sein, seine Hand in meiner spüren, meinen Kopf auf den sichersten Platz auf seiner Brust legen. Ich will bei ihm sein.

„James", wispere ich. „Ich vermisse dich."

„Ich vermisse dich auch."

„Loslassen? Kann ich dich so finden? Was soll das überhaupt bedeuten?"

„Tut mir leid, hast du was gesagt?", fragt Rose und kommt auf mich zu, während ich verzweifelt versuche stillzuhalten. „Brauchst du Hilfe?"

„Alles gut“, presse ich hervor und schenke ihr ein Lächeln. „Alles supi!“ Ich recke beide Daumen in die Höhe und wende mich wieder dem Spiegel zu – nur um zu entdecken, dass er leer ist.

Ich möchte mich zu Boden werfen und heulen wie ein kleines Kind. Aber ich habe ihn gesehen. Ich habe James gesehen.

„Ich habe einen gefunden, der mir gefällt!“ Selbst in meinen Ohren klingt meine Stimme verzweifelt.

„Oh nein! Das tut … das tut mir leid!“, stottert sie hastig. „Die Spiegel da in der Ecke sind schon reserviert. Die warten nur noch darauf, dass die Leute sie abholen.“ Sie wirkt mit einem Mal panisch, das Buch neben ihr ist vergessen.

Mein Legacy-Zeichen pocht so heftig, dass ich fast überzeugt bin, dass sie es hören kann.

„Ach so, schade. Okay, dann guck ich mal weiter.“ Ich reiße mich zusammen, klopfe mir den Staub von den Sachen – hier ist wirklich alles voller Staub – und schlendere zu einem mittelgroßen Spiegel mit weißem Rahmen hinüber, während ich immer noch damit kämpfe, ins Hier und Jetzt zurückzukehren, mich immer noch bemühe, nicht wegen fünfzehn Sekunden mit James Bartholomew innerlich zu sterben.

Ich zwinge mein Gesicht zu einem neutralen Ausdruck, als ich den Spiegel von der Wand nehme. „Ich gebe dir vierzig für den hier.“ Ich habe keine Ahnung, was ich da sage.

„Vierzig, hm?“ Sie begutachtet ihn, Hände auf den Hüften, dann wirft sie mir ein Lächeln zu und wirkt erleichtert. „Du kannst ihn für zwanzig haben.“

„Kann ich einen Karton haben?“

„Karton?“

„Ja, irgendwas zum Transportieren?“

„Ich glaub, ich hab hinten noch ein paar rumliegen.“ Ihr Blick wandert an mir vorbei in die hintere Ecke des Ladens, wo der rote Spiegel, *mein*

Spiegel, immer noch hängt, als wäre er nichts Besonderes, als wäre er nicht genau das, was ich brauche. „Bin gleich zurück."

Sie verschwindet, und kaum dass sie außer Sicht ist, stürze ich zurück in die Ecke, schnappe mir meinen verbotenen Spiegel und stopfe ihn in meinen Rucksack.

Sie kommt mit einer Pappschachtel in der Hand zurück durch die Tür. „Geht das so?"

„Klar."

Sie packt den weißen Spiegel ein und wirkt äußerlich gelassen, aber ihr Blick ist verschlagen.

„Der wird in meinem Zimmer echt super aussehen", sage ich, um die Stille zu füllen.

„Versteh ich total", erwidert sie. „Hin und wieder braucht man mal 'ne Veränderung."

Als ich gerade bezahlt habe und sie mir die Schachtel reicht, schwingt die Eingangstür auf. Ein älterer Mann kommt herein, gekleidet in einen Mantel aus leichter Baumwolle, der aus vielen bunten Flicken zusammengenäht wurde.

Schlagartig wandelt sich Roses gesamtes Verhalten. Sie drückt den Rücken durch, und der Ausdruck auf ihrem Gesicht wird schärfer.

„Mr. Bolt. Wie geht es Ihnen heute?"

„Rose, meine Liebe", sagt er und nimmt dabei überhaupt keine Notiz von mir, so wenig, dass ich mich schon frage, ob ich tatsächlich hier bin. „Ich brauche einen von deinen *besonderen* Spiegeln." Er lässt seinen Blick bedeutungsvoll zu der Seite des Ladens wandern, von der auch mein Spiegel stammt.

„Selbstverständlich, Sir."

„Einer meiner Kunden aus Uptown verzehrt sich geradezu danach." Er greift in seine Tasche. „Der letzte war wirklich eine Wonne. Zehntausend, sagtest du?"

Rose wird kreidebleich und lächelt mir zu.

Zum ersten Mal scheint Mr. Bolt mich überhaupt zu bemerken. Seine Miene verhärtet sich, Falten ziehen auf seine Stirn, aber er sagt nichts.

„Es war schön, Geschäfte mit dir zu machen“, trällert Rose mir vielsagend zu. „Viel Spaß mit deinem Spiegel. Bye, Sydney.“

„Danke.“ Ich schiebe mich an dem Mann vorbei, halb in der Erwartung, dass Rose mich an der Tür aufhält und den Inhalt meines Rucksackes zu sehen verlangt. Als ich durch die Tür bin, renne ich los.

ZEHNTAUSEND FÜR EINEN EINZIGEN SPIEGEL?

Wenn das, was ich gerade gestohlen habe, zehntausend Dollar wert ist, was verkauft Rose dann tatsächlich? Mit Sicherheit keine langweiligen alten Spiegel. Ich gehe die Möglichkeiten durch. Ich habe ihr weder meinen richtigen Namen noch meine Adresse genannt, und ich habe bar bezahlt. Wenn sie etwas Illegales im Schilde führt, wird sie wohl kaum die Cops rufen.

Ich springe in die Sea Devil und trete aufs Gas, während ich eine stumme Entschuldigung an Rose schicke. Hoffentlich bekommt sie meinetwegen keine Probleme.

Als ich zu Hause ankomme, lege ich das Paket beiseite, setze mich aufs Sofa und öffne meinen Rucksack. Im Apartment herrscht Totenstille, da Gia noch schläft. Ich hole den Spiegel hervor und halte ihn hoch. Das Spiegelbild wirkt ganz gewöhnlich. Da bin nur ich, mit einem müden, erschöpften Zug um die Augen. Aber der Spiegel vibriert in meinen Händen.

Ich habe James gesehen, denke ich. *Und du wirst mir helfen herauszufinden, wo sie sich aufhalten.*

Pass auf, was du dir wünschst, kleine Mary. Denn sobald ich einmal draußen bin, kann niemand wissen, ob du in der Lage sein wirst, mich wieder hineinzuzwingen.

Ein Schauer läuft mir über den Rücken, nicht weil sie mir Angst gemacht hat, sondern weil ich mich James so nahe fühle, nachdem ich ihn gesehen habe, dass ich nicht einmal mehr weiß, ob ich sie überhaupt wieder loswerden will.

DREIZEHN

„BIBBIDI-BABBIDI-BOO!", sage ich zu dem Spiegel, der jetzt mir gegenüber auf dem Esstisch steht. „Minchaka-boo!" Ich lehne über dem Spiegel und mache komplizierte Bewegungen mit den Fingern. „Tu was!", drohe ich.

Dies ist der wohl enttäuschendste Moment meines ganzen Lebens. Es ist, als hätte man das am heißesten begehrte Spielzeug im ganzen Laden bekommen, nur um zu Hause feststellen zu müssen, dass es nicht eine einzige Sache kann, die in der Werbung angepriesen wurde.

Gia schläft, darum muss ich leise sein, aber ich würde am liebsten schreien.

Also was? Wie? Muss ich mich in Reflections aufhalten, damit er magisch ist? Muss ich in einer bestimmten Stimmung sein, einem ganz präzisen emotionalen Zustand? Muss der Spiegel in eine bestimmte Himmelsrichtung ausgerichtet sein, in einem bestimmten Winkel von der Wand hängen?

„Sei magisch!", befehle ich. „Komm schon, Spiegel, alter Kumpel. Zeig mir die Rote Königin."

Wenn es außerhalb des Ladens nicht funktioniert, bleibt mir nichts anderes übrig, als Jasmine und Bella durch die Stadt hinterherzudackeln und zu hoffen, dass es mich irgendwohin führt, der Spur des Geldes zu folgen.

Das Glas des Spiegels starrt mich an.

„Was war das im Laden, du kleiner Schwindler“, sage ich und stupse mein Spiegelbild ans Kinn, tippe vorsichtig gegen das Glas. „Du bist echt eine Enttäuschung, weißt du das? Ich hätte nicht übel Lust, dich in eine Million kleiner Teile zu zerschmettern und deine Überreste direkt in den Miracle Lake zu werfen. Ab in den Müll mir dir.“ Ich nehme den Spiegel hoch, öffne den Mülleimer und halte ihn drohend darüber. „Du kannst schön da drin verschwinden, zusammen mit den Bananenschalen und dem alten Kaffeepulver.“

Aber ich kann es nicht tun. Ich kann es einfach nicht. Stattdessen nehme ich den Spiegel mit zurück zum Tisch und stelle ihn zwischen der pinken Küchenrolle und den Kisten mit Tante Gias Produkten ab.

„Was guckst du so?“, fahre ich mein Spiegelbild schließlich an. „Willst du mich einfach den ganzen Tag lang anstarren? Hast du nichts zu sagen?“

Keine Antwort. Nichts.

Ich denke an James, und mein Verstand verliert sich in Gedanken an seine Arme um meine Taille, sein Gesicht ganz nah über meinem. Beinahe kann ich ihn hier im Raum mit mir spüren. Der Spiegel verschwimmt vor meinen Augen, das klare Spiegelbild verschwindet im Dunst. Ich versuche, mich an nichts festzuklammern, meine eigenen Kanten nicht zu schärfen, dies einfach das sein zu lassen, was es ist.

„Zauberspiegel, der auf meinem Tische tanzt“, ertönt meine Stimme, „zeig mir James Bartholomew, wenn du kannst.“

Der Spiegel erbebt.

Die Rote Königin kämpft sich an die Spitze.

Das Glas des Spiegels löst sich auf, und wo ich eigentlich mich selbst sehen sollte, sind nichts als Schatten.

„Bist du nicht ein Schatz?“, höre ich.

Das ist Maleficent. Ihre kalte, harte Stimme würde ich überall wiedererkennen.

Ein Flügel huscht über das Glas. Ihr Vogel, Hellion. Mein Herz schlägt schneller.

„Tu, was ich dir sage." Ich erkenne die Stimme nicht einmal, die da aus mir herausbricht, aber der Spiegel scheint sie zu fürchten, denn das Bild auf der anderen Seite wird klarer. „Zeig mir, wo sie sind."

Es ist schwammig, ein strahlender Blitz, mehr nicht.

„Was war das?", frage ich. „Zeig es mir."

Ein Haken, die scharfe Spitze gegen die andere Seite des Spiegels gedrückt. Er kratzt über die Oberfläche.

Ich rage über dem Glas auf.

„Mach dich größer", verlange ich.

Blaues Licht zuckt über die Oberfläche des Spiegels wie Blitze, aufgeladen, ein aufziehendes Gewitter. Das Glas zieht sich in die Länge, streckt sich aus. Mein Mund ist trocken, aber in meinem Inneren spüre ich auch etwas Neues aufsteigen.

Die Stimme. Ihre Stimme. *Meine* Stimme.

Der Spiegel hört erst auf, sich auszudehnen, als er gegen die Decke stößt. Er ist jetzt riesig, fast zweieinhalb Meter groß, nimmt mit seinem Rosenrahmen und den wundervollen Verzierungen die ganze Höhe des Raumes ein. Ich fahre liebevoll über den Spiegel, mit glühenden Fingern, und ich liebe es. Ich liebe es so richtig. Es ist wie ein butterweiches Paar Schuhe, ein kuscheliger Pullover, ein T-Shirt aus unendlich zarter Baumwolle. Er gehört mir. Ich lasse meine Fingerspitzen über das Glas wandern.

„Bring mich zu meinen Freunden", sage ich.

Ich tauche einen Finger in das Glas, und tatsächlich, mein Finger berührt die scharfe Spitze des Hakens. Ein stechender Schmerz rast durch meinen Körper. Ich wage mich weiter voran und mache mich bereit, als Nächstes einen Fuß auszuprobieren, aber anstatt wie geplant durch das

Glas hindurchzugehen, schreie ich auf, als ein blendender, rasender, brennender Schmerz mein Fleisch entzweireißt, bis es in Flammen steht, roh und versengt.

Sie ist das.

So fühlt es sich an, wenn sie die Kontrolle übernimmt. Sie umwölkt meine Augen, dringt in mein Herz ein und verdreht all meine Gedanken, bis ich nicht mehr existiere, sondern nur noch der Schmerz. Von Mary Elizabeth Heart ist nichts geblieben als die Wut, und diese Wut reicht aus, um meine komplette Nachbarschaft zu vernichten.

Nein. Ich will das nicht. Ich nehme es zurück. Ich will wieder Mary sein. Nur Mary.

Aber sie wehrt sich.

Alles, was mir in diesem unglücklichen Leben zugestoßen ist, wirbelt durch meine Gedanken: meine Eltern und meine Schwester, ermordet, der Anblick des Falls, der Verlust all meiner Freunde, Armut, ein Leben ohne Magie. Ich will alles und jeden auf diesem Planeten in Stücke reißen. Ich will jeden, der mir je wehgetan hat, dafür bezahlen lassen. Ich reiße meinen Mund auf und schreie, weil ich es nicht in mir behalten kann. Es ist zu viel, und ich kann es keine weitere Sekunde ertragen, aber bevor auch nur ein Laut meine Lippen verlassen kann, versinkt die Welt um mich in Dunkelheit.

Ich komme in meinem Schlafzimmer wieder zu mir, flach auf dem Rücken in meinem Bett, eingewickelt in meine Satindecke. Das Licht hat sich verändert. Es ist nicht länger Nachmittag. Meine grüne Leselampe ist eingeschaltet. Das Fenster steht offen, und eine kühle Brise streichelt meine Wangen. Mein Schädel dröhnt. Ich versuche, mich aufzurichten, und erst da bemerke ich, dass ich mit den pinken Nylonbändern, die Gia für ihre Pakete benutzt, ans Bett gefesselt bin.

„Gia!", rufe ich.

Sie kommt ins Zimmer gestürzt, eingekuschelt in ihren Bademantel, die Augen rot und unruhig. „Mary?"

Ich winde mich und gebe es schließlich auf. „Warum bin ich gefesselt?"

„Was waren deine Lieblingsschuhe, als du klein warst?"

„Was?"

„Du hast mich verstanden. Deine Schuhe. Welche Schuhe hast du so lange getragen, bis sie dir Blasen verpasst und deine Zehen eingequetscht haben?"

„Meine roten Stiefel?"

Erleichterung zieht über Gias Züge. „Oh, den Feen sei Dank. Geht es dir gut?"

Ich winde mich erneut, und sie kommt auf mich zu. Zögerlich. Sie hebt einen Arm, und der Ärmel ihres Bademantels rutscht hoch und enthüllt ihre helle, sommersprossige Haut, die überzogen ist von roten Kratzern. Tiefen Schnitten.

„Was ist mit dir passiert?" Ich will mich aufsetzen – und scheitere.

„Du erinnerst dich also wirklich nicht?", murmelt sie.

„Hab ich dir das angetan?", frage ich. „Tante G?"

Sie löst die Fesseln. Ich richte mich auf und reibe mir über die tauben Arme, während sie sich erschöpft auf mein Bett plumpsen lässt. „Es war, als wärst du überhaupt nicht du selbst", sagt sie. „Ich bin ins Wohnzimmer gekommen, um dich zu fragen, ob du einen Kaffee möchtest. Ich wollte mit dir über einen Zeitplan für das Homeschooling sprechen, denn du kannst nicht einfach ohne jegliche Art von Struktur überall herumlaufen. Du brauchst feste Lernzeiten. Als ich in deinem Alter war, war ich zu jeder Tag- und Nachtzeit draußen …"

„G!"

„Richtig, richtig." Sie fummelt an der Bettwäsche herum. „Ich hab versucht, dich zu fragen, ob alles in Ordnung ist, habe dich berührt, und du … na ja." Sie zeigt mir ihren rechten Arm, der immer noch blutig ist.

„Ich habe dich angegriffen?"

Sie windet sich unbehaglich.

„Erzähls mir."

„Deine Schultern sind ganz steif geworden. Du hast sie richtig nach hinten geworfen, und dann bist du praktisch in die Küche gerauscht …"

„Gerauscht?"

„In die Küche gerauscht und hast dir ein Messer geschnappt."

„Ein Messer?"

„Wirst du jetzt alles wiederholen, was ich sage?"

„Sorry. Erzähl weiter."

„Du hast mir gesagt, dass du den Chief ausfindig machen wirst und …"

„Was?"

„Du hast mir direkt in die Augen gesehen. Du hast gesagt, dass sie alle belügt. Dass du genug davon hast, wie sie versucht, alle herumzukommandieren, und sie den Kopf nicht verdient, der auf ihren Schultern sitzt. Du hast gesagt, Köpfe werden rollen. Es sei an der Zeit, dass es heißt: ab mit ihrem Kopf."

„Und dann?"

„Ich habe versucht, dir das Messer abzunehmen, und du hast mich mit deinen Fingernägeln erwischt." Sie zieht die Knie enger an die Brust. „Zweimal."

Ich spüre das Blut in meinem Körper, das Nervenende jedes einzelnen Tröpfchens vibriert in mir, während es sich durch das Netzwerk aus Venen und Arterien frisst. Ich bin voll bis zum Rand, erfüllt von *ihr.*

Halt dich zurück, denke ich.

Aber nur, weil ich sie irgendwie mag, deine Tante. So viel Feuer.

„Und dann hast du das Bewusstsein verloren", fährt Gia fort. „Du bist ohnmächtig geworden oder so. Das Messer ist dir aus der Hand gefallen, und ich habe dich zum Bett geschleift." Ihr Blick wandert zu den Seilen. „Tut mir leid, ich wusste nicht, was ich sonst tun soll."

„Du hast mich verschnürt wie ein hübsches kleines Paket“, sage ich.

„Ja, ich wusste nicht, welche Version von dir an die Oberfläche kommt, wenn du aufwachst. Ich wusste nicht, ob ich einen Arzt rufen oder dich ins Krankenhaus bringen soll. Mit der Wache und allem war ich einfach nicht sicher.“ Sie zögert. „Es hat sich angefühlt wie …“

„Magie.“

„Ja, du warst wie verzaubert“, gesteht sie. „Selbst deine Stimme klang anders. Du hast in aller Seelenruhe über einen potenziellen Mord gesprochen. Ich dachte, dass du, wenn du es tatsächlich auf den Chief abgesehen hättest und das wirklich du wärst, zumindest ein bisschen mehr Begeisterung an den Tag legen würdest.“

Wir lachen, aber es ist unbehaglich und leer und füllt den Raum mit Zweifel und Furcht. Weil es wahr ist. Ich würde nicht ruhig darüber sprechen, jemandem die Kehle durchzuschneiden. Ich würde ein Messer nur dann auf gewaltsame Weise einsetzen, wenn ich mich in einer Situation auf Leben und Tod verteidigen müsste. Ich bin kein Raubtier, selbst wenn der Chief es wirklich, wirklich verdient hat, vom Podest gestoßen zu werden.

Es sind Gedanken wie diese, neu, gewalttätig … Sind das meine oder ihre?

Unsere, sagt Sie. *Wärst du nicht auch lieber eine Königin, Mary, anstelle eines zitternden kleinen Mäuschens, das sich vor seinem eigenen Schatten fürchtet?*

„Hast du was gesagt?“, fragt Gia.

„Es ist nur … Ich habe dieses Graffiti gesehen, das diese Dinge verbreitet. Diese Dinge, die ich zu dir gesagt habe, meine ich. Ich habe es einmal in den Nachrichten gesehen und dann neulich auf einem Schild bei der Kundgebung. Ich weiß nicht … vielleicht ist es in mein Unterbewusstsein eingedrungen oder so. Dann ist irgendwas passiert, das mich getriggert hat, und ich wiederhole einfach diese Dinge, die ich gesehen habe.“

„Hmm …“ Gia sieht mich prüfend an, den Kopf schief gelegt.

„Hmm? Ist das alles, was du dazu zu sagen hast?"

Ein trauriges Lächeln umspielt Gias Mundwinkel. „Du siehst aus wie deine Mutter … wie ich, schätze ich."

Ich weiß nicht, was ich sagen soll. Mein Blick fällt auf unsere Hände, Zwillinge, ihre älter und ein wenig gegerbter, aber die Formen unserer Finger, unserer Nägel sind die gleichen.

„Es ist immer noch so traurig für mich, Honey. Was mit deiner Mom passiert ist, mit deinem Dad. Früher haben mich Visionen ihrer letzten Momente geplagt. Und Mira?" Ihre Unterlippe bebt. „Ich kann es mir immer noch nicht erlauben, mich zu sehr darauf einzulassen, sonst gerate ich wieder an den Punkt, an dem ich damals war. Es war nicht gut." Ihre Augen sind nass. „Und du musstest mit alldem klarkommen."

„Ich erinnere mich nicht", sage ich, obwohl ich es doch tue.

„Ich war nicht richtig für dich da. Ich war zu sehr in meinem eigenen Schmerz gefangen. Es war so unmittelbar nach ihrem Tod, mein Geschäft war in sich zusammengefallen, und ich hatte diese Freundin, von der ich wirklich dachte, sie wäre die Liebe meines Lebens, bis sich herausstellte, dass sie was mit diesem Typen aus den Narrows am Laufen hatte. Das war echt das Schlimmste. Ich hatte mich noch nie so gefühlt, so …"

„Leer", sage ich. Ich erinnere mich an die Leere. So funktioniert Trauer. Du suchst nach etwas, um deine hohlen Knochen zu füllen und deine Kehle zu befeuchten, damit du sprechen kannst, damit du etwas anderes fühlen kannst als das Loch in deinem Inneren. Und dann, in einer riesigen Welle … wusch … bist du voll, zu voll, du ertrinkst und kannst all das Wasser nicht mehr hinunterschlucken, all die Gefühle. Es ist nicht genug von dir da, um dem zu widerstehen. „Oder voll", murmele ich.

„Ja. Ich war so müde. Ich wünschte, ich hätte mir die Zeit genommen, meine Gefühle zuzulassen und zusammenzubrechen."

„Aber du hattest auf einmal ein kleines Kind."

„Oh, Süße, du warst ein Bunker. Du hast Bilder gemalt und ganz allein gespielt. Es hat lange gedauert, bis du dich mir geöffnet hast, und ich habe dich einfach so vor dich hin existieren lassen. Ich hätte uns beide zu einem Therapeuten schleppen sollen. Ich hätte uns die Gelegenheit geben sollen, das alles zu verarbeiten, und ich hätte dich fragen sollen, wie es dir geht. Du hättest das alles niemals in dir unter Verschluss halten dürfen."

Ich habe drei Erinnerungen an die Zeit um den Tod meiner Familie, zu denen ich wieder und wieder zurückkehre. Eins, der Tag selbst, als meine Mutter mich zur Schule gebracht hat. Zwei, der Abend danach, als ich auf dem Polizeirevier war und der Chief kam, um sich um mich zu kümmern. Drei, die Pressekonferenz, viel später, als der Chief den Mord aufgeklärt hatte und ganz Monarch verkündet wurde, dass sie zum nächsten Chief befördert werden würde.

„Ich glaube, dass man all das für lange Zeit in sich hineinfressen kann", sagt Gia, „aber nicht für immer. An einem bestimmten Punkt kommt alles wieder hoch und verlangt deine Aufmerksamkeit. Ich vermisse meine Schwester so sehr."

Sie stößt ein trockenes Lachen aus. „Was würde ich nicht alles dafür geben, eine ihrer nervigen Schimpftiraden zu hören oder mich mit ihr in der Küche über – keine Ahnung – irgendwas zu streiten."

Gia zuckt mit den Schultern. „Ich habe keine Antworten, nur Fragen. Aber ich weiß, dass du dich ausruhen musst." Sie nimmt meine Hände in ihre und sieht mir direkt in die Augen. „Kannst du dir jetzt die Zeit geben, dich auszuruhen? James und Urs sind fort, du hast keine Schule, und wir könnten demnächst an Geld kommen … richtiges Geld."

„Was?"

„Ich wollte es dir erzählen … aber, ich weiß nicht … ich wollte dich nicht aufregen."

„Mir gehts gut. Ich fühle mich vollkommen normal. Erzähls mir."

„Vorhin hat mich eine Investmentgruppe kontaktiert. Sie wollen Grundstücke in der Gegend um den Miracle Lake aufkaufen, und dieses Gebäude steht auf einem davon. Sie haben uns eine Menge Geld geboten, Mary." Sie feixt. „Ich meine, eine *Menge.*"

In meinem Kopf schrillen die Alarmglocken so laut, dass ich kaum noch meine eigenen Gedanken hören kann. „Wer war das?", frage ich und versuche, meine Stimme ruhig klingen zu lassen und still sitzen zu bleiben.

„Also, es war niemand aus den Narrows, falls es das ist, was dir Sorgen macht. Ich würde nie an die Uptown verkaufen."

„Wer dann?"

„Ich hätte gedacht, du freust dich."

„Wer, G?", frage ich zwischen zusammengepressten Zähnen.

„Jack Saint", trällert sie in einem hohen Singsang. Sie scheint den Ruck, der mich durchfährt, nicht zu sehen. Blitzschlag. „Ich sage ja nicht, dass ich das Angebot annehmen werde", plappert sie weiter. „Dieses Apartment ist schon seit Ewigkeiten in der Familie, und natürlich gibt es diese ganzen Studien darüber, was mit Legacies passiert, wenn sie sich vom Wirbel entfernen. Falls die Magie jemals so richtig zurückkehrt, wie sie einmal war, dann würden wir sie nicht haben, wenn wir nicht in Monarch leben. Und natürlich wären die Naturalisten am Boden zerstört, wenn ich dieses Grundstück aufgebe. Es ist Tradition, dass wir uns hier treffen, aber ich weiß nicht … die Scar ist so bedrückend geworden. Vielleicht sollten wir zumindest darüber nachdenken?"

Ich kann mich nicht konzentrieren. Ich kann mich auf nichts konzentrieren.

„Stell dir mal vor", sagt sie verträumt, „wir könnten irgendwo hinziehen, wo es warm ist. An den Strand. Ein kleines Haus kaufen. Du könntest dein letztes Jahr im Homeschooling abschließen, und wir könnten ein bisschen Abstand zu allem hier gewinnen und uns überlegen, was wir als Nächstes tun wollen."

„Wenn wir verkaufen, können wir es uns niemals leisten zurückzukehren. So, wie die Preise hier in die Höhe schießen … das wärs dann."

Gia nickt. „Ja, du hast recht. Mit dem Verkauf des Apartments hätte ich genug Geld, um meine eigene Kosmetikfirma aufzubauen. Wir werden immer Legacies sein, was uns etwas … Mystisches draußen in der realen Welt verleiht." Gia steht vom Bett auf. „Wie auch immer, jetzt ist nicht der richtige Zeitpunkt, um darüber zu reden. Jack hat mir ein paar Tage gegeben, um eine Entscheidung zu treffen."

„Ein paar *Tage*?"

„Wir können darüber reden, wenn du ein bisschen Schlaf bekommen hast und diese dunklen Ringe unter deinen Augen ein wenig verblasst sind."

„Okay." Ich gähne. „Du hast recht. Ich bin echt müde und sollte schlafen. Morgen früh bin ich wieder fit, ganz bestimmt."

„Sicher." Sie wirkt ungemein erleichtert und tätschelt mein Bein. „Ich mach dir einen Merrypetal-Tee. Der wird dir helfen einzuschlafen."

„Nein danke, G. Ich bin fix und fertig."

Sie mustert mich einen Herzschlag zu lang, bevor sie sich aufrappelt und sich streckt, wobei ihre Gelenke knacken. „Es macht echt keinen Spaß, alt zu werden." Sie geht aus dem Zimmer, kommt aber fast augenblicklich wieder zurück. In der Hand hält sie den Spiegel, der auf seine normale Größe geschrumpft ist. Gia lässt ihn aufs Bett fallen. „Den habe ich im Wohnzimmer gefunden. Ich nehme an, er gehört dir?"

„Hmhm." Ich versuche, gelassen zu klingen. „Danke."

„Der ist hübsch. Erinnert mich an den magischen, den ich als kleines Mädchen hatte. Zusätzlich zu unserem Talent für Schönheit war die Familie außergewöhnlich gut in der Portalmagie."

Ich starre sie an. Das hier entwickelt sich allmählich zu der wohl erhellendsten Unterhaltung, die ich je mit meiner lieben Tante Gia geführt habe.

„Wusstest du das nicht?", fragt Gia. „Ja, wir waren fabelhaft. Konnten so ziemlich überall hingehen, wenn wir nur den richtigen Durchgang hatten.

Und wenn du mich fragst, gibt es kein besseres Portal als einen guten alten Spiegel.“ Sie seufzt. „Wenn nur die gute alte Zeit wäre. Deine Mutter und ich hatten unseren Spaß, bevor sie sich gegen die Magie der Familie wandte. Das hatten wir wirklich.“ Mit einem leisen Lachen wendet sie sich ab.

So viele Puzzleteile haben sich für mich gerade miteinander verbunden, dass es mir schwerfällt, Schritt zu halten. Meine Mutter, Portalmagie, Jack Saint, unser Apartment, Grundstücke am Miracle Lake, Spiegel, Miracle Lake, Miracle Lake, Miracle Lake.

Da ist immer noch etwas, das ich nicht begreife, wie ein Wort, an das ich mich nicht erinnern kann, so offensichtlich, dass ich es einfach nicht sehe.

Ich kann das nicht alleine schaffen. Es ist an der Zeit, Monarchs Spitzenteam aus abtrünnigen Detectives zusammenzutrommeln.

VIERZEHN

BELLA HATTE DIE BRILLANTE IDEE, dem Staatsarchiv in der Midcity einen Besuch abzustatten. Ihr ist die Kinnlade heruntergefallen, als ich ihr von Jack Saints Angebot berichtet habe, unser Apartment zu kaufen. Seitdem kann ich praktisch zusehen, wie die Rädchen in ihrem Kopf rattern. Sie steckt in ihrem Midcity-Outfit: ein Sweatshirtkleid, Trenchcoat, eine Lucci-Handtasche über der Schulter und eine verspiegelte Fliegerbrille, die ihre Augen verbirgt.

„Du hättest dich wenigstens anstrengen können“, wirft sie mir vor. „Was, wenn man uns erkennt?“

„Glaubst du ernsthaft, dass diese Aufmachung irgendjemanden täuscht? Deine gute Laune überstrahlt jede Modesünde, die du dir ausdenken kannst.“

„Also, das war jetzt echt nicht nötig“, sagt sie und hält sich dicht an der Seite des Gebäudes.

Das Staatsarchiv lieg direkt gegenüber dem Polizeirevier, das Bella beäugt, als würden jeden Augenblick die Wasserspeier von der Fassade springen, sie mit ihren Klauen packen und sie im Handumdrehen an den Chief ausliefern.

„Warum liest du nicht ein Buch oder so?“, frage ich.

Bella tippt sich mit dem Finger gegen ein Ohr. „Ich höre mir gerade eins an."

Das Fenster vom Chief ist nur ein paar Stockwerke über uns. Ich frage mich, was sie dort drinnen gerade macht. Wahrscheinlich verspeist sie in diesem Moment das Herz einer Jungfrau oder so. Aus ihrem Büro heraus könnte sie mich nicht sehen, dennoch spüre ich ihre Augen auf mir. Gruselige, narzisstische, psychopathische …

„Mary! Da kommt Jasmine!" Bella packt mich am Arm, und gemeinsam laufen wir auf Jasmine zu, die gerade aus dem Gebäude kommt und sich im Gehen einen Umschlag in ihre blaue Lederjacke steckt. Sie zieht den Reißverschluss hoch und beschleunigt ihre Schritte, während sie einen raschen Blick über die Schulter wirft. Ohne innezuhalten, hetzt sie an uns vorbei, ihre Absätze hallen laut auf dem Asphalt.

„Nicht hier. Schnell, in die Bahn", zischt sie.

Bella und ich tauschen einen Blick, dann eilen wir ihr nach. Hier gibt es keine Wache, aber wir sind alle drei zu angespannt, um zu reden. Wir ziehen unsere Dauertickets durch und steigen schweigend in den Zug. Jasmine sieht uns nicht an, und wir sehen sie nicht an.

Ich würde den beiden am liebsten sagen, dass sie sich lächerlich aufführen. Unsere Tickets können nachverfolgt werden, und falls irgendjemand wissen will, wo wir uns aufhalten, sind unsere Handys ohnehin praktisch wie Peilsender. Aber ich lasse sie ihr Ding durchziehen. Es ist sehr *Detective/Reporter*, und ich muss gestehen, dass mein Magen verkrampft ist.

Als wir die Büroräume der *Wunderlampe* erreicht und uns in Jasmines Kabine gequetscht haben, hält Bella es nicht länger aus.

„Was hast du gefunden?", platzt sie heraus. „Sag schon!"

Jasmine öffnet ihre Jacke, reißt den braunen Umschlag auf und zieht einen Kaufvertrag heraus. Bella und ich beugen uns gleichzeitig darüber und knallen mit den Köpfen gegeneinander. Ich bin so gespannt, dass es mir nicht mal etwas ausmacht.

Bella schnappt nach Luft und steckt sich eine Locke hinters Ohr.

„Saintly Solutions hat Miracle Lake *gekauft* …“, sage ich.

„Und zwar von der Attenborough Conglomerate“, beendet Bella meinen Satz.

„Verdammt“, haucht Jasmine atemlos, lehnt sich gegen die Wand ihrer Kabine und starrt ins Leere.

„Was meint ihr, wie sehr hat Jack Saint Kyle Attenborough unter Druck gesetzt, damit er diesen Deal abschließt?“, fragt Bella.

„Er hat Hunderte Millionen Dollar dafür hingelegt“, sagt Jasmine und drückt mir ein weiteres Dokument in die Hand.

Beim Anblick der genauen Summe entfährt mir ein leises Quietschen.

„Das ist ja wie Monopoly-Geld“, ächze ich.

„Ich habe noch nie gehört, dass du so ein Geräusch machst, und ich hoffe, dass ich das auch nie wieder muss“, meint Bella. „Wirklich verstörend.“

Ich blättere durch die Unterlagen, mein Herz rast. „Halt den Mund, und sieh dir das mal an.“

Bella nimmt die Zettel entgegen, und an ihrer Miene kann ich ablesen, dass sie dieselben Verbindungen herstellt wie ich. Jack Saint *besitzt* jetzt Miracle Lake, das Wahrzeichen, das entstanden ist, als das größte Gebäude der Scar in einem blauen Blitz verschwand. Außerdem gehören ihm das Gebäude, in dem Kyle Attenboroughs inzwischen verlassenes Labor liegt, und drei weitere Gebäude rund um den See.

„Seht mal!“, entfährt es Jasmine, und sie reicht das letzte Dokument aus ihrem Schatz rüber. „Das wurde erst gestern zu den Akten genommen. Saintly Solutions ist gerade zum Hauptanteilseigner vom Wonderland geworden.“

„Jack Saint hat Dally aufgekauft?“, frage ich und versuche, einen besseren Blick auf den Zettel zu erhaschen. Am liebsten würde ich Jasmine das Dokument aus der Hand reißen, aber stattdessen lege ich meinen Kopf so schief, dass ich es lesen kann.

„Nicht so laut“, zischt Bella, „oder willst du, dass die Story noch heute Abend in der *Wunderlampe* steht?“

„Nein, zur Hölle!“, faucht Jasmine. „Das ist meine Story. Die schnappt mir keiner weg.“

„Moment mal, sehe ich das richtig?“, flüstere ich.

„Ja, tust du“, bestätigt Bella und presst missbilligend die Lippen zusammen. „Jack Saint hat Dally nicht rausgekauft. Sie sind jetzt Partner. Dally, Jack Saint und der Chief.“ Sie zeichnet mit dem Zeigefinger ein Dreieck in die Luft, so als würde sie die drei auf einer unsichtbaren Mindmap verbinden. „Und was glaubst du, warum das so ist?“

Ich habe Ideen. Ideen, die wie ein Wirbelsturm durch meinen Kopf rauschen. Und eine Sache weiß ich jetzt mit Gewissheit: Das einzige Gebäude, das Jack Saint in der ganzen Gegend um Miracle Lake noch nicht gehört, ist unseres.

Was hat er vor?

Ich sage den beiden, dass ich nach Hause zu Gia muss. Ich erzähle ihnen, dass ich einen Termin für die Zahnreinigung vergessen habe. Dass ich Wäsche in der Maschine gelassen habe. Ich kann gar nicht aufhören, Ausreden zu erfinden, warum ich auf der Stelle losmuss, während ich aus der Tür stürme.

Bella und Jasmine haben Theorien.

Jack Saint wird ein Renovierungsprojekt in der Scar aufrollen und der neue Held der Scar werden. Er hat ein Ass im Ärmel, und hinter alldem steckt eine größere Vision.

Dies ist ein Gebiet der Scar, das die Narrows nach dem Großen Fall übernommen haben, und Jack Saint wird das Gleichgewicht wiederherstellen, damit die Magie zurückkehren kann.

Aber mir schwirrt nur ein Wort im Kopf herum.

Maleficent.

Maleficent.

Maleficent.

Ich kann fast hören, wie die Rote Königin lacht. Sie sagt nichts, sondern gackert nur fröhlich, als hätte ich endlich etwas verstanden, was sie mir schon die ganze Zeit sagen wollte, das zu verstehen ich aber zu dumm war.

Ich weiß sehr wenig über Mallys Vater. Ich weiß, dass er nur zwei Dinge liebt. Seine Frau, die im Fall gestorben ist, wofür er Kyle Attenborough die Schuld gibt. Und seine Tochter Mally – Maleficent. Ich glaube nicht, dass er auch nur eine einzige Sache unternehmen würde, ohne dabei an sie zu denken. Als sie noch vermisst wurde und wir alle sie für tot hielten, war er so verletzt und am Boden zerstört, dass er wie ein knorriger alter Baum aussah, ein geschundenes, blutiges Herz an den Stamm genagelt.

Dann mitzuerleben, auf welche Art Mally zurückgekehrt ist, befreit aus ihrem Käfig, mit neuen Hörnern, die ihr aus dem Schädel ragten, nur damit sie eine so öffentliche Schlacht schlägt und dann verschwindet? Zu wissen, dass sie noch am Leben ist, muss ihm neue Kraft verliehen haben. Es muss ihm einen neuen Sinn gegeben haben.

Ich fahre näher und näher auf meinen Häuserblock zu, als die letzten Puzzleteile an ihren Platz fallen.

Jack Saint weiß, wo seine Tochter ist. Und wenn er weiß, wo Mally ist, weiß er, wo James und Ursula sind. Und jetzt weiß ich es auch.

Jack Saint versucht nicht, rund um Miracle Lake ein neues Renovierungsprojekt auf die Beine zu stellen.

Er versucht, ihn zu beschützen.

Ich halte direkt am Miracle auf einem Parkplatz. So viel ist hier geschehen: der Große Fall, der Tod Tausender Menschen, Ursula, die aus dem Wasser aufsteigt, die Schlacht am Miracle Lake, die #FearTheVillains-Kundgebung.

Wir können ihm nicht entkommen. Er ruft uns zu sich. Wir alle kreisen um seine gefährlichen Wasser. Warum habe ich das nicht schon früher gesehen?

Miracle Lake ist das schlagende, verwundete Herz der Scar.

Miracle Lake ist der Mittelpunkt des Wirbels.

Die einzige Frage, die jetzt noch bleibt, ist, ob du ihm zuhören kannst oder nicht.

Ich habe schon halb den Mund geöffnet, um ihr zu sagen, dass sie still sein soll, als ich es mir anders überlege. Ich brauche ihre Hilfe.

Der gigantische Vorteil von dem grässlichen Wetter, das die Scar in letzter Zeit heimsucht, ist, dass sich hier auch heute nicht die üblichen Verdächtigen auf Liegestühlen in der Sonne rekeln. Niemand bevölkert den Rasen. Die gelb glühenden Papierlaternen tanzen immer noch über den See, aber sonst kann ich niemanden und nichts entdecken. Heute finden keine Kundgebungen oder Proteste statt. Alle haben die Warnungen über die Verschwundenen ernst genommen und halten sich an die Ausgangssperre. Niemand ist in der Nähe, um zu beobachten, was ich vorhabe.

Und was ich vorhabe, ist genau das, was meine Tante und meine Mutter und alle Frauen in meiner Familie bereits seit Generationen getan haben: ein Portal finden und hindurchgehen.

Es gibt kein besseres Portal als einen guten alten Spiegel, hat Gia mir gesagt. Ich starre auf die glatte, spiegelnde Oberfläche dieses giftigen Sees und frage mich, ob ich in einen einzigen riesigen Spiegel schaue. Könnte Miracle Lake so etwas wie ein Superportal sein?

Hier ist, was ich weiß. Jack Saint hat diesen See und sämtliche angrenzenden Grundstücke gekauft, vielleicht – nur vielleicht –, weil er dieselbe Theorie vertritt wie ich. Dass der See uns zu den Villains führen wird.

Als ich in Reflections war, habe ich ein paar Wellen in dem magischen Spiegel gesehen, oder nicht? Und als ich hindurchgegriffen habe, habe ich einen kalten, scharfen Haken berührt.

Ich weiß, dass Bella etwas gegen diese Art von Detektivarbeit einzuwenden hätte. Meine Beweise sind im besten Fall nur Indizien, im schlimmsten reine Vermutung.

Und doch.

Und doch ist es, als hätte Miracle Lake Hände und diese um meine Mitte gelegt, als würde er mich umherwirbeln. Mein Körper stolpert auf das Wasser zu, bis ich mich an dem Sicherheitsgeländer festklammern muss.

„Hey!“, kreische ich.

Meine Stimme hallt über das Wasser. Die magnetische Anziehungskraft wird immer intensiver, bis mein Oberkörper sich über das Geländer beugt. Ich kralle mich mit aller Kraft am Geländer fest und stemme meine Füße in den Boden, mein Herz rast. Menschen lösen sich auf, wenn sie das Wasser berühren. Ich habe die Aufnahmen mit eigenen Augen gesehen. Mein Handgelenk brennt wie verrückt, mein Legacy-Herz pocht so sehr, dass ich überzeugt bin, dass es jeden Augenblick aufbrechen und mein Blut in die Nacht verteilen wird. Das wird mein Ende sein, und das alles nur, weil mein mit falscher Magie angefülltes Legacy-Herz unbedingt eins mit Miracle Lake werden will.

Schschsch, höre ich.

Aber das ist nicht Sie. Das hier windet sich durch mein Innerstes wie eine Schlange und erschüttert mich im tiefsten Kern.

Zauberspiegel, der sich als Erstes schuf,
zeig ihr dein Spiegelbild,
schenk Mary deinen Ruf.

Die Stimme ertönt von überallher, ein übernatürlicher Befehl, der die Bäume erzittern und das Metall unter meinen Händen und Füßen erbeben lässt, der einen Riss in dem Beton neben mir auftut. Ich wappne mich und richte meinen Blick zurück auf das Wasser, und endlich verstehe ich.

Miracle Lake ist ein Spiegel. Das Wasser ist so glänzend, so spiegelglatt, dass ich nicht sehen kann, was unter der Oberfläche liegt. Niemandem ist es je gelungen, irgendwelche Untersuchungen darüber anzustellen, was sich darunter verbirgt, weil der See buchstäblich jeden ermordet, der es versucht.

Mir kommt der Gedanke, dass die Zehntausend-Dollar-Spiegel aus der Ecke in Reflections, das dem Chief gehört, aus dem Wasser von Miracle Lake gefertigt wurden. Ich frage mich, ob Jack Saint einen Weg gefunden hat, das Wasser zu berühren, damit zu interagieren, ohne getötet zu werden.

Aber noch bevor ich weiterdenken kann, beginnt das Wasser unter mir zu schimmern. Es ist nicht mehr mein Gesicht, das verzerrt und entsetzt zu mir hinaufblickt. Tatsächlich ist da überhaupt keine spiegelnde Oberfläche mehr, sondern ein dunkles Grau von der Farbe stürmischer See. Ich konzentriere mich, jede Faser meines Körpers zum Zerreißen gespannt, und dann huscht ein Tentakel unter der Wasseroberfläche entlang, und ich breche beinahe in lauten Jubel aus.

Ursula!

Ich lasse das Geländer los. Das Wasser zieht mich nicht in die Tiefe oder ertränkt mich. Der magnetische Sog hat nachgelassen.

Eine Totenkopfflagge weht über das Wasser, dann zeichnet ein silberner, glänzender Haken direkt unter mir einen weiten Bogen.

Ich greife danach, nach James. Kurz bevor meine Hand das Wasser berühren kann, spüre ich, wie ich zurückgerissen werde.

„Was zum Feenstaub *machst* du da?“, schreit Bella.

Ich balle meine Hände zu Fäusten und will schon zum Schlag ausholen, da sehe ich den Ausdruck auf ihrem Gesicht.

„Du wärst gestorben, Mary!“, kreischt sie. „Du wolltest Miracle Lake berühren!“

Woher sollte sie es wissen? Ich wäre nicht gestorben. Der See hätte es nicht zugelassen. Meine Freunde hätten es nicht zugelassen. Ich zwinge meinen Atem unter Kontrolle, versuche, die gewaltige Wut in mir zu beschwichtigen.

„Du bist mir gefolgt“, sage ich.

„Du hast dich so seltsam aufgeführt. Ich wollte sichergehen, dass es dir gut geht, was ganz offensichtlich nicht der Fall ist.“

„Ich weiß nicht, Bella. Vielleicht geht es mir so gut wie seit langer, langer Zeit nicht mehr.“

FÜNFZEHN

„ALSO?“ Bella tippt ungeduldig mit den Zehen. „Verrätst du mir, was das heißen soll?“

Ich versuche immer noch, mich zu sammeln und zu verbergen, dass ich zittere, sowohl vor Aufregung über meine Entdeckung als auch angesichts der Tatsache, dass ich mich fast in tödliches Wasser gestürzt hätte und mich möglicherweise nur Sekunden vom sicheren Tod getrennt haben.

Sie wühlt in ihrer Handtasche herum und fördert einen Chocolate-Chip-Protein-Riegel zutage. „Hier.“ Sie knallt ihn mir in die offene Hand. „Du musst was essen.“

Sie hat recht, und ich bin ihr ungemein dankbar, als sie mit einer kleinen Wasserflasche weitermacht.

Als ich mich wieder einigermaßen beisammenhabe, sage ich: „Er hätte mich nicht getötet, okay? Ich wäre nicht gestorben.“

Sie kneift die Augen zusammen und macht dieses Gesicht, als wollte sie mir in die tiefste Seele blicken, was sie, allen Feen sei Dank, nicht kann. „Okay“, sagt sie schließlich, anscheinend zufrieden mit dem, was auch immer sie gesehen hat. „Ich glaube, dass *du* das glaubst. Aber, Mary …“

„Ich habe etwas gesehen“, sage ich und bitte still um Vergebung für meine Lüge durch Auslassung.

„Im See?“

„Dachte ich zumindest.“

„Was? Wie einen Fisch?“

„Nein. Es war einfach mein eigenes Gesicht. Aber für eine Sekunde konnte ich es nicht erkennen. Ich hatte mich zu weit übergebeugt.“

Bella schnaubt. „Das gefällt mir nicht. Jedes Mal, wenn ich hierherkomme, fängt mein Legacy-Zeichen an, wie wild zu pochen, und ich würde mich am liebsten kopfüber in den See stürzen. Mit allem, was hier gerade los ist, kann ich einen seltsamen See, der meinen Augen einen Streich spielt, wirklich als Allerletztes gebrauchen.“

„Was, wenn er deinen Augen keinen Streich spielt?“

„Soll heißen?“

„Ach, meine Güte, Bella! Wir sind nicht nur das hier.“ Ich zwicke sie.

„Au!“

„Wir sind nicht nur Fleisch und Blut. Wir bestehen auch aus Magie, und wir sollten aufhören zu versuchen, uns an eine Welt anzupassen, die nicht für uns gemacht ist. Wir sind Legacies. Wir können die Dinge besser machen, können all das beschützen, was uns am Herzen liegt, aber nicht, wenn wir uns wie Schwächlinge aufführen. Wir müssen zu den Wölfen werden, die wir sind!“

„Die Magie ist tot“, erwidert Bella automatisch.

„Nein, ist sie nicht!“, schreie ich. „Sie ist überhaupt nicht tot, und sie war es auch nie. Sie steckt in uns allen. Wir alle tragen Spuren der Magie in uns. Wir alle tragen das Zeichen. Wir alle sind Legacies. Schluss damit, uns anzupassen. Schluss damit, uns selbst klein zu machen. Wir sind nicht klein. Wir sind *besonders*, Bella, *mächtig*. Je schneller du dir das klarmachst, desto früher wirst du aufhören, das Spiel mitzuspielen, das *sie* sich für uns ausgedacht haben.“

Bella wirkt verwirrt. „Aber … wir müssen bis zu einem gewissen Maß nach den Regeln spielen. Andernfalls sprichst du von … Anarchie.“

„Vielleicht auf kurze Sicht gesehen … ja. Vielleicht meine ich genau das. Die Gesellschaft funktioniert nicht, die Leute an der Spitze sind alle korrupt. Vielleicht ist es an der Zeit, dass wir das ganze System auseinandernehmen und etwas Neues aufbauen."

„Und wer soll das tun, Mary?"

„Wir. Wir werden das tun."

„Wir? Meinst du uns, die Villains mit eingeschlossen?"

„Ja! Nein! Ich weiß nicht … vielleicht. Und wir haben auch noch Jack Saint auf unserer Seite."

„Jack?" Sie bricht in Gelächter aus. „Er ist ein Geschäftsmann, genau wie der ganze Rest. Du kannst doch unmöglich glauben, dass er sich moralisch richtig verhält."

„Komm schon, Bella. Du hast Jack Saint getroffen", sage ich. „Denk doch mal nach. Er ist Legacy, nicht bloß irgendein großkotziger Immobilienmogul aus den Narrows, der die Scar gentrifizieren will. Er ist einer von uns. Ist es nicht viel einleuchtender, dass er uns beschützen will, anstatt unser Zuhause weiter abzureißen?"

„Uns?", fragt Bella mit einem Beben in der Stimme.

„Ja. Uns alle. Legacies. Die Scar. Uns."

Sie legt mir eine Hand auf den Arm und sieht mich bekümmert an. „Wann wirst du endlich aufhören, Leute auf ein Podest zu stellen, Mary? Ich wünschte, es wäre anders, aber hier denkt jeder nur an sich selbst. Wenn Jack Saint die Scar aufkauft, dann weil er damit eine Menge Geld machen kann oder sich irgendeinen anderen Vorteil davon verspricht."

„Und …", fährt sie sanft fort, „es macht keinen Unterschied, ob wir eine richtig gute Intuition haben oder nicht. Wenn wir uns zu einhundert Prozent sicher sein wollen, dass wir mit irgendetwas recht haben, und wenn Jasmine die Wahrheit darüber ans Licht bringen soll, was hier geschieht und was deinen Freunden zugestoßen ist, dann brauchen wir Beweise. Konkrete, unwiderlegbare Beweise. Das wars. Ende der Geschichte."

„Ende der Geschichte“, wiederhole ich und fühle mich schwindelig, dumm und kindisch wegen allem, was ich ihr gesagt habe.

„Ich hoffe ehrlich, dass es dir gut geht. Du solltest dich ein bisschen ausruhen. Jasmine hat den Typen mit dem Dolchtattoo ausfindig gemacht. Er heißt Trent McCutcheon und ist einverstanden, sich morgen mit uns zu treffen. Also, er war einverstanden, *sie* zu treffen, aber wir werden einfach mitkommen. Ich würde dich wirklich gern mitnehmen. Aber du musst professionell und ruhig bleiben, und du musst deine Prioritäten in den Griff kriegen. Du willst ein neues Spiel erfinden? Jasmine ist unser Weg dorthin. Durch guten Journalismus, Logik, Recherche, Sorgfalt und geprüfte Quellen. Das ist es, Mary. Ich weiß, dass du für viele Dinge brennst. Das tue ich auch. Aber du darfst nicht zulassen, dass es dich kontrolliert. Auf diese Weise wirst du nie gewinnen.“

Hitze steigt mir in die Wangen. Meine Kehle schnürt sich zu. Aber bevor ich Zeit habe, mir eine Erwiderung einfallen zu lassen, hat Bella schon die Autotür hinter sich zugeworfen.

Die Sache ist die, ich weiß, dass ich recht habe. Alles, was Bella gesagt hat, mag der Wahrheit entsprechen, aber das bedeutet nicht, dass das, was ich gesagt habe, es nicht auch tut. Damit bleibt mir nur eine einzige Möglichkeit.

Es zu beweisen.

Der Treppenabsatz vor Jack Saints Apartment sieht noch genauso aus wie vor einer Woche, aber er wurde vollständig eingenommen. Als ich meinen Kopf in den Nacken lege, um an der Security vorbei die Treppe hinaufzusehen, kann ich immer noch die geschnitzten goldenen Raben überall ausmachen und ihre kleinen Skulpturen auf jedem Türknauf und Geländer. Ein halbes Dutzend Männer und Frauen stehen mir im Weg. Das ist nicht die Wache. Keine grauen Anzüge. Sie stecken alle in schwarzen T-Shirts und Hosen, haben Funkgeräte auf den Schultern, und sie sind bis an die Zähne bewaffnet. An jedem von ihnen registriere ich augenblicklich mindestens drei Waffen.

„Ich würde gerne Jack Saint sprechen", sage ich so höflich wie möglich.

„Name", entgegnet ein Mann mit ordentlich gestutzten schwarzen Haaren."

„Äh … Mary Heart."

„Beziehung?"

„Freundin seiner Tochter … schätze ich."

„Schätzen Sie?"

„Es ist kompliziert", sage ich und hasse es, wie sehr ich nach einem Teenager klinge. Der Typ bringt mich aus der Ruhe. Ich weiß nicht, warum, aber sein strenger Blick zwingt mich dazu, ihm zu erklären, dass Mally und ich uns nie wirklich nahestanden und ich sie eigentlich nie so richtig mochte, wenn ich ehrlich sein soll. Und dass ich mir zwar nicht ganz sicher bin, es aber so aussah, als ob sie auf meinen Freund steht. Trotzdem hatten wir eine Art übersinnliche Verbindung, während an ihr herumexperimentiert wurde, sodass ich eine seltsame Schwäche für sie entwickelt habe.

„Taste sie ab", sagt er.

Eine Frau checkt mich einmal gründlich von Kopf bis Fuß. „Entwarnung", sagt sie.

„Gut", erwidert der Mann.

Wir warten etwa eine Minute in vollkommener Stille, und es ist mein voller Ernst, wenn ich sage, dass er mich keine Sekunde aus den Augen gelassen hat. Ich habe keinen Schimmer, was ich mit meinen Händen oder Füßen machen soll.

Ein Piepen ertönt, und der Mann sagt: „Sie können raufgehen."

Ich versuche, nicht zu rennen, aber als ich die Stufen erreicht habe, nehme ich immer zwei auf einmal.

Ich falle Magda praktisch um den Hals, als sie die Tür öffnet. Sie ist die griesgrämige alte Haushälterin von Jack Saint, aber sie ist tausendmal herzlicher als die Situation unten. Ich freue mich aufrichtig, dass sie noch dieselbe verbissene Miene zur Schau und denselben weißen Knoten im Nacken trägt wie beim letzten Mal, als ich hier war. Sie hat sich überhaupt nicht verändert, und damit dürfte sie sich wohl von allem anderen hier unterscheiden.

„Ich weiß", sagt sie und wischt sich die Hände unwirsch an ihrer Schürze ab, „Sie brauchen gar nichts zu sagen. Ich habe Mr. Saint schon meine Meinung gegeigt, dass er nur, weil er jetzt ein hohes Tier ist, nicht anfangen muss, irgendwelche fremden Leute einzustellen. Anton und ich können uns um alles kümmern. Aber …" – sie zuckt mit den Schultern – „er hört nicht auf mich, also was kann ich schon tun? Jetzt muss man sich jedes Mal abtasten lassen. Und Anton – alles, was er tut, ist schlafen und trinken und schlafen und trinken und schlafen und trinken." Sie wirft die Hände in die Luft. „Also, worauf warten Sie noch? Herein mit Ihnen."

Kaum, dass ich über die Türschwelle getreten bin, werde ich einmal mehr von meiner eigenen Armut erschlagen. Es ist wunderschön, makellos, jedes Detail perfekt inszeniert. Mein Blick wandert über die geschmackvoll ausgewählte moderne Kunst, die antiken Teppiche, die Deko, die hier und da verteilt liegt und Hunderttausende Dollar wert sein muss. Wahrscheinlich sollte ich eine Art sterilisierende Dampfdusche nehmen, bevor man mich hier reinlässt. Und, wow, ich sehe furchtbar aus. Winzige Krümel von dem Proteinriegel hängen an meinem Hoodie, und ich trage seit zwei Tagen dieselben Klamotten.

Jack Saint scheint das nichts auszumachen. Als Magda mich in sein Büro führt, ein Teil des Apartments, den ich bisher noch nicht gesehen habe, erhebt er sich mit einem breiten Lächeln von seinem Stuhl und breitet bereits die Arme für mich aus, als ich noch einige Meter entfernt bin.

„Mary Elizabeth Heart." Er kommt auf mich zu und umarmt mich. Er riecht nach Pfeifentabak und etwas Grünem, Scharfem. Verschwunden sind die tiefen Sorgenfalten. Er wirkt, als hätte er auch wieder etwas gegessen, während er bei unserem letzten Treffen noch ausgemergelt und zusammengesunken dasaß.

Ich bin so erleichtert, seine Umarmung zu spüren, wenn auch nur für eine Sekunde. Ein Vater. Ein Elternteil. Jemand, der die Menschen, die von der Masse gejagt werden, genauso liebt wie ich. Wir sind auf derselben Seite. Er weicht einen Schritt zurück, fasst mich an die Schultern und mustert mich einmal von Kopf bis Fuß – wie um sicherzugehen, dass ich noch in einem Stück bin.

„Gut", sagt er. „Exzellent." Vielleicht bilde ich mir das nur ein, aber seine Augen wirken sogar ein klein wenig feucht. „Bitte, setz dich. Magda, bring uns doch bitte einen Tee und ein paar von diesen köstlichen kleinen Keksen, die du gestern gebacken hast."

„Ja, Mr. Saint." Still huscht sie davon.

Erst jetzt sehe ich mich richtig in dem Büro um. Es hängen keine Fotos an den Wänden, nur ein paar Gemälde, dunkle Striche auf heller Leinwand. Die Fenster stehen offen, und Raben flattern zwischen den hauchzarten Vorhängen ein und aus und klettern auf den schmiedeeisernen Gerüsten umher, die den Boden hinter Jacks Schreibtisch säumen. Als er mir gegenüber Platz nimmt und ich mich in einen butterweichen Lederstuhl fallen lasse, lassen sich hinter ihm drei Vögel nieder. Sie krallen sich mit ihren scharfen Klauen fest, tapsen vor und zurück, bis sie schließlich unheimlich still werden und den Blick ihrer pechschwarzen Knopfaugen auf mich richten. Ich kann mir nur zu gut vorstellen, wie es sich anfühlen muss, Jacks Feind zu sein, hier in einem Geschäftstreffen mit ihm festzustecken und sich dabei all diesen Vögeln gegenüberzusehen, die aussehen, als könnten sie einen mit ihren messerscharfen Schnäbeln in Stücke reißen, wenn man auch nur ein falsches Wort sagt.

„Die sind echt knallhart", sage ich, als einer der Vögel seine Flügel spannt.

Jack Saint gluckst leise. „Ja, das sind sie wirklich." Er legt seine Finger auf dem Tisch übereinander und lehnt sich vor. „Also, was kann ich für dich tun? Du hast mich in einem großartigen Augenblick erwischt, und ich bin wirklich, wirklich froh, dich zu sehen. Es gibt nur wenige Leute, die verstehen, was wir durchgemacht haben, mit all den Fehlinformationen, die verbreitet werden."

„Genau!", sage ich. „Es ist, als ob sie nicht einmal begreifen, was geschehen ist, als ob niemand versteht, dass sie Opfer waren."

„Die Betonung liegt auf dem Wort *waren*", sagt Jack.

Ich will ihn gerade fragen, was er damit meint, als Magda mit einem goldenen Tablett zurückkehrt und uns Tee serviert.

„Zucker?", fragt sie.

„Ja."

„Ja, was?"

„Ja … bitte?"

„Gut. Sahne?"

„Ich kann das selbst machen."

„Unsinn."

„Okay, dann ja. Ja, bitte."

Sie legt zwei mit Puderzucker bestäubte Kekse auf den Teller vor mir, wiederholt dasselbe für Jack und verschwindet dann.

„Vanillekipferl", sagt Jack. „Köstlich."

„Hmm", erwidere ich und nehme einen Schluck Tee, aber mein Mund ist immer noch trocken. Plötzlich kommt es mir vollkommen lächerlich vor, dass ich hier mit Jack Saint sitze, dem reichsten Legacy der Scar, um etwas über seine Geschäftspläne in Erfahrung zu bringen. Aber dann fällt mir wieder ein, was Bella über Beweise gesagt hat, und ich denke, dass schon verrücktere Dinge geschehen sind als zwei Menschen, die sich offen miteinander unterhalten. Vielleicht wird er ja nicht vollkommen entrüstet reagieren und mich seinen Raben zum Abendessen vorwerfen.

Irgendwie gelingt es Jack, von seinem pudrigen Keks abzubeißen, ohne den Zucker überall zu verteilen, während ich der Krümelsammlung auf meiner Brust eine leichte Schicht Puderzucker hinzufüge.

„Also …“, sagt er.

„Richtig.“ Ich räuspere mich. „Okay … also, es ist so. Ich weiß, dass Sie unser Apartment kaufen möchten …“

„Warst du mit meinem Angebot nicht zufrieden? Denn –“

„Nein, nein, das ist es nicht. Ich will nur wissen, *warum.*“

„Ach? Gibt es sonst noch etwas, das du wissen möchtest?“ Das könnte meine Gelegenheit sein, Antworten auf so viele Fragen zu bekommen. Meine Gedanken rasen.

„Also, davon abgesehen, dass wir nach Beweisen über den Chief suchen …“

„Charlene?“

„Richtig. Charlene. Wir dachten, sie sei vielleicht nicht ganz auf der Höhe.“ *Himmel, was tue ich hier?* Ich habe einen gigantischen Fehler gemacht. Der Chief und Jack Saint sind alte Freunde. Ich glaube, dass sie an einem gewissen Punkt vielleicht sogar mal eine romantische Beziehung hatten. Was, wenn er ihr erzählt, dass ich bei ihm aufgetaucht bin und wilde Verschwörungstheorien über sie verbreitet habe? Ich habe nicht den kleinsten Beweis. Ich versuche, das wieder geradezurücken.

„Wir?“, fragt er.

„Ja … ich meine, nein … ich meine, ich.“ Ich darf Bella da nicht mit reinziehen. Und Jasmine. Das würde sie zerstören, bevor sie überhaupt richtig losgelegt hat.

„Du.“ Er wirkt amüsiert, und mir bricht der Schweiß aus.

„Ja, *ich* habe im Staatsarchiv nach Hinweisen gesucht, und *ich* habe einen Vertrag gefunden, der belegt, dass Sie Miracle Lake gekauft haben.“

Sein Lächeln wird ein klein wenig breiter, und er lehnt sich in seinem Stuhl zurück.

„Ich frage mich einfach nur, warum? Warum Miracle Lake kaufen? Warum das Wonderland kaufen? Und warum unser Apartment?“

Das Maß an Erheiterung auf seinem Gesicht ist ziemlich gestiegen. Fast, als würde er sich nicht einmal Mühe geben zu verbergen, dass er mich für eine wild brabbelnde Idiotin hält. Am liebsten würde ich hier und jetzt in meinem Stuhl versinken. Das ist ziemlich gutes Leder. Ich könnte einfach mit seinen Fasern verschmelzen und absolut zufrieden sein.

„Es tut mir leid“, sage ich. „Ich weiß, dass das ziemlich viel ist.“

„Oh, oh, komm schon, Mary“, sagt er. „Das ist schon in Ordnung. Lass uns einmal tief Luft holen, ja? Einen Schluck Tee.“ Wir atmen einmal gemeinsam tief ein und aus und trinken dann einen Schluck Tee. Tatsächlich fühle ich mich besser. „Nun, ich bewundere deinen Mut. In der Tat bewundere ich beinahe alles an dir. Du hast den Mord an deiner Familie überlebt, warst Zeugin des Todes Tausender Menschen, meiner wunderschönen Frau mit eingeschlossen, du hast meine Tochter gerettet, und als der Zeitpunkt gekommen war, warst du mutig genug, deinem Liebsten die Hand abzuschlagen. Du hast ein prestigeträchtiges Praktikum absolviert und warst maßgeblich an der Lösung eines Falles beteiligt, der eigentlich den Erwachsenen hätte überlassen werden müssen. Du bist, ganz offen gesagt, ein Wunder, und ich bin sehr erfreut, dass unsere Pfade sich gekreuzt haben. Ich denke, dass du noch großartige Dinge in deinem Leben erreichen wirst, ehrlich, Dinge, die ihre Zeichen auf der Scar und Monarch als Ganzes hinterlassen werden und die so, wie wir hier sitzen, Mary, noch nicht vorhergesagt werden können.“

Einer seiner Vögel raschelt hinter ihm mit den Flügeln, und er streckt die Hand aus, um ihn zu streicheln, bevor er sich wieder mir zuwendet. „Ich will, dass wir beide uns an diesen Augenblick erinnern. Lass ihn uns festhalten, ja? Lass ihn uns *einatmen.* Du und ich hier in meinem Büro, während die Scar sich um uns herum auflöst und die gierigen Monster, die in Monarch an der Macht sind, alles dafür tun, die Aufmerksamkeit von sich selbst abzulenken und sie stattdessen auf vier unschuldige Kinder zu richten."

James, Maleficent, Ursula. „Vier?"

„Die Herzkönigin", sagt er. „Hast du es noch nicht gesehen? Die Wache wurde jetzt in voller Stärke losgeschickt, um sie zu finden. Sie kriechen herum, während wir sprechen." Er macht kleine spinnenartige Bewegungen mit den Händen. Seine Finger sind lang und irgendwie gruselig, und ich muss mich zusammenreißen, nicht die Arme um meinen Oberkörper zu schlingen.

„Nein, ich hatte in letzter Zeit kaum Gelegenheit, die Nachrichten zu sehen."

„Nun, ich musste die zusätzliche Hilfe anheuern, die du unten getroffen hast, nur um mir die Presse und diese grässliche Wache vom Hals zu halten. Diesen plappernden Kobolden mangelt es an Organisation und Intelligenz, aber sie glauben, sie könnten tun und lassen, was ihnen gefällt, und sie leiden an einem aufgeblasenen Gefühl von Macht."

Er seufzt. „Ich schweife ab. Lass uns zu deinen Fragen über meine Intentionen in Bezug auf Miracle Lake zurückkehren – und dein Zuhause, das daran angrenzt. Ich könnte dir zwar einige Ratschläge zu den negativen Auswirkungen von Zweideutigkeit und Rechtfertigungen geben, wenn du um Informationen bittest, aber die sind angesichts unseres Machtgefälles wohl verständlich. Indes bin ich nicht bereit, Mary, dir oder irgendjemand anderem anzuvertrauen, warum ich irgendetwas unternehme, noch sollte ich das müssen. Ich habe mir das Recht auf meinen eigenen Zeitplan verdient."

Er schiebt das Tablett mit der Teekanne, Zucker und Sahne beiseite und streckt eine Hand aus. „Darf ich?"

Ich nicke, nicht sicher, was als Nächstes kommt.

Er nimmt meine Hand in seine. „Ich möchte, dass du weißt, dass du nicht allein bist. Du hast in mir einen Verbündeten, und ich versichere dir, dass alles, was ich tue, im Interesse der Scar geschieht. Außerdem verspreche ich dir, Mary, dass ich noch das eine oder andere Ass im Ärmel habe, das dich wirklich glücklich machen wird. Die Leute, die versucht haben, die Scar zu vernichten, haben keine Ahnung, was auf sie zukommt. Nicht die geringste Ahnung. Ah …“, sagt er, sein Blick wandert über meine Schulter, und schlagartig ändert sich sein Tonfall. „Du bist zurück.“

„Ja, ich habe mir extra Gewürzgurken geholt, wie Sie gesagt haben“, ertönt eine tiefe Stimme. „Oh! Miss Heart! Wie schön, Sie zu sehen!“

Anton, Jacks treuer Riese und bis vor Kurzem noch sein Sicherheitsmann, steht in der Tür und füllt sie vollständig aus. Er grinst mich an, in der Hand eine Papiertüte an zwei zierlichen Trägern, die in seiner Faust verschwinden.

„Und hast du auch einen für dich mitgebracht?“, fragt Jack.

„Ja, aber keine extra Gurken für mich.“

„Großartig für die Verdauung.“ Jack kommt auf die Füße, und ich rapple mich ebenfalls auf, verwirrt von Subtext und neuen Informationen. „Aber jedem das Seine.“

„Ich sollte los“, sage ich.

„In Ordnung“, sagt Jack. „Anton kann dich rausbringen.“ Er kommt um den Tisch herum und zieht mich in eine weitere kurze Umarmung. „Ich behalte dich im Auge“, sagt er und nimmt Anton die Tüte ab.

Als ich gegangen bin, werden mir zwei Dinge klar. Erstens bin ich jetzt noch verwirrter als vor meiner Ankunft hier. Und zweitens, dass Jack Saint mich im Auge behält, könnte vieles bedeuten. Die verschiedenen Möglichkeiten schwirren mir durch den Kopf, bis ich mir sicher bin.

Jack Saint hat mich beobachtet.

SECHZEHN

AM NÄCHSTEN MORGEN FAHRE ICH IN ALLER HERRGOTTSFRÜHE ZU BELLA. Ich habe getan, was sie von mir verlangt hat, und mich für unser Treffen mit dem Dolchtattoo-Typen so professionell wie nur möglich zurechtgemacht. Sogar meine Stiefel sind geputzt. Aber als ich Bellas Haus erreiche, stehen überall Leute herum. Die Presse? Die Wache? Ich sehe keine Kameras, kein Anzeichen von den grauen Anzügen oder weißen Autos. Es wirkt eher wie … Mütter. Scar-Mütter und ein paar Väter. Oder zumindest ziemlich gestresste Leute mittleren Alters, was meistens ein Elternteil bedeutet.

Die Tür steht einen Spaltbreit offen, und Bellas Mutter Fantasia ist mitten im Satz. „… können nichts für euch tun. Ich werde euch alle guten Wünsche schicken, die ich habe, aber es ist nicht mehr so wie früher."

Sie wirkt beunruhigt, und als sie mich in der Menge entdeckt, hält sie die Tür auf und bugsiert mich hinein. „Tut mir leid", sagt sie an die Leute draußen gewandt, bevor sie die Tür zuzieht.

Stella ringt mit den Händen und steht nur ein paar Schritte entfernt. „Ich weiß nicht, was wir tun sollen. Sollten wir sie hereinbitten?"

Fantasia schüttelt den Kopf. „Und ihnen falsche Hoffnungen machen? Wir haben keine Magie."

Beiden scheint im selben Moment wieder einzufallen, dass ich hier stehe, und sie stürzen sich in einem Wirbel aus Seide und Satin auf mich und ziehen mich in ihre Arme.

„Hi!", nuschle ich, mein Gesicht gegen Stellas Schlüsselbein gepresst. „Bella und ich wollten grade eine Runde spazieren gehen im …"

„Dragonfly Park." Bella kommt die Treppe hinuntergepoltert und steckt sich im Gehen einen silbernen Stecker ins Ohr. Sie formt mit den Lippen ein stilles *Sorry* und sagt: „Hast du die ganzen Leute da draußen gesehen? Sie sind alle hergekommen, weil dieser Ort Träume in Erfüllung gehen lassen soll und sie ihre Kinder zurückhaben wollen. Irgendjemand hat das Gerücht verbreitet, dass das *House of Fantasia* wieder im Geschäft ist und ihre Wünsche erfüllt. Herzzerreißend, nicht wahr?"

Ich spähe aus dem Fenster. Die Menschen haben sich zu einem Kreis versammelt und halten sich an den Händen, ihre Lippen bewegen sich, vermutlich in einem Gebet. Es muss so beängstigend sein, nicht zu wissen, wo die eigenen Kinder sind.

Stella verschränkt die Arme vor der Brust und lehnt sich gegen den Türrahmen. „Es schadet ja niemandem, sie da stehen zu lassen. Aber ich bin noch nicht bereit, sie hereinzulassen."

„Wir haben gelernt, damit zu leben", sagt Fantasia, „aber es fällt uns nicht leicht, die Leute daran zu erinnern, dass wir überhaupt nichts mehr in Erfüllung gehen lassen können. Und sie vergessen, dass jeder erfüllte Wunsch einen gewissen Preis fordert."

„Weinende Menschen an meiner Tür sind das Letzte, was ich morgens sehen möchte, während ich versuche, meinen Toast zu essen", grummelt Stella. „Und ich will, dass jeder noch so kleine Fetzen von diesem Unsinn von meiner Wand verschwindet." Sie deutet auf die Mindmap, die im großen Saal immer noch die Breite einer ganzen Wand einnimmt. „Schlimm genug, dass ich sie in den Nachrichten sehen muss, wo sie so viel Quatsch verbreiten."

„Ich habe dir doch gesagt, dass ich das alles bis heute Abend abnehme“, erwidert Bella.

„Du verlegst das doch nur in dein Zimmer. Ich will, dass diese ganze schlechte Energie verschwindet“, wirft Fantasia ein.

„Mom!“

„Ich will doch nur, dass du glücklich bist, das ist alles.“ Fantasia richtet ihre Aufmerksamkeit wieder auf mich und umfasst mein Gesicht mit ihren beiden Händen. „Du kommst jederzeit wieder her, wenn dir danach ist, in Ordnung? Aber vielleicht benutzt du lieber die Hintertür, nur bis sich die Lage etwas beruhigt hat.“

„Komm“, murmelt Bella. „Lass uns verschwinden, solange wir noch können.“

Wie sich herausstellt, hat Bella nur behauptet, dass wir in den Dragonfly Park gehen, damit Stella und Fantasia uns keine weiteren Fragen stellen. In Wahrheit fahren wir zur Tea Party, wo wir auf Jasmine stoßen, die in eine Zeitung vertieft ist, auf deren Titelblatt „Wo ist Caleb Rothco?“ prangt, gefolgt von dem Untertitel „Niemand ist sicher“. Ich versuche, so unauffällig wie möglich ein paar Zeilen des Artikels über die Rote Königin zu lesen, kann aber nur einen kurzen Blick darauf erhaschen.

Jasmine trägt Baseballcap und Sonnenbrille und ist neben einer kleinen Versammlung der Gesellschaft Verstorbener Guter Feen – gut zu erkennen an ihren GVGF-T-Shirts – und einer Truppe ausgehungert wirkender Legacy Party Kids, die an ihren Cappuccinos schlürfen und versuchen, sich von der vergangenen Nacht zu erholen, leicht zu übersehen.

Als Jasmine uns entdeckt, faltet sie rasch ihre Zeitung zusammen und steckt sie in ihre Tasche. „Kenne deine Feinde“, sagt sie, dann küsst sie uns jeweils auf beide Wangen. „Alle gut drauf heute?“

„Klar“, sagt Bella. „Und du?“

Ich denke, wir sind uns alle einig, dass das nicht der Fall ist.

„Ich hab ihn etwa vor einer Stunde reingehen sehen“, sagt Jasmine leise. „Er ist mit einem Kaffee rausgekommen und hat ihn dann mit hoch in sein Apartment genommen.“

„Woher weißt du, dass er es ist?“, frage ich.

Sie zieht ihr Handy hervor und zeigt mir ein Foto von ihm und eine Nahaufnahme von seinem Tattoo. Ich habe ihn zwar nur für etwa eine Minute in Caleb Rothcos Tattooladen gesehen und dann noch einmal auf der Straße, aber ich erkenne ihn.

Auch Bella nickt.

„Ja, das ist er“, sagt sie.

„Gut.“ Jasmine lässt ihr Handy wieder verschwinden. „Er und Caleb Rothco haben eine lange Geschichte. Sind schon zusammen in den Kindergarten gegangen. Beide gehören in der Scar praktisch zum Inventar, Legacies durch und durch.“

„Wie hast du das alles herausgefunden?“ Ich versuche, die Bewunderung aus meiner Stimme herauszuhalten, aber es ist nicht leicht.

„Eine Journalistin ist nur so gut wie ihre Quellen.“ Sie nimmt einen letzten Schluck von ihrem Kaffee, dann legt sie etwas Geld auf den Tisch und klemmt die Scheine unter ihrer Tasse fest. „Ich habe Informanten, genau wie alle anderen auch.“

Ich stelle mir vor, wie sie sich mit irgendwelchen zwielichtigen Gestalten in dunklen Gassen trifft, und mein Respekt für sie klettert eine Stufe höher.

„Wollen wir das wirklich durchziehen?“, fragt Bella.

„Noch vor einer Woche warst du ein Cop“, erinnere ich sie. „Ich habe nie gesehen, dass du gezögert hättest, mit irgendwem zu reden.“

„Ich weiß, aber da hatte ich eine Waffe, meine Marke und die Autorität, einen Verdächtigen in einem Fall zu verhören. Wenn mich jetzt ein Cop hier sehen könnte, würde er mich wahrscheinlich dafür verhaften, mich in einen laufenden Fall einzumischen.“

„Ich habe eine Waffe", sagt Jasmine und öffnet ihre Tasche so weit, dass wir die kleine Dose Pfefferspray sehen können, die an ihrem Schlüsselbund hängt. „Und ich bin Journalistin und habe einen Presseausweis. Wenn es so weit kommen sollte, werden wir uns schon etwas einfallen lassen. Manchmal überraschen einen die Leute auch. Manchmal wollen sie einfach nur reden."

„Ich hab meine Stiefel und ein Messer", gestehe ich.

„Stiefel?"

„Stahlkappen. Die sehen nicht nur hübsch aus. Ich denke, wir drei sollten schon mit ihm fertigwerden."

„Ich bin nicht gerne unvorbereitet", grummelt Bella.

Aber sie geht die Vortreppe trotzdem als Erste hinauf und drückt sämtliche Knöpfe auf der Klingelanlage, bis das Tor summt und wir hindurchschlüpfen, hastig, bevor jemand ans Fenster kommen und sehen kann, wer dort ist.

„Es ist Vier A", sagt Jasmine nach einem weiteren Blick auf ihr Handy.

Es gibt nur einen schmalen Eingang und nirgendwo einen Aufzug, nur eine traurige Plastikpflanze neben der Treppe. Das hier ist eines der ältesten Gebäude der Scar, und es riecht ein wenig muffig, mit dem süßlichen Hauch von Müll. Wir halten erst inne, als wir vor seinem Apartment ankommen.

„Klopfen wir an, oder was?", flüstere ich. „Sollen wir sagen, dass wir von der Polizei sind?"

„Im Ernst?", fragt Bella. „Das ist eine Straftat!"

Jasmine wirft mir einen Blick zu. „Ist das dein erster Tag? Kennst du die Strafe dafür, sich für einen Polizisten auszugeben?"

Schuldbewusst denke ich daran, wie ich mich ins Gefängnis gestohlen habe, um mit Caleb zu sprechen, und wie ich dafür die Uniform einer Polizistin gestohlen und sie wahrscheinlich in ziemliche Schwierigkeiten gebracht habe.

„Hallo? Hier ist die …“, stottert Bella.

„Jasmine Bizhan. Wir haben gestern telefoniert.“

Die Tür öffnet sich, und da steht der Tattoo-Typ in Fleisch und Blut. Mir war nicht klar, wie eingeschüchtert ich sein würde, aber ich bin es. Er ist wahrscheinlich in den späten Zwanzigern, groß und schlaksig, mit einer krummen Nase. Hab ich schon erwähnt, wie groß er ist? So, so groß. Er sieht auf uns hinab.

„Ich erinnere mich an euch aus Calebs Tattooladen. Wenn ihr wollt, könnt ihr reinkommen, aber ich muss packen.“

Jasmine und ich gehen über die Schwelle. Jasmine behält ihre Hand in der Tasche, bereit, ihr Pfefferspray zu zücken, sollte sie es brauchen. Bella bleibt bei der Tür stehen, ihr Handy in der Hand und einen Fuß in der Tür, sodass sie nicht vollständig schließt. Mein Messer steckt in meinem Stiefel. Es würde mich nur eine halbe Sekunde kosten, danach zu greifen.

Aber Trent McCutcheon ist weniger an uns interessiert als vielmehr daran, alles, was er zu fassen kriegt, in einen Kleidersack zu stopfen.

„Ich bin Bella Loyola“, setzt Bella an.

„Ich weiß, wer du bist. Du warst mal ein Cop. Genau wie sie.“ Er deutet auf mich. „Man hat euch beide rausgeschmissen, weil ihr versucht habt, den Leuten die Wahrheit darüber zu sagen, was in diesem vergifteten Palast vorgeht, den wir alle unser Zuhause nennen.“

Bella und ich tauschen einen Blick.

„Legacy Loyalty“, sage ich.

„In Ordnung.“ Er scheint mich zum ersten Mal richtig zu sehen. „Legacy Loyalty.“ Er hebt seine Faust, um mir sein Zeichen zu zeigen.

Im Gegenzug hebe ich meine.

Jasmine hebt ihr Handy hoch und drückt einen roten Knopf, um eine Gesprächsnotiz aufzuzeichnen.

„Sind Sie immer noch bereit, über alles auszusagen, was Sie gesehen haben?“

Er wirft einen prüfenden Blick auf seine Uhr. „Ja, aber wir müssen uns beeilen. Los gehts."

Jasmine holt bebend Luft.

„Ich bin ein Straßenkünstler und hab mein ganzes Leben in der Scar verbracht", sagt Trent. „Ich stamme von den Bilder-Leuten ab."

Die Bilder-Leute verfügten mit über die beste Magie in der Scar. Sie konnten etwas mit Kreide malen oder zeichnen, und dann ist man durch das Bild an diesen Ort gereist. Wenn einer von ihnen ein Bild von einem Strand malte, konnte man hindurchtreten und auf der Stelle dort sein.

„Der Chief hat mich bestochen, Caleb die Schuld für die Morde an diesen beiden Mädchen in die Schuhe zu schieben", fährt Trent fort. „Ich kenne ihn schon mein ganzes Leben. Er ist ein ziemlicher Scheißkerl, wenn ich ehrlich sein soll. Das war er schon immer, aber vor ein paar Monaten ist er dann echt durchgedreht und hat diesen Typ in die Kisten gepackt, in sämtliche Kleinteile zerlegt. Das war echt widerlicher Kram, aber er hat den Typ nicht umgebracht. Er war schon tot, hat nach einer Partynacht ein böses Ende gefunden und ist in der Gasse hinter dem Tattooladen verreckt. Das will ich auf Band haben … das." Er deutet auf Jasmines Handy. „Passt auf, dass ihr das habt. Er hatte zu viel gesoffen. Zu viel Zeug eingeschmissen. Wenn irgendjemand sich mal die Mühe gemacht hätte, seine Blutwerte zu messen, hätten sie gewusst, dass der Typ schon lange hinüber war, bevor Caleb ihn sich geschnappt hat. Aber na ja, auf jeden Fall hat er beschlossen, ihn in Stücke zu hacken und seinen Körper zu benutzen, um den Leuten in Uptown 'ne Nachricht zu schicken, dass die Scar auf den Plan getreten ist und Legacies nicht einfach ignoriert werden können."

Trent schüttelt den Kopf. „Er fand, dass der Verrückte Hutmacher irgendwie cool klang und so, also hat er sich diesen Namen zugelegt und diese ganze andere bedrohliche Rolle. Er war einfach ein Angeber, so wie immer. Aber dann, als der Chief genügend Beweise gegen ihn in der Hand hatte, hat sie sich wohl gedacht, warum ihn nicht auch für den Rest drankriegen? Sie haben mich wegen Vandalismus aufgegriffen, als ich eigentlich nur ein ungebetenes Wandbild gemalt habe. Als ich dafür in der Arrestzelle saß, ist der Chief mit einem Deal auf mich zugekommen. Sie wollte, dass ich alles so drehe, dass es auf ihn deutet. Im Austausch für Informationen über die grässlichen Taten des Verrückten Hutmachers ist sie diese Graffiti-Anklage für mich losgeworden, die mir übrigens gut fünf Jahre im Knast eingebrockt hätte."

Er legt eine kurze Pause ein, schnaubt. „Aber als wir uns dann ein wenig angefreundet hatten, hat sie mich bezahlt, um Beweise zu platzieren, damit es so aussah, als ob Caleb die Magie benutzen würde, um die Villains zu erschaffen. Damals deckte sie Attenborough – und auch sich selbst, weil sie Anteile an seinem Unternehmen hat. Aber dieses Bündnis wird nicht mehr lange halten, denkt an meine Worte. Es kann nur eine Person geben, die über alle Macht verfügt, ihr wisst schon, was ich meine. Ich möchte wetten, dass sie sich jetzt wünscht, sie hätte Attenborough vernichtet, als sie die Gelegenheit dazu hatte und bevor er ein Mann des Volkes wurde."

Diesen letzten Teil spuckt er mit einem höhnischen Grinsen aus. „Aber sie wollte ihre Mordstatistik aufpolieren und sich die Dienstaufsichtsbehörde vom Leib halten, und da war Caleb der perfekte Sündenbock. Sie hatte einen Haufen alter Fälle, die sie ihm auch noch anhängen wollte. Also habe ich getan, was man mir gesagt hat. Sämtliche Anklagen gegen mich wurden fallen gelassen, und ich habe alles, was ich brauche, um von hier zu verschwinden und woanders einen Neuanfang zu machen."

Er zieht den Reißverschluss seiner Tasche zu und wirft sie sich über die Schulter. „Nach allem, was ich mitgekriegt hab, sind der Chief und Attenborough geschäftlich so eng miteinander verstrickt, dass es ein Albtraum wird, sie auseinanderzuziehen. Zusammen mit Dally Star, der für die beiden nach außen hin den Legacy-Mann gibt. Ich glaube nicht, dass das bloß ein freundschaftliches Zerwürfnis wird, wenn ihr versteht, was ich meine. Und ich werde nicht hierbleiben, um es mir anzusehen. Wie sich herausgestellt hat, habe ich eine bessere Einladung erhalten. Und hier ist noch ein heißer Tipp: Ihr könnt so lange nach Caleb suchen, wie ihr wollt. Ihr werdet ihn nicht finden. Dahin, wo er hingegangen ist, könnt ihr ihm nicht folgen."

„Wie viel Geld hat der Chief Ihnen gezahlt?", fragt Jasmine.

Trent zieht einen Mundwinkel hoch. „Piratenbeute." Er stößt ein krächzendes Lachen aus. „Ihr glaubt, hier geht es um *Geld*? Sie haben mir nie Geld gegeben." Er schüttelt den Kopf. „Ihr habt wirklich keine Ahnung, worum es hier geht, oder?"

Ich denke, dass er auf die Tür zuhält, dann entdecke ich einen Spiegel an der hinteren Wand. Er ist lang und oval mit einem Rahmen aus schwarzem Holz. Während ich ihn anstarre, scheint er zu schimmern wie Wasser.

Trent sieht zu mir hinüber. „Ich sollte mich jetzt besser auf den Weg machen." Seine Augen glühen rot auf, er grinst, und dieses Grinsen gilt allein mir. Mit zwei langen Schritten entfernt er sich von uns. Die Oberfläche des Spiegels kräuselt sich.

„Wo wollen Sie …?", kann Bella gerade noch sagen, bevor Trent durch den Spiegel springt und verschwindet.

Ich stürze hinter ihm her, aber die Oberfläche ist wieder hart und undurchlässig geworden. Frustriert schlage ich gegen das Glas.

„Was zur Hölle tust du da?", fragt Bella. „Was ist da grade passiert?"

„Ich hab es dir doch gesagt!", rufe ich. „Das ist Magie. *Magie!*"

Jasmine drückt einen Knopf auf ihrem Handy und starrt den Spiegel an. Ihre Augen glänzen, ihre Hände zittern. „Okay", sagt sie. „Brainstorming. Was wissen wir?"

Wir lassen uns alle auf den Boden plumpsen. Ich bleibe nah beim Spiegel, nur für den Fall, dass sich etwas tut. Ich habe nicht den geringsten Zweifel, dass ich ihm augenblicklich hinterherspringen würde, wenn der Spiegel sich öffnet oder das Glas sich kräuselt.

„Okay", sagt Bella, „was haben wir?"

„Einen zwielichtigen Deal zwischen Trent und dem Chief. Einen Bericht über die Korruption des Chiefs aus erster Hand auf deinem Handy“, sagt Jasmine.

„Kaufverträge für Miracle Lake, Monarch Lab Corps und das Wonderland – die allesamt den Chief, Dally Star und Kyle Attenborough als Miteigentümer listen“, fährt Bella fort.

„Kyle Attenborough ist es irgendwie gelungen, Magie herzustellen“, macht Jasmine weiter.

„Aber schlechte Magie …“

„Richtig. Die nur bei Legacies funktioniert.“

„Ich habe noch zwei Sachen“, sage ich.

Die beiden sehen auf, zackig, als hätten sie erst in diesem Moment bemerkt, dass ich mit im Raum bin.

„Spucks aus!“, sagt Bella. „Sitz nicht einfach nur so da!“

„Gestern habe ich Jack Saint einen Besuch abgestattet“, sage ich.

Bella fällt die Kinnlade herunter, sie klappt sie rasch wieder zu. „Und du hast nicht gemeint, dass das etwas ist, das du mir erzählen solltest?“

„Ich erzähle es dir jetzt. Wirst du mir zuhören?“

„Schön“, grummelt sie. „Nun leg schon los!“

„Ich war in einem Spiegelgeschäft, Reflections. Das Mädchen, das da arbeitet, heißt Rose Red. Da sind irgendwelche ganz merkwürdigen Dinge im Gang. Ein Typ hat mehrere Tausend Dollar für einen Spiegel bezahlt. Ich wette, dass es da eine Verbindung gibt.“

Ich drehe den Spiegel neben mir. Als er kopfüber steht, können wir alle den Aufkleber aus goldener Folie sehen, auf dem REFLECTIONS steht.

„Magie?“, murmelt Bella.

„Genau, wie ich dir gestern gesagt habe. Das ist nicht mehr dieselbe Welt wie noch vor ein paar Wochen. Wir haben diese Welt noch nie gesehen. Wir müssen uns anpassen.“

„Okay, wie passt das zusammen?“

„Es passt zusammen, denn wenn der Chief, Dally und Kyle den See, das Wonderland und das Labor besessen haben, bis Jack sie mit Gewalt aus diesen Besitztümern vertrieben hat, dann gibt es nur einen sinnvollen Grund, warum das so wichtig sein sollte. Was liegt im Zentrum von alldem?“

Ich lege eine Pause ein und warte, aber die beiden starren mich nur verständnislos an. „OMG, ernsthaft? Was ist der größte Spiegel in der ganzen Scar?“

Bella schnappt nach Luft, und Jasmine packt sie am Handgelenk. „Miracle Lake“, sagen sie gleichzeitig.

„Exakt. Es ist so offensichtlich, oder? Miracle Lake *ist* die Quelle der Magie, der Wirbel. Irgendetwas ist bei dem Fall geschehen. Sie haben das Gebäude direkt über dem Wirbel errichtet, und als das Gebäude in sich zusammenstürzte, ist etwas von der Magie an die Oberfläche gekommen. Kyle Attenborough und der Chief müssen das begriffen haben. Da hat Kyle den Samen der Magie her, um sie massenhaft zu produzieren.“

„Aber es hat nicht so geklappt wie geplant, und die ganze Sache ist nach hinten losgegangen“, sagt Jasmine. „Nur muss jemand herausgefunden haben, wie man die Magie in diese Spiegel bekommt.“

„Für die manche Leute jetzt Tausende von Dollar bezahlen, um sie als Portale nach wer-weiß-wohin zu benutzen“, beendet Bella den Gedanken.

„Und jetzt, da Jack Saint sie bekämpft, bin ich mir ziemlich sicher, dass sie versuchen, die Kontrolle zurückzuerlangen, indem Kyle als Mayor kandidiert. Dann hätte er Kontrolle über einfach alles“, sage ich.

„Uns fehlen aber immer noch ein paar Puzzleteile“, wirft Jasmine ein. „Trent hat gesagt, dass es Spannungen zwischen Attenborough und dem Chief gibt. Warum? Und was hat das zu bedeuten? Bevor ich das alles veröffentlichen kann, muss ich das ganze Bild sehen. Schnell. Lasst uns zurück zur Zeitung! Ich habe an einem Artikel gearbeitet und will, dass das noch hinzugefügt wird.“

Als wir zur *Wunderlampe* zurückkehren, greift Bella nach den Urkunden und all den Papieren, die wir gesammelt haben, und breitet sie auf Jasmines Schreibtisch aus. Unterdessen stellt Jasmine mir ihren Freund Al vor, einen Typ mit freundlichem Gesicht und einem Äffchen auf der Schulter. Bella nimmt sich nur kurz Zeit, ihm zuzuwinken.

„Also, ich bin mir ziemlich sicher, dass dich das hier wütend machen wird, weil es nicht meine Story ist, aber …“, sagt er zu Jasmine.

„Was? Spucks schon aus!“, faucht sie ihn an.

„Oh, meine Liebste. Du bist so sanftmütig, so gesittet …“

Jasmine verdreht die Augen. „Bei ihm hört es sich an, als wäre ich der reinste Oger. Dabei ist das einfach nur eine Grenze, die wir brauchen. Arbeit ist Arbeit.“

Bella blickt von dem Vertrag auf, den sie in der Hand hält. „Wusstet ihr, dass der Chief in sieben Vorständen sitzt, von denen vier zu Kyle Attenborough …“ Dann zuckt sie leicht zusammen und richtet sich auf. „Tut mir leid“, murmelt sie, „hattest du etwas gesagt?“

„Immer noch die gute alte Bella“, sagt Jasmine.

„Interessiert sich hier irgendjemand dafür, was ich herausgefunden habe?“, fragt Al.

„Na, gibs schon her“, verlangt Jasmine.

„Lass mich erst erklären.“ Er hält die Papiere außer Reichweite, und ich könnte schwören, dass Jasmine sie ihm am liebsten aus der Hand gerissen hätte.

„Die Leute im Gerichtsgebäude sind mehr und mehr verärgert über all das, was gerade vor sich geht. Es ist kein Geheimnis, dass der Chief und Kyle zerstritten sind und er versucht, sich von ihr zu distanzieren, damit er sich breiter aufstellen kann, was auch immer das heißen mag. Der Typ, mit dem ich geredet habe, sagt, dass Kyle plane, das hier in den nächsten Tagen durchsickern zu lassen. Er wird den Chief unter die magische Kutsche werfen, sie mit dem fliegenden Teppich erwürgen …“

„Okay, wir habens begriffen.“ Jasmine bedeutet ihm mit einer ungeduldigen Handbewegung, zum Punkt zu kommen.

„Also haben sie uns das hier vorab durchsickern lassen.“

Al reicht Jasmine die Papiere. „Das ist unglaublich.“

Bella steht auf und schnappt Jasmine die Papiere weg. Sie keucht auf. „Der Chief hat durch Kyle Attenboroughs Organisationen Geld gewaschen! Hunderttausende Dollar. Sie wird nicht nachweisen können, wo dieses Geld hergekommen ist. Es muss sich um Bestechungsgelder oder illegale Aktivitäten handeln.“

„So wie der Verkauf von zehntausend Dollar teuren illegalen magischen Spiegeln?“, fragt Jasmine.

„Wie der Verkauf von zehntausend Dollar teuren illegalen magischen Spiegeln“, erwidert Bella. „Unter anderem, wahrscheinlich. Wir haben sie, Mary. Wir haben den Chief auf frischer Tat ertappt. Es gibt nichts, womit sie sich jetzt noch verteidigen könnte. Kyle Attenborough wird sie fertigmachen.“

„Nicht, wenn ich ihm zuvorkommen kann“, sagt Jasmine. „Al, reservier mir für morgen die Titelseite. Ich werde wahrscheinlich den Großteil der Nacht brauchen, aber ich werde diejenige sein, die diese Bombe platzen lässt. Niemand sonst, und ich werde Kyle nicht die Genugtuung geben, es auf seine Art zu machen und sich selbst als ach so unschuldig darzustellen.“

„Alles klar, Team, auf gehts!“ Al reibt sich die Hände, und jetzt verstehe ich auch, warum diese Art von Arbeit so süchtig macht, genau wie Polizeiarbeit. Du versuchst nicht nur, für Gerechtigkeit zu sorgen und die Wahrheit ans Licht zu bringen. Du willst der Erste und der Beste sein.

„Wir schieben die Pressekonferenz auf Eins-B“, strahlt Al.

„Aber, Mary …“, setzt Jasmine an, „ich muss dich etwas fragen, und deine Antwort wird über Erfolg oder Misserfolg dieses Artikels entscheiden.“

„Mich?“ Meine Augen wandern immer noch über die Zahlen. Der Chief hat Wahlkampfspenden in Höhe von fünfzehntausend Dollar erhalten, sie in eines von Kyles Unternehmen eingezahlt und das Geld dann als Gehalt wieder abgehoben. Sie hat das immer wieder getan. Es ist unverschämt. Sie muss wohl gedacht haben, sie sei so mächtig, dass niemand sie jemals dafür zur Rechenschaft ziehen würde.

„Ja, dich." Jasmine drückt sanft auf die Seiten, sodass ich gezwungen bin, ihrem Blick zu begegnen. „Du bist der Schlüssel zu allem. Du musst mir deine Geschichte erzählen, alles, was du in der Nacht der Schlacht gesehen hast. Alles, was du an deinen Freunden liebst und du die Welt wissen lassen willst. Du musst mir die Wahrheit erzählen, damit ich sie an jeden einzelnen Menschen in Monarch weitergeben kann. Wir haben alles, was wir brauchen, um den Chief dingfest zu machen, doch was wir jetzt außerdem brauchen, ist etwas, das den Leuten hilft zu verstehen, was den sogenannten Villains zugestoßen ist. Wie sie entführt wurden, genötigt, überzeugt, gefoltert, ausgebeutet und schließlich betrogen – und all das von den Leuten, die sie eigentlich in Schutz nehmen sollten." Sie legt eine Pause ein, damit all das sacken lassen kann. „Kannst du das für mich tun? Für dich selbst?"

Ich sehe zu Bella hinüber, nicht überrascht von dem Sturm aus Emotionen, der aus mir herauszubrechen droht. Meine Tränen haben schon den ganzen Tag über direkt unter der Oberfläche gelauert. Ich weiß nicht, ob ich mich zu einer Sprecherin für alles machen kann, was sie durchgemacht haben, denn ich bin keine von ihnen. Und ich habe meine Wahl getroffen – zu bleiben. Sie müssen denken, dass sie mir egal sind. Aber vielleicht können sie jetzt, wo auch immer sie sind, eine Zeitung in die Hand nehmen und sehen, dass ich für sie da bin, dass ich sie vermisse und sie immer noch liebe.

Wenn sie das sehen, vielleicht kommen sie mich dann aus diesem Höllenloch befreien und holen mich zu sich, wo ich von Anfang an hätte sein sollen.

„Ja“, sage ich. „Ich werde dir ein vollständiges Interview geben.“

Bella klatscht in die Hände. „Perfekt!“, ruft sie. „Wir ziehen das durch!“

Jasmine springt auf. „Ich kann nicht alles davon schreiben. Manches ist reine Spekulation, aber ich habe genug. Ich habe Dokumente und das Interview mit Trent. Ich kann Korruption und geheime Absprachen aufzeigen, und ich kann fundierte Theorien über Miracle Lake aufstellen und verlangen, dass Studien durchgeführt werden.“ Sie zieht mich hoch und in eine Umarmung. „Danke euch beiden! Ich muss los an die Arbeit!“

Bella und ich bleiben zurück und starren einander an. Ich fühle mich so erschöpft, traurig und bin so eifersüchtig, dass ich nicht dort sein kann, wohin auch immer Trent verschwunden ist. Ich will allem einfach nur noch entkommen.

„Hey“, sagt Bella sanft, „alles in Ordnung?“

„Klar. Eines Tages wird alles nur noch aus Ponys und Regenbogen bestehen, richtig?“

Sie tätschelt meinen Kopf und schiebt ihren Arm durch meinen. „Oh, Honey“, seufzt sie, „ich hoffe es wirklich.“

Und dann bricht vor den Türen das Chaos los.

SIEBZEHN

WIR RENNEN NACH DRAUSSEN, während die Menge anschwillt.

Bella streckt die Hand aus. „Sieh mal. Sie halten auf Miracle Lake zu. Irgendetwas muss da los sein."

„Wann geschieht irgendetwas mal *nicht* am Miracle Lake?"

„Anscheinend nie", murmelt Bella.

„Kommt schon, Mädels. Ich wittere eine Story." Jasmine taucht plötzlich wieder auf, zupft an meinem Ärmel, und wir lassen uns vom Strom treiben.

Die Straße ist so vollbepackt mit Menschen, dass ich mich kaum bewegen kann. Eine Parade aus Tierköpfen und Mädchen in Regenbogenperücken, die tanzend die Füße in die Luft werfen. Als ich weiter die Straße hinaufkomme, stampft eine Marschkapelle vor mir her und spielt „What's Goin' on in the Scar". Seifenblasen schweben durch die Luft, und die Leute bewerfen sich gegenseitig mit Glitzer.

Als wir uns der Bühne nähern, sehe ich die Schilder, die überall aufgestellt wurden.

KYLE ATTENBOROUGH FOR MAYOR

GENUG IST GENUG

#VILLAINSNOMORE
#LOOKTOTHELIGHT
#ALLEFÜREINEN
#SAVETHESCAR

Die teuren Anzüge und pelzbesetzten Mäntel, die Kyle Attenborough für gewöhnlich in der Stadt zur Schau getragen hat, sind verschwunden. Ich kann nicht mal mehr seine manikürten, glänzenden Nägel entdecken. Auf den Bildern sieht er nicht mehr wie der König der Narrows aus, und er sieht auch nicht aus wie Legacies. Er sieht aus wie nichts und niemand und wie alles und jeder. Wie einer von uns, aber besser – wie der eine, der uns *retten* wird. Seine Augen wirken scharfsinnig und zugleich sanft. Er wurde von unten fotografiert, sodass er beinahe gottgleich ist, aber gleichzeitig wirkt er irgendwie – demütig?

Das ist der größte Haufen Koboldkacke, den ich in meinem ganzen Leben je gesehen habe. Er ist ein kompletter Troll von einem Menschen. Ihn in ein langweiliges Shirt zu stecken und ihm die Pomade aus den Haaren zu wringen, wird daran nichts ändern. Nichts wird jemals das Bild von ihm auslöschen, wie er seine Handlanger auf James und mich gehetzt hat, seine blauen Augen kalt und gefühllos. Ihm war alles egal, er wollte nur sichergehen, dass wir sein Geheimnis nicht verraten. Selbst als herauskam, dass er Experimente an Scar Kids durchgeführt hat, um die Magie wiederzubeleben, war es allen egal. Niemand hat sich auch nur einen feuchten Dreck dafür interessiert.

Weißt du was? Wir sollten ihn umbringen. Ihn in Stücke hacken. Wäre das nicht wundervoll, ihm jedes Glied einzeln auszureißen? Ab mit seinem Kopf!

Oh gut. Du bist zurück.

Ich war die ganze Zeit über hier. Hast du mich denn nicht vermisst?

Nicht im Geringsten.

Lügnerin.

„Na, komm schon." Bella zerrt an meinem Arm. „Wenn wir schon hier sind, sollten wir ganz nach vorne."

„Erinnere mich daran, dich mitzunehmen, wenn ich das nächste Mal auf ein Konzert gehe", sage ich.

Mein Handy vibriert. Es ist Gia, die sichergehen will, dass es mir gut geht. Eigentlich müsste sie um diese Zeit schon schlafen, aber wahrscheinlich findet sie nach meinem Angriff auf sie und mit diesem ganzen Lärm vor dem Fenster keine Ruhe. Ich schicke ihr eine kurze Nachricht, damit sie weiß, dass bei mir alles in Ordnung ist, und dann drängen wir uns weiter durch die Menge.

Ein Pärchen auf einer Art Festwagen zieht an uns vorbei. Der Mann wirft die Frau in die Luft und fängt sie wieder auf. Sie lachen und fallen sich in die Arme. Die Menge erreicht einen absoluten Fieberpegel, als wir uns dem Podium nähern und Kyle Attenborough die Bühne betritt. Er steckt in derselben Uniform wie auf den Plakaten. Er ist weicher geworden, die harten Kanten ein wenig abgerundet, zerzaust wie ein freundlicher Cowboy.

Die Frau neben mir kreischt, das Gesicht tränenüberströmt.

Kyle bedeutet der Menge, sich zu beruhigen. Die Kapelle hört auf zu spielen. Der Trubel hält inne.

Ich würde mich gerne abwenden. Ich habe Kyle Attenborough nicht mehr gesehen, seit seine Handlanger mich gejagt haben, seit sie versucht haben, uns alle abzuknallen und gefangen zu nehmen. Ich erinnere mich noch daran, was er zu mir gesagt hat, bevor sie ihn – nur sehr vorübergehend, wie sich herausgestellt hat – davongeschleift haben. *Du glaubst vielleicht, dass du gerade die Stadt gerettet hast, aber in Wahrheit hast du jeden einzelnen ihrer Bewohner ermordet.*

Was ist damit, was *er* getan hat?

„Seht euch nur dieses herrliche Wetter an." Er strahlt und hebt seine Hände gen Himmel. Als er das tut, brechen die Wolken auf, und zum ersten Mal, seit die Villains entkommen sind, scheint die Sonne wieder auf uns herab.

Mehr Jubel.

„Danke, danke – und danke, dass ihr gekommen seid. Heute ist ein großartiger Tag für die Scar und für euch, und für mich ist es eine große Ehre, hier zu sein, bei euch."

Tosender Beifall, aber er klingt rasch wieder ab.

„Ich würde das hier nur zu gern ein wenig in die Länge ziehen", fährt er fort, „aber dafür steht zu viel auf dem Spiel, also lasst uns einfach auf den Punkt kommen, denn wir haben keine Zeit zu verlieren. Ich bin heute hierhergekommen, um offiziell meine Kandidatur für den Posten des Mayors dieser großartigen Stadt zu verkünden."

Die Menge tobt, und es dauert mehrere Minuten, bis Kyle wieder die Kontrolle gewonnen hat.

„Ich hatte nie vor, dies zu tun." Er hebt seine Hände, um seine Unschuld zu demonstrieren. „Ich dachte, Monarch habe seine Anführer, und sie machen einen ziemlich guten Job, oder?"

Überall wird gebuht.

„Aber ich habe einige Entdeckungen gemacht, die es mir unmöglich machen, mit gutem Gewissen weiterhin einfach nur ein Geschäftsmann aus dem Volk und für das Volk zu sein." Er senkt seine Stimme zu einem beinahe vertraulichen Flüstern. „Die Stadt schwebt in Gefahr. Eine Woche ist seit der Schlacht am Miracle Lake vergangen, seit Monster diese Stadt terrorisiert haben, und täglich geht es weiter. Und was wurde dagegen unternommen? Die Wache? Was hat die Wache erreicht? Nichts. Wisst ihr, warum? Weil sie keine Macht hat." Er unterstreicht diese Aussage mit einem langen Finger. „Alles, was sie tun kann, ist, in schicken Autos durch die Gegend zu fahren und unseren Kindern in der Schule Angst einzujagen. Dieser ganze Hype, und wofür? Sie sind nichts als glorifiziertes Sicherheitspersonal für Schulen. Und ich? Wenn ich das Sagen hätte, würde ich ihnen mehr geben als das. Lassen wir sie den Job erledigen, für den sie gekommen sind, lasst uns aufhören, sie zu demütigen. Lasst sie aktiv werden, herausfinden, was vor sich geht, und die Villains vor Gericht bringen. Denn sechs weitere Legacy Kids sind diese Woche verschwunden. Puff! Und was unternimmt unser Mayor? Was hat die Polizei erreicht? Nichts, nichts und wieder nichts."

Er legt eine rhetorische Pause ein. „Unterdessen müssen wir uns mit einem neuen Problem herumschlagen. Einem neuen Villain. Diese Rote Königin ist einfach so in unser Gefängnis hineinspaziert und hat unseren gefährlichsten Verbrecher befreit. Sie hinterlässt Nachrichten in der ganzen Stadt, als wäre es ein Spiel. Und ich sage euch noch etwas. Ich wette, dass sie es ist, die unsere Kinder entführt. Das Schlimmste daran ist, dass wir es einfach nicht wissen. Wir wissen nichts über sie, und was wird unternommen, um dieser Geschichte auf den Grund zu gehen? Was ist Mayor Tritons Plan, um Monarch wieder unter Kontrolle zu bekommen?"

Er legt sich eine Hand hinters Ohr und lehnt sich vor.

„Nichts!", schreit die Menge.

„Und was glauben wir, was sie noch alles tun werden, wenn wir sie nicht aufhalten, wenn wir nichts unternehmen?"

„Nichts!"

„Richtig. Genau richtig. Ich denke, nichts ist nicht gut genug. *Ich* erwarte mehr als das. Ich möchte sehen, wozu die Scar, wozu die große Stadt Monarch fähig ist, wenn wir uns zusammentun und gemeinsam etwas erreichen wollen. Wir werden diese Kids finden, und wir werden die Villains finden und unsere Kinder und sie sicher nach Hause bringen. Unter meiner Führung wird es nicht nichts geben, sondern eine ganze Menge. Wir werden die Rote Königin erwischen, den Verrückten Hutmacher, sie alle. Jeden. Einzelnen." Er bohrt einen Finger in die Mitte seiner Handfläche, um seinen Worten Nachdruck zu verleihen. „Wir werden sie alle zur Rechenschaft ziehen. Und ich verrate euch noch etwas. Wir werden schnell sein. Bringt mich einfach ins Amt. Ich werde ihnen schon zeigen, wie mans macht. Genug von dieser Inkompetenz. Es reicht!"

Die Menge rast. Die Leute drehen vollkommen durch, schreien und kreischen, als wäre dieser Typ ein Musikgott. Und anscheinend ist er immer noch nicht bereit, den Mund zu halten.

„Es stimmt", sagt er, „nach der Schlacht am Miracle Lake haben sie versucht, mir die Schuld anzuhängen, weil ich einer der Investoren von Monarch Lab Corps bin. Aber das hat nicht funktioniert. Ich gestehe, dass ich dabei helfen wollte, die Magie zurückzubringen. Ich wollte der Scar zu alter Größe verhelfen, natürlich wollte ich das. Wer würde das nicht? Sie ist ein wundervoller Ort und verdient es, wieder zu dem zu werden, was sie einst war. Darin liegt keine Schande. Aber sobald ich gesehen habe, dass es nicht funktioniert, habe ich mich zurückgezogen."

Noch eine wohl kalkulierte Pause.

„Aber die bösartigen Villains wollten mehr. Sie sind gierig geworden und haben ein Nein als Antwort nicht akzeptiert. Sie haben mich bestohlen und betrogen und gelogen. Mein Sohn hat noch versucht, sie aufzuhalten, aber sie haben die Phiolen mit der falschen Magie in die Finger bekommen, bevor wir sie vernichten konnten. Jetzt haben Chief Ito, Mayor Triton und ihre Spießgesellen es auf mich abgesehen, sie wollen meinen Namen durch den Schmutz ziehen. Aber ich bin Geschäftsmann. Ich habe keine Angst und kann mit allem fertigwerden, was sie mir in den Weg stellen. Alles, was ich brauche, ist eure Stimme und eure Unterstützung, und dann werde ich die Scar durch diese schreckliche Zeit führen. Das verspreche ich euch. Ihr habt mein Wort, und ich stehe zu meinem Wort. Seid ihr auf meiner Seite, Monarch?"

Die Menge tobt wieder und schreit nach Rache an Chief Ito und Mayor Triton für all die *Ungerechtigkeit*, für den Versuch, einen Unschuldigen zu verfolgen.

Ich könnte echt kotzen.

„Nein, nein.“ Er macht eine beruhigende Geste mit den Händen. „Lasst uns erwachsen damit umgehen. Ich vergebe ihnen all das. Das tue ich wirklich. Was geschehen ist, ist geschehen. Aber das heißt nicht, dass wir zulassen können, wie sie dieses furchtbare Verhalten weiter an den Tag legen. Hört mir zu. Ich spreche jetzt direkt zu Legacies.“ Es ist so still, dass die einzigen Geräusche das Gurren der Tauben und ein gelegentliches Räuspern sind. „Chief Ito und Mayor Triton sind nicht eure Freunde.“

Eine weitere Runde von Zischlauten erhebt sich aus der Menge.

„Sie machen sich nichts aus euch. Und, wisst ihr, am Anfang war ich genauso. Ich bin in den Narrows mit denselben Geschichten aufgewachsen wie alle anderen auch. Dass die Scar voller schmutziger, fauler Menschen sei und alle Legacies seit dem Tod der Magie wertlos. Aber als ich hier ein Gebäude kaufte und anfing, herzukommen und die Menschen kennenzulernen, begriff ich, wie viel Schönheit und Wert in der Kultur und den Traditionen der Scar liegt. Ihr seid alle wertvoll und verdient die Aufmerksamkeit und Unterstützung des Staats. Verdammt, als ich gesehen habe, wie großartig die Scar ist, habe ich meinem Sohn Lucas erlaubt, hierherzuziehen. Die Narrows sind großartig, Midcity ist großartig, und stellt euch nur einmal vor, wie mächtig wir sein könnten, wenn wir uns vereinen.“

Er wartet das Johlen und Brüllen der Menge ab, bis es wieder still wird. „Und ich kann euch so viel sagen: Falls die Magie je zurückkehrt, richtig zurückkehrt, dann will ich auf der richtigen Seite der Geschichte stehen. Hier, mit euch. Ich mag vielleicht kein Legacy sein, aber ich verspreche euch so viel: Ich werde loyal zu euch stehen.“

Meine Augapfel würden sich aus meinem Schädel lösen, wenn ich sie so weit verdrehen könnte, wie ich gerne möchte.

„Wenn ihr mich zu eurem Mayor wählt“, verkündet Kyle mit ruhiger Stimme, „verspreche ich euch, dass ich eure Bedürfnisse ernst nehmen werde, dass eure Stimmen gehört werden und dass ich die Korruption in

Monarch von Kopf bis Fuß ausmerzen werde, angefangen mit dem dreckigen Polizeichief und bis hin zu diesen wahnsinnigen, widerwärtigen, wertlosen Villains.“

Die Menge dreht völlig am Rad. Überall explodieren Konfettikanonen. Bella und Jasmine und ich starren einander an, sprachlos.

„Eine Stimme für Kyle Attenborough ist eine Stimme für die Scar und ein vereintes Monarch. Denn genug ist genug!“, beendet er seine Rede und stößt einen Arm in die Luft. „Alle für einen!“

Alle um mich herum stimmen in den Singsang mit ein: „ALLE FÜR EINEN! ALLE FÜR EINEN! ALLE FÜR EINEN!“

„Also …“, schnaubt Jasmine, „zurück zur Zeitung? Wir müssen zu Ende bringen, was wir angefangen haben.“

Ich will ihr gerade zustimmen, als eine Hand sich schwer auf meine Schulter legt. Meine Hand wandert automatisch zu dem Messer in meinem Stiefel.

„Ganz ruhig“, brummt eine Stimme.

„Anton?“, keuche ich, als ich erkenne, dass die Stimme zu Jack Saints Bodyguard gehört. Ich überrasche mich selbst, indem ich mich in seine Arme werfe. Und er überrascht mich ebenfalls, weil er mir sanft den Rücken tätschelt.

„Na, na …“, sagt er, dann lächelt er Bella zu. „Sie kenn ich doch. Detective Loyola!“

„Leider nicht mehr Detective.“

„Vorerst“, sagt er.

„Das hier ist Jasmine“, sage ich.

„Ja. Bizhan. Schon gehört.“

Jasmine schüttelt ihm begeistert die Hand.

„Tut mir leid, dass ich diese Party sprengen muss, aber Mr. Saint würde gern ein Wort mit Mary wechseln. Darf ich sie kurz entführen?“

Sowohl Bella als auch Jasmine werfen mir einen Blick zu, um sicherzugehen, dass das okay für mich ist. Ich nicke. Ich liebe Anton, und aus irgendeinem Grund vertraue ich ihm vollkommen. Plus, Jack Saint könnte Informationen über Maleficents Aufenthaltsort haben. Was auch immer er mir zu sagen hat, ich will es hören.

„Wir treffen uns bei der Zeitung", sage ich.

„Wir werden sie sicher dort abliefern, großes Ehrenwort", sagt Anton.

Wir umarmen uns rasch, angerempelt von der Menge. Dann folge ich Anton zu einer Stretchlimo, die sich eng an den Gehweg gequetscht hat. Normalerweise würde ich unter keinen Umständen zu ein paar Männern in ein schwarzes Auto steigen, aber bei Jack Saint und Anton ist das eine andere Geschichte. Als ich in das kühle Innere des Wagens schlüpfe und Jack gegenüber Platz nehme, begrüßt er mich mit einem Lächeln.

„Na, komm schon, Anton", sagt er. „Hinein mit dir, alter Freund."

Anton steigt hinter mir in die Limousine, sein Kopf gefährlich nahe am Dach, und Jack klopft leicht gegen das Glas, um dem Fahrer mitzuteilen, dass wir bereit sind weiterzufahren. Im Schritttempo zwängen wir uns durch die Menge.

„Ich hätte nicht gedacht, dass ich dich schon so bald wiedersehe, aber es ist mir eine Freude", sagt Jack.

„Danke", erwidere ich.

„Auf dem Weg zur *Wunderlampe*, richtig?", fragt Jack.

„Ja, schon." Anton hatte noch keine Gelegenheit, ihm etwas zu erzählen, oder doch?

Jack drückt einen Knopf, und die Trennscheibe fährt hinunter. „Zur *Wunderlampe*, bitte."

Der Fahrer nickt, und die Scheibe schließt sich wieder.

„Woher wussten Sie das?", frage ich.

„Ich weiß alles."

Er nimmt meine finstere Miene mit schräg gelegtem Kopf zur Kenntnis.

„Nichts Bösartiges", sagt er. „Sagen wir einfach, ich habe ein Interesse daran, zu erfahren, was bei dir los ist. Ich habe zugelassen, dass meine Tochter mir durch die Finger gleitet, und diesen Fehler werde ich nicht wiederholen."

„Also überwachen Sie mein Handy?"

„Nennen wir es doch einfach eine passive Datensammlung", erwidert er.

„Erklären Sie das", fordere ich.

„Wenn du Mally erwähnst, werde ich benachrichtigt. Es war notwendig, dich heute Morgen ausfindig zu machen, also habe ich vielleicht einen großen Zeh in deine Nachrichten getaucht." Er wirft mir einen Blick zu. „Und in dein GPS."

„Hey!", protestiere ich.

„Ist es dir nicht lieber, wenn ich deine Schritte auf irgendeine Weise verfolge, damit du nicht verloren gehst, so wie meine Tochter?"

„Das ist eine totale Missachtung meiner Privatsphäre. Und was? Sie wollen mir nicht helfen, aber ich habe Ihnen die ganze Zeit über unwissentlich geholfen?"

„Ich bin da anderer Ansicht", sagt er mit einem leichten Nicken. „Anton wäre in einem Notfall dein größter Verbündeter."

Anton macht ein zustimmendes Geräusch.

„Und jetzt lass uns reden. Du hast sehr gute Arbeit geleistet, Miss Heart. Sehr gute. Zufällig weiß ich, dass bald ein Artikel erscheinen wird. Ich bin heute Morgen über einen ersten Entwurf gestolpert. Faszinierend, wirklich."

Anton scheint in seiner Ecke eingenickt zu sein, sodass es mir jetzt viel persönlicher im Auto vorkommt, nur Jack Saint und ich.

„Was wollen Sie?", frage ich. „Warum sind Sie in meine Privatsphäre eingedrungen und haben mich dann aus dieser Kundgebung herausgeholt? Sie müssen etwas wollen."

Er mustert mich. „Du bist ein raffiniertes kleines Ding, nicht wahr?"

„Ich kann Verniedlichungen nicht leiden."

Er grinst. „Wie du meinst. Manchmal erinnerst du mich an Mally, weißt du?“

Mally war vollkommen außer Kontrolle, sie hat Leute schon gequält, bevor sie offiziell zum Villain wurde. Bin ich wirklich so?

Das bist du, sagt Sie. *Du weißt, dass du das bist. Das warst du schon immer.*

„Aber du hast nicht unrecht“, fährt er fort. „Ich verfolge tatsächlich meine eigenen Ziele damit, dich zu diesem bestimmten Zeitpunkt abzuholen.“

„Was Sie nicht sagen.“

„Kyle Attenborough entwickelt sich mehr und mehr zu einem Problem. Du und ich wissen, dass er hinter dem Verschwinden meiner Tochter und deiner Freunde steckt und dass er sich nicht im Geringsten um die Scar schert. Er will alles aus ihr herauspressen, was sie wert ist – ihre Immobilien, ihre Arbeitskraft –, und er weiß genau, wozu Miracle Lake in der Lage ist.“

„Das sage ich schon die ganze Zeit, und niemand will mir zuhören.“

„Dieser Artikel, den ich gelesen habe …“

„Ja.“

„Er war scharfsinnig und umfangreich geschrieben, aber ihm fehlt es noch ein wenig an wichtigen Details über Kyles Rolle in der Entführung von James, Maleficent und Ursula. Er wälzt die gesamte Schuld auf den Chief ab, jetzt, wo er versucht, sich von ihr zu distanzieren. Aber das ist nicht ganz fair, oder? Er war es. Ich möchte dich also bitten, Miss Jasmine Bizhan auf deine überzeugende und charmante Art zu sagen, dass sie noch einiges zu tun hat, bevor sie in Druck gehen kann.“

„Sie arbeitet daran, aber sie kann diese Dinge über Attenborough nicht veröffentlichen, weil sie keine Beweise hat.“

„Ah, ja. Ich dachte mir schon, dass das ein Problem sein könnte. Also habe ich dir welche mitgebracht.“

„Wie …?“

„Das ist jetzt der Punkt, an dem es ernst wird“, sagt er. „Und ich meine wirklich, wirklich ernst. Ich werde dir geben, was du brauchst. Aufnahmen von Kyle Attenborough, wie er James, Mally und Ursula gewaltsam die falsche Magie injiziert. Ich war in der Lage, sie von Monarch Lab Corps zu retten, bevor Kyle sie vernichten konnte. Ich will, dass du diese Aufnahmen an Miss Bizhan übergibst und sie dazu bringst, sie in ihre Geschichte einzubetten. Sie sind Beweis genug.“

„Muss schön sein, über so viel Macht zu verfügen“, murmele ich.

„Ja. Das ist es.“ Er grinst mich verschmitzt an. „Möchtest du ein Wasser? Wir haben stilles und sprudelndes.“

„Nein!“

„Also schön, dann werde ich dir etwas anderes anbieten. Bist du bereit?“

„Schätze schon.“

„Nicht schätzen.“

„Ein Geschenk?“

„Ein Geschenk, von dem du dich entscheiden musst, es anzunehmen.“

„Wissen Sie, nichts für ungut, aber es war ein verdammt langer Tag, also können Sie einfach tun, was Sie vorhaben? Ich bin nicht in der Stimmung für Puzzles und Rätsel.“

„Wie du wünschst.“ Er zieht sein Handy hervor. Ich brauche eine Sekunde, bis ich begreife, was er mir zeigt: die vertrauten, körnigen Aufnahmen von dem Abend, an dem der Verrückte Hutmacher aus dem Gefängnis entkommen ist.

„Das habe ich schon gesehen.“

„Hast du?“

Tatsächlich! Statt der Roten Königin, die aus der Gefängniszelle geschlichen kommt, sehe ich dieses Mal mich selbst. Ich trete hinaus, und als ich über die Türschwelle und in den Gang schreite, verwandeln sich meine Klamotten von der Polizeiuniform in die rote Lederjacke mit den Stiefeln, die ich auf dem Video in den Nachrichten gesehen habe. Meine

Haare werden länger und drehen sich zu Locken. Auch meine Bewegungen verändern sich. Ich schwebe durch den Gang, den Verrückten Hutmacher dicht auf den Fersen, ein irres Grinsen auf den Lippen. Wir schlagen praktisch ein. Mein Gesicht ist klar zu erkennen.

Das bin eindeutig ich.

Es ist nicht so, als hätte ich nicht gewusst, dass ich die Rote Königin bin, aber ich habe sie immer als eine separate Figur betrachtet. Jetzt begreife ich, dass wir zwei Seiten derselben Münze sind. Es ist tatsächlich wahr. Auch ich ein Villain.

Hast du nicht ein Glück?

„Ich konnte die Aufnahmen in Ordnung bringen, die der Nachrichtensender erhalten hat", sagt Jack. „Was im Fernsehen gezeigt wurde, war manipuliert. Dies ist die einzig wahre Aufnahme. Niemand außer mir hat darauf Zugriff."

„Aber wie? Wer würde eine Nachrichtensendung manipulieren, um mich in Schutz zu nehmen?"

Er zuckt mit den Schultern, lächelt. „Alles wird zur rechten Zeit ans Licht kommen."

Und plötzlich begreife ich. „Sie stehen mit den Villains in Kontakt. Sie wissen, wo sie sind. Sie wissen …"

„Alles. Das ist richtig. Lässt du mich jetzt ausreden?"

Ich lehne mich zurück, die Welt verschwimmt vor meinen Augen.

„Ja."

„Da du es dir anscheinend bereits zusammengereimt hast, ja, ich habe mit meiner Mally gesprochen. Sie sagt, dass du die Rote Königin noch nicht vollständig angenommen hast. Sie ist du, aber du hast sie tief, tief in deinem Inneren begraben. Du glaubst, du könntest sie besiegen, aber das ist unmöglich. Du machst es dir nur noch schwerer, zögerst das Unvermeidliche lediglich hinaus. Gestatte dir selbst, zu all dem zu werden, was du bist – zu deinem wahren Selbst zu werden. Arbeite mit ihr, nicht gegen sie, und du wirst über mehr Macht und Magie verfügen als in deinen kühnsten Träumen. Es gibt keinen Weg zurück, verstehst du? Es gibt nur den Weg nach vorn. Zu akzeptieren, was bereits ist. Dann, und nur dann, wirst du imstande sein, sie alle wiederzusehen. Nur dann wirst du imstande sein, alles zu verstehen."

Ich denke an Gia, meine Mutter, meine Schwester. An all die Frauen in meinem Leben, die nie über irgendwelche Macht verfügt haben, jede von ihnen auf ihre eigene Art ein Opfer. Wenn es stimmt, was Jack Saint sagt, dann ist das meine Chance, das alles zu ändern. Nicht nur für mich, sondern auch für meine Familie, für die Scar. Und …

„In dem Moment, in dem du die Rote Königin annimmst, wird es dir erlaubt sein, dorthin zu gehen, wo sie sind. Betrachte dies als deine Einladung. Du weißt, was du tun musst. Du musst dir nur sicher sein."

Hier ist sie. Die Einladung, auf die ich gewartet habe. Ich weiß nicht, ob ich schreien, weinen oder ihm vor Erleichterung um den Hals fallen will.

Jack Saint nimmt meine Hand. „Du kommst vom Herzen, Mary, und das bewundere ich sehr an dir. Wenn du voll und ganz akzeptierst, wer du bist, wird das auch weiterhin der Fall sein. Dieser Teil von dir wird nie verloren gehen. Sei tapfer. Lass dich von deinem Herzen leiten. Du kennst die Wahrheit über dein Schicksal bereits. Jetzt musst du nur noch den Sprung wagen."

Er reicht mir einen USB-Stick. „Der ist für Miss Bizhan, mit meinen Komplimenten für ihr journalistisches Können. Sag ihr, sie soll sich mit dieser Geschichte beeilen. Ich erwarte, dass sie gleich morgen früh in den Nachrichten gedruckt wird. Und richte ihr von mir aus, dass sich für sie und die *Wunderlampe* eine ganz neue Welt auftun wird. Keine peinlichen Klatschgeschichten mehr."

„Okay", sage ich und umklammere den USB-Stick.

„Sieht so aus, als hätten wir trotz des Verkehrs unser Ziel erreicht", meint Jack. „Was für ein Glück."

Hier sind die Straßen mehr oder weniger frei. Nur die üblichen Nachzügler und Leute, die rumhängen und sich unterhalten.

„Anton, lass die junge Dame aus dem Auto."

„Sir." Anton schreckt hoch. „Richtig, richtig. Selbstverständlich, Sir." Er öffnet die Tür für mich und wartet, bis ich ausgestiegen bin.

„Oh", sagt Jack Saint, „bevor du gehst, nimm einen von denen mit."

Er drückt mir etwas Kleines in die Hand. Es ist ein Button, auf dem JACK SAINT FOR MAYOR steht.

„Ist das Ihr Ernst?" Ich starre ihn an.

Es müsste schon ein Wunder geschehen, damit ein Legacy zum Mayor von Monarch gewählt wird, insbesondere ein Legacy wie Jack Saint. Er ist so … *magisch.*

„Wie schon gesagt …" – er zupft sein Hemd zurecht und zwinkert mir zu –, „Kyle Attenborough wird diesen Job nie bekommen."

ACHTZEHN

„PASSIERT DAS GRADE WIRKLICH?“ Jasmine ist Feuer und Flamme, sie läuft auf und ab, den Stick in der Hand. „Ich träume das nicht?“ Sie packt mich am Ellenbogen, zerrt mich in einen der kleineren Konferenzräume und wirft die Tür hinter uns zu, sodass Bella gerade noch rechtzeitig hindurchschlüpfen kann. „Aber warum sollte er mir das geben?“

Ich ziehe meinen Arm weg.

Bella tippt in einiger Entfernung etwas in ihr Handy.

„Weil er will, dass die Wahrheit rauskommt?“, schlage ich vor.

„Oh, ich denke, es ist ein klein bisschen eigennütziger als das“, wirft Bella ein.

Jasmine nickt zustimmend.

„Wenn ihr unbedingt einem geschenkten Einhorn ins Maul schauen wollt, dann ist das euer Problem. Nehmt es, oder lasst es bleiben. Ich muss los.“ Ich tippe auf den Stick. „Du kannst die ganze Geschichte erzählen. Du kannst das hier auf eurer Website hochladen. Diese Story wird ganz allein dir gehören, zusammen mit dem Ruhm, den sie einbringt.“

Für einen langen, stillen Augenblick starren Bella und Jasmine mich einfach nur an. Ich muss los, mit Dally sprechen, nach Gia sehen, und dann muss ich gehen.

Ich will hier nicht länger herumstehen, während die beiden so misstrauisch das Geschenk beäugen, das Jack Saint ihnen gemacht hat. Sie sind so übertrieben korrekt, dass einem schlecht werden könnte. Das hier ist das echte Leben. Es gibt keine Grenze zwischen gut und böse oder richtig und falsch. Die Dinge müssen so erledigt werden, wie sie eben erledigt werden müssen, sonst passiert nie etwas.

Bella kommt einen Schritt auf mich zu. „Mary", sagt sie behutsam, während Jasmine den USB-Stick in ihrer Hand hin und her dreht, „ich weiß, dass du diesen Fall knacken willst, dass du dich am Chief rächen und an die Öffentlichkeit bringen willst, was deinen Freunden zugestoßen ist. Aber das ist keine Einbahnstraße."

„Sprich Englisch, Bella."

„Die Korruption vom Chief und Kyle ... entschuldigt nicht die von Jack Saint oder sogar die der Villains. Das kannst du doch sehen, oder? Was Jack da tut, ist illegal. Ich weiß, dass du ihn magst, aber ..."

„Er versucht zu helfen. Er versucht, uns zu retten", verteidige ich Jack.

„Aber das heißt nicht, dass er einfach machen kann, was er will – dass er über dem Gesetz steht. Jack Saint steht nur auf einer einzigen Seite: seiner eigenen. Er benutzt uns, siehst du das nicht?", beharrt Bella.

Ich verdrehe die Augen. Ich kann nicht anders. Wir befinden uns in einem beispiellosen Moment, und sie tut so, als wäre es ein ganz normaler Dienstag.

„Deine Freunde wollten vielleicht nicht zu dem werden, was sie sind, aber jetzt müssen sie sich dafür verantworten. Sie entführen Menschen, *Kinder.* Wer weiß, was sie mit ihnen anstellen?"

„Wenn sie das tun, dann haben sie ihre Gründe", behaupte ich. „Begreifst du denn nicht? Das Gesetz funktioniert für uns nicht. Und uns an eine unrealistische Moral zu halten, funktioniert auch nicht."

Sie reagieren nicht, starren mich einfach weiter an, als wäre ich irgendeine neue Kreatur, die sie noch nie gesehen haben.

„Ihr könnt ja die ganze Nacht hier bleiben und versuchen, richtig von falsch zu unterscheiden, aber ich hab noch andere Dinge zu erledigen."

„Pass auf dich auf, Mary", sagt Bella.

„Wir sind für dich da", bekräftigt Jasmine.

Ich ziehe mich zurück und merke, dass ich lächle.

Ich bin diese Regeln so leid und den Versuch, einen aussichtslosen Kampf zu gewinnen. Ich will meine eigene Macht und meine eigenen Kräfte, und ich will sie jetzt. Ich will mich nie wieder schwach fühlen. Ich will mich wie *sie* fühlen.

„Vielen Dank, ich komm schon klar. Ihr beiden seid es, die aufpassen müssen, dass sie noch klar denken. Ich hoffe wirklich, dass ihr Kyle Attenborough bloßstellt und der Welt zeigt, was er meinen Freunden angetan hat. Ich möchte euch dringend raten, diese Entscheidung zu treffen."

Der ernsthafte Ausdruck rutscht aus Bellas Gesicht.

In Ordnung, Rote Königin. Lass uns jetzt zusammen sein. Keine Trennung mehr. Du und ich gegen den Rest der Welt. Lass es uns durchziehen. Stärke strömt durch meine Adern. Es ist nichts Dramatisches, nur ein neues Rückgrat, das sich über meine Wirbelsäule legt.

„Mary?", fragt Bella. Sie wirkt verängstigt, und ich hasse es nicht.

Ich hebe eine Hand. „Nein, stopp! Kein Gerede mehr von dir, keine Belehrungen. Jetzt bin ich an der Reihe, denn zur Abwechslung habe ich *dir* mal etwas beizubringen. Du steckst nur in deinem Kopf fest. Grübeln, grübeln, grübeln. Wenn du nur eine Sekunde innehalten und einfach auf deine Gefühle hören würdest, dann wüsstest du, was hier wirklich vor sich geht und was nötig ist, um es zu stoppen." Ich werfe Jasmine einen Blick zu. „Und gern geschehen für die großartige Karriere und die Auszeichnungen, die du dafür einheimsen wirst, die Wahrheit zu verbreiten."

„Mary …"

Die Tür wird aufgerissen, und einer der Reporter schreit: „Das müsst ihr euch ansehen!"

„Wir sind beschäftigt“, faucht Jasmine.

„Jack Saint hat gerade verkündet, dass er für den Posten des Mayors kandidiert“, platzt der Typ heraus.

„Hast du davon gewusst?“, will Bella wissen und wendet sich mir zu.

Ich ziehe den JACK SAINT FOR MAYOR-Button aus der Tasche, stecke ihn Bella an die Brust und gebe ihr einen Kuss auf die Wange. „Wir sehen uns später. Viel Glück im Kampf gegen euer Gewissen.“

Als ich auf die Straße hinaustrete, fühle ich mich gut. So richtig gut. Es ist ein herrlicher Tag, und endlich habe ich alles, was ich gedacht habe, einmal rausgelassen. Nach Wochen der Zweifel, wer ich bin und wo ich hingehöre und was ich als Nächstes tun soll, habe ich jetzt zu guter Letzt die Antworten.

Die Sea Devil steht noch bei Miracle, sodass ich die zehn Blocks zu Fuß gehen muss, aber es macht mir überhaupt nichts aus. Tatsächlich genieße ich die frische Luft und die Zeit für mich allein, als ein Krankenwagen, ein Feuerwehrtruck und zwei Polizeiautos sich durch den dichten Verkehr drängen und hupend die im Stau feststeckenden Autos zur Seite zwingen. Mein Herz schlägt unregelmäßig in meiner Brust, mein Legacy-Zeichen prickelt unangenehm.

Es fühlt sich an, als wäre ich außerhalb meines eigenen Körpers und würde mich selbst aus der Ferne beobachten, während ich den Einsatzfahrzeugen folge. Sie kommen nur so langsam voran, dass ich keine Schwierigkeiten habe, mit ihnen Schritt zu halten. Je näher ich komme, desto heißer brennt mein Handgelenk, desto mehr verkrampft sich mein Magen und verschwimmt meine Sicht.

Als wir schließlich zum Stehen kommen, springt die Polizei aus ihren Wagen und beginnt, eine Straßensperre zu errichten. Ich kann nicht viel erkennen, nur dass alle sich mit hektischer Dringlichkeit bewegen. Ich brauche eine weitere Minute, bis ich nah genug dran bin, um den Unfall zu sehen, und dann stehen mir die Haare zu Berge.

Ein goldener SUV, verbogen, kaum noch zu erkennen. Ein Teil von ihm ist auf den Gehweg geschleudert worden und gegen eine Hauswand geprallt. Die Tür auf der Fahrerseite ist so heftig eingedrückt, dass sie wie geplättet wirkt, zweidimensional. Eine hysterisch weinende Frau sitzt auf dem Bürgersteig, während sich ein Polizist mit einem Tablet in der Hand über sie beugt.

Ein paar Meter entfernt haben die Notfallsanitäter schnelle Arbeit geleistet und einen Körper abgedeckt. Jemand ist gestorben. Von einem der Sanitäter schnappe ich das Wort *Attenborough* auf. Ich reibe mir mit dem Daumen über mein Legacy-Zeichen, das jetzt schmerzhaft pocht, und halte auf sie zu.

„Hey!", rufe ich.

„Bleiben Sie hinter der Absperrung", herrscht mich ein Streifenbeamter an.

„Haben Sie gerade Attenborough gesagt?"

„Das geht Sie nichts an."

„Ich will nur wissen, was passiert ist. Welcher Attenborough?"

Der Typ starrt mich finster an.

Sie rollen eine Trage, abgedeckt mit einem weißen Laken, in Richtung des Krankenwagens.

Ein teurer Schuh rutscht an der Seite hinaus, und ich schnappe nach Luft. Er gehört nicht Lucas. Die letzten paar Male, als ich ihn gesehen habe, hat er Sneaker getragen. Aber das muss bedeuten …

„Das hier ist der große Kerl", sagt der Polizist und winkt ein Auto auf eine andere Spur. „Kyle Attenborough."

„Er ist tot?", frage ich.

Der Cop verzieht das Gesicht. „Er fährt auf jeden Fall nicht für Milch und Cookies nach Hause."

Eine Menschentraube beginnt sich zu bilden. Eine Frau, die meine Unterhaltung mit dem Polizisten mitangehört hat, sinkt auf die Knie und stößt einen lang gezogenen, qualvollen Klageschrei aus. Als sich die Nachricht in der Menge verbreitet, erheben sich die Trauerbekundungen. Es wird nicht lange dauern, bis sich die Anhänger von Kyle Attenborough auf die Straße werfen, ihre letzte und beste Hoffnung ist dahin. Es dürfte nur eine Frage von Stunden sein, bis ganz Monarch in Trauer versinkt.

Aber in meinem Kopf wirbeln nur zwei Dinge umher. Erstens, wer hat das getan? Und zweitens, Lucas. Ich bin überrascht, ihn in meinen Gedanken zu finden, krebsartiges kleines Geschwür, das er ist. Zum ersten Mal überhaupt sehe ich in ihm nicht den grässlichen Eindringling. Sein Vater hat gesagt, er habe seinem Sohn „erlaubt", in der Scar zu leben, aber Lucas meinte, dass er hierhergeschickt wurde, weil er und sein Dad sich zerstritten hatten. Und jetzt hat er auch das noch verloren. Er ist ein überprivilegiertes Kind, das praktisch allein in der Welt ist, nicht einmal mehr umgeben von seinen üblichen Schleimern.

Und Jack. Er hat gesagt, Kyle würde den Job des Mayors niemals bekommen, und jetzt wird er das auch nicht. Ich frage mich, ob Jack so weit gehen würde. Vielleicht war es das wert, um die Scar vor Kyle Attenborough zu retten.

Fühlt sich gut an, die Wahrheit so zu sehen, wie sie ist, oder?

Ja, schon, aber Lucas wird bald herausfinden, dass sein Vater tot ist.

Ich lasse die Menge hinter mir. Hier wird es hässlich zugehen, und zwar bald.

***

Als ich nach Hause komme, finde ich Gia schlafend auf der Couch vor, ein Standbild von Kyle Attenborough und dem Autounfall auf dem Fernseher. Ihre Augenlider öffnen sich flatternd, aber sie kämpft darum, sie offen zu halten.

„Mary, dir gehts gut! Den Zauberern sei Dank! Ich konnte den ganzen Tag kein Auge zutun." Sie gähnt und reibt sich den Schlaf aus den Augen.

Seltsamerweise fühlt sich das Apartment absolut vertraut und zur gleichen Zeit vollkommen fremd an. Fast, als wäre, seit ich das letzte Mal hier war, so viel geschehen, dass ich es nicht wiedererkenne. Diese Couch, die wir schon immer hatten, sieht klein und unförmig aus, alles im Zimmer verzerrt.

„Bist du in Ordnung?“, fragt sie und versucht, auf die Füße zu kommen.

Ich helfe ihr auf. „Du solltet ins Bett gehen, G.“

„Ich weiß. Ich wollte wissen, dass du sicher nach Hause gekommen bist. Sichergehen, dass du noch in einem Stück bist. Ich war so nervös. Gefühlt alle fünf Minuten kam irgendeine neue Ankündigung in den Nachrichten. Kyle Attenborough wollte kandidieren und dann Jack Saint, und jetzt ist Attenborough tot?“ Sie packt mich am Arm, kämpft gegen die Müdigkeit. „Das kann doch kein Unfall gewesen sein, oder?“

„Mach dir darüber jetzt keine Sorgen, G. Ab ins Bett. Wir können darüber reden, wenn wir uns das nächste Mal sehen.“ Ich bringe es nicht über mich, ihr zu sagen, dass ich da sein werde, wenn sie heute Abend aufsteht. Denn das wäre eine Lüge.

Ich werde nicht hier sein. Und wenn alles nach Plan verläuft, werde ich auch nicht zurückkehren.

„Na komm.“ Ich helfe ihr den Flur entlang und in ihr Zimmer. Ich komme nicht oft hier rein, hauptsächlich weil der Raum ein Schrein für meine Mom, Mira und meine Großeltern ist, die sich nie von dem Verlust meiner Eltern und meiner Schwester erholt haben und kurz darauf gestorben sind. Ich lasse das Licht ausgeschaltet, stelle mir vor, wie sie mich aus den Schatten heraus beobachten. Wenn ich sie jetzt sehen würde, wenn ich gezwungen wäre, ihre Bilder anzusehen, dann weiß ich nicht, ob ich noch zu tun imstande wäre, was ich als Nächstes geplant habe.

Oh seht, ach seht, wir kommen viel zu spät.

„Tante G?“ Ich setze mich neben ihr aufs Bett.

Sie ist schon fast wieder eingeschlafen. Wenn sie aufwacht, wird sie wahrscheinlich denken, dass alles nur ein Traum war, und vielleicht ist es so am besten.

„Hmm?“, murmelt sie.

„Ich wollte dir nur sagen, wie sehr ich zu schätzen weiß, was du alles für mich getan hast. Du warst eine wirklich, wirklich gute Mutter.“

„Cora?“, nuschelt sie. „Ich vermisse meine Schwester Cora. Sie kann mein Make-up haben. Ich lasse sie auch meine Haare schneiden.“

Ich lege meine Wange auf ihre Hand. „Es wird mir gut gehen, besser als gut. Ich werde die Scar retten.“

„Ja, natürlich machst du das, Honey.“ Sie lächelt, die Augen immer noch geschlossen. „Du kannst alles erreichen, was du willst.“

Ich drücke ihr einen Kuss auf die Wange und versuche, diesen Moment in mein Gedächtnis einzubrennen, damit ich mich genauso an sie erinnern kann, bis wir uns das nächste Mal wiedersehen. Ich weiß nicht, wann das sein wird, und ich weiß, dass sie sich Sorgen machen wird, aber am Ende wird sich das Warten gelohnt haben.

Nachdem ich den Ventilator für sie angestellt habe, schlüpfe ich durch die Tür in mein Zimmer und laufe zu meinem magischen Spiegel. Gia hat ihn für mich aufgehängt, sodass er das Erste ist, was ich sehe, als ich den Raum betrete.

Ich bleibe wie angewurzelt stehen. Ich bin schmutzig und zerzaust, ein neuer Riss in meiner Jeans, die Haare fettig und zu einem unordentlichen Pferdeschwanz zusammengefasst. Alles hängt von diesem Spiegel ab und davon, was er tun kann – oder eher, was ich damit tun kann. In diesem Moment wirkt er so gewöhnlich. Gewöhnlich, so wie ich.

Ich gehe auf ihn zu, dann streiche ich über mein Legacy-Zeichen. Das Herz auf meinem Handgelenk erhitzt sich unter meiner Berührung und knistert wie elektrisiert. Es tut weh, aber es ist kein unangenehmer Schmerz. Eher von der Art, die einen daran erinnert, dass man lebendig ist.

„Zauberspiegel an der Wand“, sage ich. „Zeig sie mir alle im fernen Land.“

Augenblicklich beginnt das Glas zu wanken. Mein Spiegelbild kräuselt sich. Schatten erheben sich langsam aus dem Silber und nehmen vor mir Gestalt an. James, groß und dünn. Ursula, prall und rund wie ein Pfirsich. Maleficent und die Hörner, die ihr im Labor gewachsen sind.

Ich kann jetzt nicht gehen. Ich bin ein Wrack.

Das Beben lässt nach, das Glas wird flacher, und der Spiegel kehrt zu seinem normalen Zustand zurück.

„Ich bin gleich zurück“, sage ich laut. Zwar habe ich keine Ahnung, mit wem ich da rede, aber ich bin sicher, dass irgendjemand oder irgendetwas mir zuhört.

Ich schäle mich aus meinen Klamotten, gehe unter die Dusche, spüre, wie der Schmutz von meinem Körper gespült wird, der Dreck der Stadt und der letzten Tage. Ich schmecke Salz auf meinen Lippen und schrubbe mich ab, bis meine Haut sich wund anfühlt und rosa leuchtet. Ich brauche einen möglichst reinen Tisch für das, was ich vorhabe.

In ein Handtuch gewickelt kehre ich in mein Zimmer zurück und stoße einen Schrei aus. Jemand steht an meinem Fenster. Ich kann sehen, wie sich der Schatten auf der anderen Seite der Vorhänge bewegt.

Ich schnappe mir mein Messer, dann reiße ich die Vorhänge zurück, und da steht der verdammte Lucas Attenborough.

„Was zur Hölle machst du hier?“ Ich wappne mich für einen Kampf, aber als er ins Licht tritt, hält mich sein geschwollenes Gesicht davon ab, irgendetwas zu tun oder zu sagen. Er tut mir einfach nur leid.

„Ich habe etwas für dich“, sagt er. „Du wirst es haben wollen.“ Er wirft einen Blick aus dem Fenster. „Außerdem haben die Reporter mich verfolgt. Sie sind überall. Ich hab sie abgeschüttelt, aber bitte gib mir nur ein paar Minuten, bis sie die Fährte verloren haben.“

Was für ein mieses Timing. Ich muss noch wo hin.

„Ich hole dir was zu trinken", sage ich schließlich. „Fass nichts an. Und wenn ich zurückkomme und du versuchst, mir den Schädel einzuschlagen oder mir sonst was anzutun, dann wirst du es bereuen."

Er lächelt beinahe.

Als ich zurückkomme, steht er vor dem Korkbrett, an das ich alle Bilder von Ursula und James und mir gepinnt habe. Er hält inne, als er ein Bild von James und mir entdeckt, wie wir uns umarmen und küssen, ein Selfie aus dem Ever Garden, mit magischen Pflanzen um uns herum. Ich weiß, wie wir aussehen: unendlich verliebt.

Er bräuchte sich nur mein Profil in den sozialen Medien anzuschauen und würde die gleichen Bilder sehen, aber er betrachtet sie trotzdem intensiv. Dann sieht er sich im Raum um und sagt: „Du bist ordentlicher, als ich gedacht hätte." Etwas in seiner Miene verändert sich, als hätte er eine Entscheidung getroffen, und er macht eine Vierteldrehung in meine Richtung. „Ich glaube, er hatte wirklich einen Sinneswandel in Bezug auf die Scar."

„Dein Dad?"

„Ja. Wir hatten grade erst angefangen, wieder miteinander zu sprechen. Heute, gleich nach der Kundgebung, hat er mich angerufen, und wir haben uns im Wonderland getroffen. Er hat mir das hier gegeben." Lucas zieht zwei Phiolen aus seiner Tasche und reicht mir eine von ihnen. Die Flüssigkeit darin ist golden und schaumig.

„Die Magie?"

„Nein", sagt er. „Es ist ein Gegengift."

Ein Gegengift. Wie sehr ich mir das gewünscht hatte. Aber ich habe mich weiterentwickelt. Die Zeit für Gegengifte ist vorüber.

„Und was ist mit der anderen?", frage ich und deute auf die zweite Phiole in seiner Hand.

„Ich werde sie behalten. Nur für den Fall, dass wir noch mehr herstellen müssen. Ich meine, wenn ich das ohne meinen Dad überhaupt hinkriege.

Er war gerade dabei, mir alles zu erklären, als er einen Anruf bekam und überstürzt aufgebrochen ist, und dann …“ Seine Stimme bricht, und er braucht einen Augenblick, um sich zu sammeln.

„Es tut mir leid, Lucas.“ Und in diesem Moment tut es das wirklich. Obwohl ich seine Familie hasse und alles, wofür sie steht, verstehe ich irgendwie, dass nichts von alledem seine Schuld war.

„Klar“, murmelt er.

Ich halte die warme Glasphiole fest, rolle sie zwischen meinen Handflächen hin und her. „Und woher weiß ich, dass das kein Gift ist oder so?“

„Weißt du nicht. Aber ich glaube wirklich, wirklich, dass er das Richtige tun wollte.“

„Was ist mit dem ganzen anderen Kram, den er heute bei der Kundgebung von sich gegeben hat? Darüber, die Villains zu schnappen, und das alles.“

Lucas lächelt schmal und zieht den Reißverschluss seines Hoodies bis ganz nach oben. „Ich habe nicht gesagt, dass er kein Politiker mehr war. Eine harte Hand gegen das Verbrechen macht sich gut im Wahlkampf.“

„Klar.“

„Ich sollte besser gehen“, sagt er und späht aus dem Fenster. „Sieht so aus, als wären die Nachrichten-Vans weitergezogen.“

„Pass auf dich auf, Lucas.“ Ich wollte lässig klingen, vielleicht ein wenig sarkastisch, aber die Worte kommen mir ernsthafter über die Lippen, als ich gedacht hätte. Ich weiß, wie es ist, seine Familie zu verlieren. Ich weiß, wie sehr es schmerzt.

Er hält inne und wirft mir einen durchdringenden Blick zu. „Weißt du …“, sagt er, „ich habe dich in der Schule wie einen richtigen Haufen Scheiße behandelt, aber ich habe dich immer bewundert. Du warst nie so aufgeblasen und überheblich wie deine Freunde.“

„Überheblich? Ihr Narrows seid die Überheblichen.“

„Wir? Nee. Wir haben bloß Geld. Ihr habt diese ganze Geschichte mit der Magie und all das Potenzial auf mehr, und ihr tragt es wie eine Krone, als müsste die ganze Welt euch anbeten. Legacy Kids behandeln alle anderen, als würde ihnen etwas fehlen.“ Er nickt mit dem Kinn in Richtung meines Herz-Zeichens. „Fühlt sich für den Rest von uns nicht so toll an. Ich glaube, darum hat mein Dad versucht, es einzufangen, weißt du? Um das Spielfeld ein wenig anzugleichen.“

„Aber … wir haben nichts.“

„Ihr habt *alles.* Ich habt die Legacy-Zeichen, ihr habt einen freien Geist, ihr habt Möglichkeiten.“

Fassungslos starre ich ihn an. So, wie er darüber spricht, habe ich über all das noch nie nachgedacht. Irgendwie verstehe ich sogar, dass er uns alle für Idioten hält. Wie ätzend es sein muss, so viele Kurse über Magie zu haben, und wie nervig, dass sich alle Schulclubs nur um Magie drehen.

„Lucas …“

„Ach, lass mal“, sagt er. „Die Wahrheit ist, ich hab schon immer gedacht, dass du wunderschön, klug und ein besserer Mensch bist als der Rest von ihnen. Ein bisschen wie ein kleiner Schatz, wenn ich ehrlich sein soll. Ich glaube, darum hab ich mich ständig mit James angelegt und deiner Crew Ärger gemacht. Ich konnte es nicht ertragen, dass er dich hatte, und alles, was ich hatte, waren bessere Schuhe und ein Platz auf der Galerie im Wonderland. All diese Nächte, die ich damit verbracht habe, dir dabei zuzusehen, wie du ihm hinterherrennst, während er und seine Hooligans Ärger gemacht und Narrows Kids abgezogen haben. Du bist zu gut für ihn. Das warst du schon immer.“

Ich gehe einen Schritt auf ihn zu, als er sich aus dem Fenster lehnt, aber dann wird mir schlagartig bewusst, dass ich immer noch nichts als ein Handtuch trage.

„Bye, Mary. Man sieht sich auf der anderen Seite.“

Der anderen Seite?

Und dann ist er fort, und – Handtuch oder nicht – ich stürze ihm nach ans Fenster, um ihn zu fragen, was er damit meint und was genau er weiß, als mein Handgelenk zu brennen beginnt. Mein Legacy-Zeichen hat sich von einem schwarzen in ein rotes Herz verwandelt. Flammen züngeln an seinen Kanten, gereizte Spitzen beißen in jede Richtung. Ich ersticke einen Schrei und stolpere vorwärts, krieche auf meinen Kleiderschrank zu und zwänge mich in meine Klamotten, während ich verbrenne.

Das Glas im Spiegel ist neblig und verschwommen geworden. Es fließt die Wand hinunter. Als die Schatten Gestalt annehmen, beginnt ein Erdbeben in meinem Inneren zu wüten. James starrt mich an, eine Hand ausgestreckt, seine Arme ein Ozean aus Muskeln, die Kiefer angespannt. Jetzt kommen auch die beiden anderen in Sicht.

Auf dem Nachtschrank vibriert mein Handy. Es ist Bella.

Mary. Ich habe etwas über Miracle Lake herausgefunden. Das Wasser nährt unsere Legacy-Zeichen. Du musst Gold verwenden.

Ein Video ploppt auf. Jasmine und Bella stehen an Miracle Lake. Jasmine hat einen goldenen Löffel in der Hand. Das Gold taucht in Miracle Lake ein. Es löst sich nicht auf und nichts. Sie berührt Bellas Herz-Zeichen damit, und sie keuchen beide auf, als es blau und glänzend wird. Die Kamera zoomt auf Bella.

„Es hat funktioniert!“, sagt sie aufgeregt. „Es war auf dem USB-Stick. Kyle und eine seiner Labortechnikerinnen haben sich während eines Experiments darüber unterhalten. Sie glaubte, eine Kombination aus dem Wasser und Gold könnte der Schlüssel sein, damit das Elixier funktioniert, aber Attenborough wollte nicht auf sie hören.“

Ich hatte recht. Ich hatte recht damit, dass Miracle Lake die Quelle der Magie ist. Aber Magie muss nicht in die Blutbahn injiziert werden, sie muss direkt auf das Legacy-Zeichen geträufelt werden.

Das Glas des Spiegels wandelt sich wieder, zurück zu der klaren Spiegelung des Zimmers. Mein Handgelenk brennt und pocht, aber das Gefühl, dass es mich umbringen wird, ist verschwunden.

Mein Handy vibriert erneut. Ich weiß nicht, wo ich hinsehen soll.

Da ist noch mehr. Es geht um den Chief. Wir müssen sie aufhalten, Mary.

Es vibriert und vibriert und vibriert.

Mein Herzschlag verdreifacht sich, und vor meinen Augen dreht sich alles. Ich könnte das Bewusstsein verlieren. Das könnte ich wirklich.

Ich brauche dich, denke ich. *Sei kein Teil von mir. Lass uns ein und dasselbe sein.*

Bist du sicher?, fragt die Rote Königin. *Du musst dir sicher sein.*

Ja.

Da ist kein Zögern. Ich will, dass wir zusammen sind. Ich will herausfinden, wozu wir in der Lage sind.

Ich blicke in den Spiegel.

Da ist sie. Oder ich.

Endlich.

Mein Haar hat die Farbe von Erdbeeren angenommen, es tanzt um meine Schultern und fällt mir federleicht auf den Rücken. Meine Lippen sind voller und scharlachrot. Ich spüre keine Furcht, nicht wie zuvor, als ich sie gesehen habe. Da ist nichts als Erleichterung. Ich weiß, wer sie ist. Ich weiß, wer ich bin.

Alles beruhigt sich.

Mein Herzschlag.

Mein Legacy-Zeichen.

Meine Angst.

Alles.

Sie war schon immer ich, hat mich gerufen, an Wände geschrieben, mich gerettet, hat das Richtige getan, wenn ich nicht mutig genug war, hat die Wahrheit gesagt, ist ihrem Herzen gefolgt und hat Glas zerschmettert, wenn sie nicht gehört wurde.

Vorher habe ich sie verdrängt. Ich habe mich vor ihr gefürchtet, als sie mich durch den Spiegel gezogen hat. Und warum? Was hat sie getan? Was hat sie je falsch gemacht? Sie hat mir geholfen, meine Freunde zu finden. Sie hat mich zu ihnen geführt. Sie wusste die ganze Zeit, was ich mir erst jetzt eingestehen kann. Diese Welt hat noch mehr für mich zu bieten. Da ist *Magie.*

Ich gehe ein paar Schritte vorwärts und lasse mein Handy auf den Boden fallen.

Ich werde zurückkommen, denke ich.

Ich strecke meinen Finger aus und berühre das Glas. Dieses Mal gibt es nach, und mein Finger verschwindet. Dieses Mal verliere ich nicht das Bewusstsein. Ich stürze nicht zu Boden oder schreie und fuchtele mit Messern um mich. Ich fühle mich *gut.*

Das Mädchen im Spiegel streckt seine Hand aus. Und dieses Mal ergreife ich sie.

NEUNZEHN

ES TUT NICHT WEH. Es zerreißt mich nicht. Ich finde wieder zusammen. Wie an dem Abend der Schlacht am Miracle Lake, als ich durch den Spiegel gegangen bin, komme ich an einem anderen Ort wieder heraus, in einem Raum mit flauschigen Teppichen, einem Tisch, übersät mit Karten, und Bücherregalen voller bunter Lederrücken. Der Tisch wurde mit Tee im Scar-Stil eingedeckt, komplett mit Silber und Porzellan, winzigen Zuckerwürfeln, kunstvollem Gebäck.

Mally sitzt an dem Tisch, gekleidet in ein schwarzes Korsett über einer schwarzen Seidenbluse, dazu eine passende hautenge schwarze Lederhose, ihren Raben Hellion auf der Schulter. Sie nippt an ihrem Tee.

„Hat ja lange genug gedauert“, sagt sie gedehnt.

Der Boden unter meinen Füßen fühlt sich nicht fest an. Ich versuche, meinen Halt zu finden.

„James ist schon ganz grantig geworden, während wir darauf gewartet haben, dass du es endlich begreifst, dein wahres Ich akzeptierst oder was auch immer. Aber jetzt ist die Truppe wieder beisammen, also yay und so.“

„Timing ist alles“, sagt James, als er den Raum betritt.

Meine Knie wollen nachgeben, als hätte ich ihn noch nie zuvor gesehen. Wenn Mally nicht hier wäre, ich weiß nicht, was ich tun würde.

Schreien und weinen? Mich in seine Arme werfen? Ihn ins Gesicht boxen? Eines ist jedoch sicher: Selbst mit einer fehlenden Hand und einem glänzenden neuen Haken sieht James gut aus. Er ist groß und ein wenig ausgemergelt, trägt eine schwarze Hose und ein locker über den Körper geschlungenes Hemd. Er wirkt entspannter als in der Scar, braun gebrannt und selbstsicher, aber in seinen Augen brennt noch dasselbe Feuer wie am Abend der Schlacht. Er steuert direkt auf mich zu und zieht mich in seine Arme.

Das heißt dann wohl, dass wir keine unangenehme Unterhaltung über die Tatsache führen müssen, dass ich ihm die Hand abgehackt habe?

Ich will mit ihm streiten, mich bei ihm entschuldigen, ihn küssen, aber stattdessen lege ich einfach meinen Kopf gegen seine Brust und lausche einige Sekunden lang seinem Herzschlag.

„Ich bin so froh, dass du hier bist“, flüstert er mir ins Ohr.

„Schätzelein!“ Urs kommt ins Zimmer gerauscht und reißt mich aus James’ Armen. Ich lache, denn was soll ich auch sonst tun, und drücke sie fest an mich. Ihr Kleid, das tatsächlich lebendig zu sein scheint, umschlingt mich mit zusätzlichen, tentakelartigen Gliedern. „Ich liebe den Look!“

„Ja?“ Als ich an mir hinabsehe, bin ich gekleidet wie *Sie*: rote Lederjacke mit einem hohen, breiten Kragen, der um mich herum aufragt, Lederhose und hohe rote Stiefel, die mir bis zu den Knien reichen. Meine roten Haare fallen mir bis zur Taille.

„Ja. Gewagt!“

„Sieh an“, ertönt eine Stimme hinter mir. „Wenn das nicht mein Schutzengel ist!“

„Caleb?“

„Der Verrückte Hutmacher, wenn ich bitten darf“, sagt er mit einer Verbeugung. Er trägt ein Fleischerbeil in einem Holster an jeder Seite, und er fängt meinen Blick auf und grinst mir zu. „Was soll ich sagen? Ich bin meinem Ruf gerecht geworden. Willkommen, Liebes.“

„Danke."

„Kommt", sagt James, „lasst uns Tee trinken."

„Tee", erwidert Caleb. „Nur angemessen."

Mir schwirren so viele Fragen durch den Kopf, dass ich nicht klar denken kann. Wir setzen uns hin, und Hellion krächzt mich an.

„Ich habe deine Cousins kürzlich gesehen, in deinem Apartment", erzähle ich ihm.

Er wirkt nicht beeindruckt.

Ich greife nach der Teekanne, und Mally stößt ein verächtliches Schnauben aus. „OMG, nicht doch!", sagt sie und richtet ihren magischen Stab auf die Kanne. „So peinlich."

„Sei keine Hexe", sagt Ursula. „Sie wird schon noch lernen."

Die Teekanne beginnt zu schweben, genau wie die Tassen. Der Tee schenkt sich selbst ein, und dann landet vor jedem von uns eine Tasse.

„Sahne?", fragt Mally. „Zucker?"

„Beides." Früher habe ich alles schwarz getrunken, aber jetzt will ich den Zucker auf meiner Zunge schmecken, sehne mich nach der Süße.

Unter dem Tisch nimmt James meine Hand in seine gesunde.

„Warum lässt du nicht Mary das machen?", fragt er.

Mally wirft uns einen Blick zu und zuckt mit den Schultern.

„Na los. Kümmer du dich um Sahne und Zucker", fordert James mich auf.

„Ich kann nicht."

Doch, du kannst.

„Doch, du kannst", sagt er. „Hier ist alles magisch."

Ich starre die Sahne an und konzentriere mich. „Beweg dich", sage ich schüchtern.

„So wird das nichts", sagt Urs. „Du musst es wirklich so *meinen.*"

„Beweg dich!", befehle ich mit Nachdruck. Augenblicklich wachsen dem Sahnekännchen Beinchen, und es hüpft über den Tisch. Es schenkt mir Sahne ein, dann macht es hastig die Runde um den Tisch und reagiert auf die Teetrinker – ja für Urs, nein für den Rest. Als es fertig ist, verschwinden seine Beinchen wieder, und es kehrt zu seinem leblosen Zustand zurück.

„Interessant", murmelt der Verrückte Hutmacher. „Eigenartig, höchst eigenartig."

Mally nimmt einen Schluck. „Wir befinden uns praktisch im Zentrum der Magie. So beeindruckend ist es auch wieder nicht."

„Im?", frage ich, während Ursula mit einer lässigen Handbewegung ein paar Törtchen auf die Mitte des Tisches zaubert.

„Ja", sagt der Verrückte Hutmacher, „in gewisser Weise."

„Wir sind auf der anderen Seite des Spiegels", sagt Ursula und schiebt sich ein pinkes Törtchen in den Mund.

„Der Rückseite", sagt James.

„Wir sind *in* Miracle Lake?" Als es mir allmählich dämmert, verstehe ich, warum ich sie im See gesehen habe. Natürlich konnten es nicht genau sie gewesen sein, aber der See hat mir einen Hinweis oder so etwas gegeben, wollte mich zum Verstehen bringen, mich mitreißen. Jetzt wirkt alles so offensichtlich. „Wir sind auf einem Boot", stelle ich fest.

„Einem *Schiff*", korrigiert James.

„Wir waren die ganze Zeit hier", sagt Ursula und schlägt die Hände zusammen. „Ist das nicht großartig? Sie haben viel zu viel Angst, hier zu suchen, und überhaupt, es bräuchte einen ziemlichen Aufwand. Die Spiegel sind der einfachste Weg."

„Reflections", murmele ich.

„Jep, das ist der Ort", sagt Urs.

Ich will einfach nur hier sein, hier bei ihnen, und etwas Tee trinken, hier an diesem Ort, an dem die Magie noch existiert und ich frei sein kann. Aber ich weiß, dass es nicht so einfach ist. Nichts ist jemals so einfach.

„Also, was habt ihr die ganze Zeit über hier getrieben?", frage ich. „Ich würde ja liebend gern den ganzen Tag mit euch abhängen, aber ich habe das Gefühl, dass ich nicht umsonst eine Einladung erhalten habe und ihr hier nicht einfach nur euren Strandurlaub genießt."

„Scharfsinnig", sagt Caleb.

„Ich denke, es ist Zeit", sagt James.

„Sie wird völlig ausflippen", sagt Ursula.

„Reiß das Pflaster mit einem Ruck ab", meint Mally.

Hellion stößt ein Krächzen aus.

„Was?", frage ich.

Mally schlägt ihren Stab auf den Boden auf und lächelt heimtückisch, als blaues Licht in einer Wolke daraus hervorbricht. Es wächst und wächst, bis es schließlich Gestalt annimmt. Noch währenddessen weiß ich plötzlich, was kommen wird. Die grazile Silhouette, die weißen Stilettos, die sich vor allem anderen abzeichnen. Ein paar Sekunden später steht Chief Ito vor mir. Sie sieht aus wie sie selbst – derselbe makellose Anzug, dieselben teuren Schuhe. Der einzige Unterschied zwischen Chief Ito in der Scar und Chief Ito hier ist, dass sie hier eine filigrane goldene Krone trägt. Sie nimmt den leeren Platz am Tisch ein.

Ich starre sie an. Das ist alles, was ich tun kann. Wenn ich versuchen würde, etwas zu sagen, würde ich hirnlos vor mich hin brabbeln, also versuche ich es gar nicht erst.

„Hi, Mary", sagt sie. „Bitte entschuldige, dass ich dich so lange im Dunkeln gelassen und dich damit so verletzt habe."

Ich bin so geschockt, dass ich kein Wort herausbringe.

„Das geschah alles nur zu deinem Schutz. Ich habe die Videoaufnahme manipuliert, selbstverständlich, habe die Wache und die Presse an der Nase herumgeführt, als sie nach dir gesucht haben." Sie schüttelt den Kopf. „Ich wollte dir die Gelegenheit geben, deinen eigenen Weg zu finden, dein wahres Ich herauszulassen. Du warst nicht wie die anderen, die das hier von Anfang an gewollt haben. Du warst so darauf versessen, *gut* zu sein. Ich wollte dir helfen. Ich habe getan, was ich nur konnte, um dich zu leiten." Sie streckt ihre Hand aus und legt sie auf meine. Ich reiße meine zurück. Sie sieht mich niedergeschlagen an und nickt. „Ich verstehe. Es wird eine Weile dauern, bis du mir vergeben kannst."

„Sie ... Sie ..."

„Ich habe getan, was ich tun musste, um den Schein zu wahren. Du hast keine Ahnung, wie schlimm die Dinge stehen und was die Leute im Rathaus für die Scar geplant haben. Sie wissen, dass die Magie zurückkehrt. Sie wissen, dass nichts und niemand etwas dagegen unternehmen kann. Sie werden die Scar in einen Polizeistaat verwandeln und die Legacies versklaven, verstehst du?"

Ich versuche mitzukommen.

Komm schon, Hirn, komm schon.

Kann ich mir selbst einen höheren IQ zaubern?

„Ich weiß, dass das 'ne Menge ist, um damit fertigzuwerden, aber ich tue auf meiner Seite, was ich nur kann. Ich habe ein paar Leute, die mir helfen ..."

„Dally Star ...", murmele ich.

„Sehr gut", sagt sie.

„Jack Saint?"

„An seinen guten Tagen", sagt sie, und mir entgeht nicht, wie Mally das Gesicht verzieht. „Ich musste Kyle aus dem Weg schaffen, was ein gewisses Bündnis notwendig gemacht hat." Sie wirft einen Blick auf ihre Uhr und sieht sich am Tisch um. „Ich kann nicht bleiben. Danke für die Nachricht, dass Mary eingetroffen ist. Ich habe in fünf Minuten eine Besprechung. Mona wird nervös, wenn ich nicht bald zurückkomme. Gewöhn dich ein", sagt sie an mich gewandt. „Wir werden schon bald Gelegenheit haben, uns ausführlich zu unterhalten. Die anderen können dich in den Plan einweihen." Chief Ito blinzelt und ist mit einem Lichtblitz verschwunden.

Ich frage mich, ob ich wohl jemals imstande sein werde, das zu machen.

Nachdem sie verschwunden ist, sitzen wir ein paar Minuten in Stille da. Der Verrückte Hutmacher kaut auf einem Stück Kuchen herum und trinkt seinen Tee. James drückt meine Hand.

„Alles okay, Süße?“, fragt Urs schließlich.

„Ja, ich denke schon.“ Bin ich okay? Ich weiß es nicht mehr. Lange war der Chief meine Heldin, dann meine größte Enttäuschung, und jetzt weiß ich nicht, was ich von ihr halten soll. Ich weiß, dass ich die Magie mag, ich weiß, dass mir die Macht gefällt, ich weiß, dass ich frei sein will.

Und nach all dieser Zeit, all den Nächten, in denen ich voller Hoffnung wach gelegen und mir gewünscht habe, dass es noch Gute Feen gäbe, die Träume wahr werden lassen, ist meiner das tatsächlich. Schon seit ich noch ein kleines Mädchen war, wollte ich, dass der Chief mich auserwählt. Ich wollte etwas Besonderes für sie sein, wollte sein wie sie. Jetzt kann ich das vielleicht. Vielleicht kann ich genauso mächtig sein, genauso gebieterisch, genauso selbstsicher und genauso magisch.

Vielleicht werden Träume doch noch wahr.

„Also, wie sieht der Plan aus?“ Ich lehne mich vor.

James grinst. „Das ist mein Mädchen.“

„Darf ich es ihr erzählen, darf ich?“, fragt Urs.

„Tu dir keinen Zwang an“, sagt Mally.

Urs holt einmal tief Luft, breitet die Arme aus und sagt: „Wir bilden eine Armee!“

Meine Miene bleibt ungerührt.

„Eine Rebellion!“, erläutert sie. „Eine böse, böse Legacy-Rebellion. Wir werden das Rathaus in tausend Stücke schlagen, die Macht übernehmen und alles wieder magisch machen. Es wird großartig!“

Ich lasse das eine Sekunde lang auf mich einwirken. Die Verschwundenen. All diese Kinder, die vermisst gemeldet wurden, die Villains haben eine Armee aus Legacy Kids erschaffen.

„Keine Sorge, wir haben einen Plan“, sagt James.

„Ich mache mir keine Sorgen“, erwidere ich. „Nicht, wenn wir das hier haben.“ Meine Fingerspitzeln prickeln. Sie kribbeln, als blaues Licht aus ihnen hervorbricht.

Aber was ist mit Bella und dem, was sie herausgefunden hat? Glaubst du, dass sie die Entdeckung der Magie für sich behalten wird? Was passiert, wenn alle sie besitzen?

„Genug Tee“, sagt James. „Genug geredet.“

„Den Feen sei Dank“, seufzt Mally.

„Ich gehe eine Runde schwimmen.“ Urs schenkt mir eine feste Umarmung. „Wir können uns nachher gegenseitig auf den neuesten Stand bringen. Nur du und ich, Geheimnisse, Spaß und vielleicht sogar ein paar Songs. Aber fürs Erste überlasse ich dich deinem Kerl hier.“ Sie zischt davon, vorangetrieben von den wellenförmigen Tentakeln unter ihrem Körper.

„Treffen vertagt.“ James steht auf und reicht mir seine Hand. „Na komm.“

Er führt mich die Stufen hinauf und zum Bug des Schiffes mit seinen glänzenden Planken. Obwohl er mir unter Deck bereits gesagt hatte, dass wir uns auf einem Schiff befinden, und ich es sehen und spüren konnte, hat mich doch nichts auf diesen Anblick vorbereitet: ein Schiff in der Mitte eines klaren Ozeans, umgeben von einer glatten Wasserwüste, die Sonne hoch über unseren Köpfen und das Uhrwerk fleißiger Geschäftigkeit um mich herum.

Aber mehr noch als das ist es, was ich um uns herum sehe, zu jeder Seite. Mir stockt der Atem, und James’ Lippen verziehen sich zu einem breiten Lächeln. „Beeindruckend, nicht wahr?“

Beeindruckend ist nicht das Wort, das ich verwendet hätte, obwohl es das unbestreitbar ist.

Es ist *furchteinflößend.*

Wir sind umgeben von riesigen Schiffen, mindestens zehn Stück, die leicht auf den Wellen schaukeln. Von jedem einzelnen flattern #Legacy-Loyalty-Flaggen, weiß mit schwarzen Herzen, in der sanften Brise.

Alle von James' Jungs sind hier. Damien Salt winkt mir von dem nächsten Schiff aus zu. Sie sind alle sehr beschäftigt, dirigieren magische Wischmopps und Wassereimer, klettern an Segeln hoch, knüpfen Knoten mit Zauberstäben und plaudern miteinander. Aber als sie mich sehen, halten sie inne und starren mich mit einem unleserlichen Ausdruck auf den Gesichtern an. Diese Kids stammen von den Straßen der Scar. Sie sind nur deshalb zur Schule gegangen, weil James darauf bestanden hat, und jetzt sind sie hier, weil er es so will. Hinter ihnen erkenne ich Bilder, die ich in den Zeitungen gesehen habe, und zwei Schiffe weiter glaube ich Trent McCutcheon zu erkennen.

Smee kommt an Deck, dicht gefolgt von Barnacle. Der Hund lässt sich von mir hinter den Ohren kraulen und bezieht dann an James' Seite Stellung.

„Ja, verdammt! Mary! Wurde auch Zeit!“ Smee kommt zu uns und schlägt mir freundschaftlich auf den Rücken. „Wir haben schon drauf gewartet, dass du zur Vernunft kommst. Cap meinte, das kommt schon noch, und hier bist du.“

„Hey, Smee.“

„Bist du jetzt endgültig auf unserer Seite, M?“

James mustert mich aufmerksam.

„Ja“, sage ich. „Denke schon.“

„Super!“, ruft Smee. „Einfach genial!“ Er schlendert davon, zurück an die Arbeit.

„Ich hab dir so viel zu zeigen.“ James drückt meine Hand und führt mich an die Reling des Schiffs. „Sieh.“

Unter uns gleitet Ursula rücklings durchs Wasser, Tentakel flutschen und platschen in alle Richtungen. Zuerst denke ich, dass sie auf einem Bett aus Seegras schwimmt, doch dann erkenne ich, dass es sich bei den windenden Dingern in Wahrheit um Aale handelt, aber keine gewöhnlichen, gesichtslosen. Diese hier sind lang und schlängeln sich um ihre Gestalt, und sie haben menschliche Augen.

„Sind das *Menschen*?", frage ich, ebenso sehr erfüllt von Ehrfurcht wie von allem anderen.

Ursula wirkt glücklicher, als ich sie je gesehen habe, wie sie so auf ihrem Rücken durch die Wellen pflügt, das Gesicht der Sonne entgegengestreckt, von ihren eigenen Beinen vorwärtsgetrieben, während die Aalkreaturen von ihr angezogen werden, als verfüge sie über ihre eigene Schwerkraft.

„Loyalität ist alles", sagt James hinter mir. Er schiebt mir das Haar über eine Schulter und vergräbt sein Gesicht in meinem Nacken. „Sie hatten keine, und jetzt bezahlen sie den Preis dafür."

Ich erschaudere. Er klingt wie der Pirat, der er immer zu sein bestimmt war.

Hinter ihm versinkt die Sonne im Meer, ein blutroter Ball. Gia wird bald aufwachen und feststellen, dass ich nicht da bin. Sie wird besorgt sein, verängstigt. Ich schüttele die Schuldgefühle ab. Daran kann ich jetzt nichts mehr ändern. Ich werde es später wiedergutmachen.

James legt die Hand an meine Wange, dreht mich um und zieht mich gleichzeitig zu sich heran. „Ich bin der Captain", sagt er. „Gar nicht mal so schlecht für einen Hooligan aus der Scar, oder?"

Ich küsse seine raue Wange. „Ich muss dir so viel erzählen."

„Ja, ich weiß", sagt er, und ein Sturm braut sich auf seinen Zügen zusammen. „Ich habe dir auch viel zu erzählen. Ich weiß, was in der Scar passiert, und ich weiß, dass uns die Zeit davonrennt, sie zu retten."

„Der Chief …"

„Es gibt Neuigkeiten." Mallys Stimme schneidet durch die klare Seeluft. Obwohl sie nicht in ihrer Drachengestalt ist, haftet ihr etwas Reptilartiges an. „Neuigkeiten, die eure Lust nicht abwarten können. Ito ist zurück, und sie will uns unten sehen."

Ursula sitzt bereits an dem riesigen Mahagonitisch, ihr Tentakelkleid jetzt schlaff und leblos. Eine große Obstschale ist in der Zwischenzeit erschienen, zusammen mit duftendem Brot und Käse, und frischer Tee dampft aus einer Kanne in der Mitte des Tischs. Der Verrückte Hutmacher hat seine Füße auf den Tisch gelegt und beobachtet mich für meinen Geschmack mit ein bisschen zu viel Interesse. Hellion sitzt auf Mallys Schulter. Er raschelt mit den Flügeln und bedenkt mich mit einem kleinen, heiseren Krächzen, während Mally starr geradeaus schaut. James sitzt neben mir.

Nichts von alldem kann real sein. Die Seemöwen, die vor dem Fenster kreischen, können nicht real sein. Ich bin mir nicht mehr sicher, ob ich auch nur eine dieser Personen kenne. Sie sehen aus wie sie selbst, aber irgendwie *mehr*. Sie sind mehr. Sie sind magisch. Und ich auch. Wahrscheinlich bin ich auch nicht mehr ich selbst. Ich bin mehr.

Chief Ito gleitet in die Kabine, so viel mehr als alles, was sie zuvor war, und dieses Mal nutze ich die Gelegenheit, sie wirklich anzusehen. Ihren maßgeschneiderten weißen Anzug umgibt eine strahlende Aura.

Wann genau ist der Chief der Monarch Police magisch geworden? Warum hat sie das getan? War sie insgeheim immer auf der Seite der Scar? Ich erinnere mich an ihre Hand in meiner, als wir auf der Pressekonferenz nach der Ermordung meiner Familie vor all diesen Menschen standen, und wie sicher ich mich bei ihr gefühlt habe. Vielleicht *ist* sie ja tatsächlich diese Person. Noch während ich das denke, weiß ich, dass es nicht wahr ist. Zumindest nicht zur Gänze. Irgendwo dazwischen ist der Chief zu jemand anderem geworden. *Etwas* anderem.

Caleb schiebt eine Teetasse in ihre Richtung, und sie streift sie mit ihrem Blick, rührt sie aber nicht an.

„Wir haben ein Problem", sagt sie.

„Ach", erwidert Mally lässig, und Ito wirft ihr einen strengen Blick zu.

Caleb zieht die Augenbrauen zusammen und lehnt sich zum Chief hinüber. „Du wirkst ziemlich besorgt, Boss. Was ist los?"

„Besorgt wäre wohl übertrieben." Sie faltet die Hände vor sich auf dem Tisch. „Sagen wir mal, ich halte die Augen offen, und das hier verdient eine Diskussion."

Ursula wirft sich ein Stück Käse in den Mund. „Okay, ich beiße an", sagt sie mit einem Zwinkern. „Wo liegt das Problem, Chiefy?"

„Bella Loyola", erwidert Ito. „Sie ist das Problem."

„Bella … was? Meine Bella?", stottere ich.

„Du hast keine Bella", faucht sie. „Nicht mehr. Nicht, wenn du eine von uns bist."

Es steckt eine Frage hinter dieser Aussage, und ich höre sie laut und deutlich. Ich blicke in die Runde, und alle sehen mich mit derselben Frage in den Augen an. Habe ich endlich meine Entscheidung getroffen? Bin ich mir darüber im Klaren, wer und wo ich sein möchte? Oder bin ich eine Verräterin in den eigenen Reihen, die Informationen sammelt, um sie gegen sie zu verwenden?

Selbst James sieht so aus, als könnte er ein wenig Bestätigung gebrauchen.

„Sorry. Alte Gewohnheit. Bella Loyola, nicht mehr, nicht weniger."

Ito braucht einen Moment, um sich zu sammeln, dann sagt sie: „Bella hat es herausgekriegt."

„Was? Wie man sich die Schnürsenkel bindet? Pah." Ursula lehnt sich weit in ihrem Stuhl zurück und sieht Ito an, als wäre sie schläfrig, gelangweilt. „Dieses Mädchen geht mir echt hart auf die Nerven."

Ein Lächeln blitzt über Mallys Züge, und neben mir richtet James sich kaum merklich auf.

Ito hält eine Hand vor Ursula hin, und eine Kugel aus Licht formt sich in ihrer Handfläche.

Ich kenne dieses Licht oder zumindest eine Variante davon. Das ist es, was James hatte und mir gegeben hat, bevor alles seinen Anfang nahm. Das ist es, was mich zu dem gemacht hat, was ich bin.

Ursulas Miene verrät nichts, aber ich kann die Nervosität hinter ihrer augenscheinlichen Ruhe lesen. Sie fürchtet sich vor dem Chief.

Das Licht verlischt, und auf der Handfläche des Chiefs liegt ein Apfel, tiefrot und glänzend. „Ein Apfel, Liebes?"

Ursula erbleicht.

„Du weißt doch, wie es heißt. An apple a day keeps the doctor away", sagt der Chief. „Warum nimmst du nicht einen Bissen, meine Liebe?"

„Nein danke", presst Ursula hervor. „Ist wahrscheinlich vergiftet oder so."

Der Chief legt den Apfel in die Mitte des Tischs. „Sieh ihn dir an und vergiss nicht, dass er dort ist. Vergiss nicht, dass ich dich dazu *bringen* kann, den Apfel zu essen, wenn ich will. Ohne mich spielt ihr nur kindische Spielchen." Mit einem dünnen Zeigefinger tippt sie auf den Apfel. „Kann ich jetzt fortfahren, oder hättest du doch gern einen Snack?"

„Fahren Sie fort", murmelt Ursula bockig, dann fügt sie hinzu: „Ich hab schon gegessen."

Der Chief hebt eine Augenbraue. „Bella hat die Verbindung hergestellt, zusammen mit ihrer kleinen Journalistenfreundin. Sie weiß Bescheid über Miracle Lake und über das Gold." Sie fixiert mich mit ihrem Blick. „Schlimmer noch, allein in der letzten Stunde ist es ihnen gelungen, Marys Tante und ihrer Truppe Idioten davon zu erzählen."

Meine Wangen glühen, meine Hände zittern. In meiner Tasche umklammere ich die Phiole mit dem Gegengift. Und jetzt warten sie alle darauf, dass ich eine Seite wähle und dort bleibe.

„Also", sagt Mally. „Was hast du dazu zu sagen, Rote Königin?"

Ich muss etwas sagen, oder sie werden mir vergiftete Äpfel in die Kehle stopfen.

Ich sehe vom Chief zu Mally zu Caleb zu Ursula, verweile einen Augenblick bei James, dann landet mein Blick wieder auf dem Chief.

„Legacy Loyalty", sage ich.

Abwechselnd schauen sie sich alle an.

„Legacy Loyalty", sagt James nach einer Minute.

„Legacy Loyalty", gurrt Ursula.

„Legacy Loyalty", wiederhole ich.

„Legacy Loyalty", schallt es im Chor zurück.

Wir erheben uns. Wir sprechen die Worte lauter und lauter und lauter, bis uns schwindlig wird.

Hellion stößt ein Krächzen aus und dreht eine Runde durch die Kabine. Mally lässt ihren Stab auf den Boden krachen, sodass er blaue Funken schlägt. Ich befehle dem Teeservice, sich uns anzuschließen, und jedem einzelnen Stück wachsen Arme und Beine und dieses Mal auch Gesichter, und ihre Stimmen vermischen sich mit unseren. Der Chief lächelt, tief aus ihrem Inneren, und ihre Stimme hallt in uns allen nach. James schwenkt seinen Haken durch die Luft, Ursulas Kleid erwacht einmal mehr zum Leben, während sie auf ihren mächtigen Tentakeln von einer Seite zur anderen gleitet.

Ich gestatte mir, diesen Moment zu spüren. Mein ganzes Leben lang hat man auf uns herumgetrampelt, uns kleingehalten, uns als selbstverständlich betrachtet. Jetzt nicht mehr. Jetzt erheben wir uns. Jetzt stehen wir auf. Jetzt werden wir zu dem, was uns immer vorherbestimmt war, und zum ersten und einzigen Mal werde ich absolut und vollkommen frei sein.

„LEGACY LOYALTY, LEGACY LOYALTY, LEGACY LOYALTY!" Es ist die reine Ekstase, und wir brechen in Gelächter aus. Urs und ich fassen uns an den Händen und drehen uns im Kreis, James und ich halten inne, um uns zu küssen, und ich war in meinem ganzen Leben noch nicht so glücklich.

Und dann hören wir es von überallher, immer lauter und intensiver, bis es sich zu einem Sprechgesang steigert. Von draußen, unter einem Himmel wie eine schwarz gefärbte Decke voller Sterne, vereinen sich alle Stimmen von allen Schiffen und allen Mitgliedern der Legacy-Armee mit unseren und heulen und johlen im Einklang.

„LEGACY LOYALTY! LEGACY LOYALTY! LEGACY LOYALTY!“

Es übertönt alles andere.

Legacy Loyalty.

Keine Bella mehr. Nicht länger versuchen, auf der richtigen Seite des Gesetzes zu bleiben. Nicht länger versuchen, in einem kaputten System zu arbeiten.

Es gibt nur noch Legacy.

Legacy Loyalty for life.